KB062996

독도를 읽는 시간

# 독도를 읽는 시간

## 차호일 소설집

도화

# 차례

不一門

불이不二란 둘이 아닌 하나라는 뜻으로 현실 세계는 여러 가지 사물이 서로 대립되어 존재하는 것처럼 보여도 사실은 모두 고정되고 독립된 어떤 실체가 있는 것이 아니고 근본은 하나라는 것이다. 이는 상태 분별이 없고 절대 차별이 없는 동일, 통일된 세계를 말한다.

글쎄다. 근본이 하나라면 그 하나는 무엇을 말하는 것일까? 그 하나의 실체는 무엇인가? 여하튼 불이문不二門이어야 할 그 문의 실체가 불일문不一門이라는데 나는 흥미가 갔다. 불일不一, 하나가 아니다. 통일이 아니다. 그렇다면 하나가 아니면 무엇이란 말인가?

우리가 그 절을 찾아갔던 것은 제보에 의한 것이었다. 한 신도가 지리산 골짜기에 절을 하나 발견했는데 이상하다는 것이었다. 이상하다는 것은 허름한 절에 들어가자마자 문이 하나 있었는데 그것이 보통 절에서 만나는 불이문이 아니라 불일문이라는 것이었다. 뭔가 이상해서 다시 쳐다보게 되었는데(혹시 글씨를 잘못 썼거나 혹은 지워져서) 다시 보아도 그 문은 불일문이라고 쓰여있다는 것이었다. 이 보잘 것 없는 작은 절에 문이 있는 것도 이상했고 작은 절에 사천왕문이나 절의 배경을 나타내는 산과 절 이름도 아닌 불이문이 불일문으로 세워져 있는 것도 수상했다.

그 신도는 쌍계사 말사의 신도로 묘심화妙心花라는 법명의 여신도였다. 우연히 지리산에 약초를 캐는 사람들을 따라갔다가 발견했다는 것이었다. 알고 보니 약초꾼들에게는 이미 오래전부터 알려진 것 같았다. 절의 이름도 없었고 절 같지도 않았고 다만 허름하게 이은 불일문이 없었다면 심마니들이나 이용하는 집인 줄 알았다고 했다. 놀랍게도 그 집 안에는 부처님이 모셔져 있었고 스님 한 분이 거처하고 있었다. 그래서 그곳이 절인 줄 알았고 부처님 앞 보시함에 만 원짜리 하나 올려놓고 왔다는 이야기를 했다.

그 이야기가 우리에게 접수되자 우리 불우회佛友會는 날을 잡아 그 절을 방문하기로 하였다. 우리 불우회는 전국적인 모임으로 자립이 쉽지 않은 절을 찾아가서 수리와 보수를 해주고 오는 모임이었다. 모두가 세속에서는 한가닥하고 있거나 했던 사람들이었기 때문에 불심으로 뭉친 우리 모임은 세속적인 성공 못지않게 이런 일에도 지극정성이었다. 전국적이니만치 우리는 위치를 공유하고 그곳에 날을 정해 정해진 시간까지 오기로 하였다. 외딴 곳이니만치 늦지 않도록 먼 곳에 있는 사람들은 미리 와서 구례나 하동에서 한밤 자는 경우도 있었다.

전날 하동에서 하룻밤 지낸 나는 이튿날 아침 일찍 차를 몰아 약속했던 그 위치로 갔지만 난감했다. 칠불사까지는 차로 갈 수 있었지만 거기서 1시간 이상을 산길로 더 가야 한다는 말에 그만 맥을 놓아버렸다. 차를 일단 칠불사 앞에 세우고 나는 가지고 온 간단한 공구만을 지닌 채 그 이름없는 절을 향했다. 이미 차들이 여러 대 있는 것으로 보아 먼저 온 팀이 이미 그 절로 향했음을 알 수 있었다.

우리가 가자 아닌 게 아니라 시작부터 아주 초라한 불일문이 우리를 맞고 있었다. 보통 절에는 불이문이 있기 마련인데 우습게도 이 절은 절문이 있기조차 벅찬 미약한 절임에도 불일문이란 액판을 단 절문이 있었다.

왜 그 절의 입구에는 불일문이라는 문이 있는 것일까? '불이'가 둘이 아닌 하나라면 '불일'은 하나가 아니라는 뜻이 되고 그렇다면 하나가 아니라면 무엇이란 말인가?

우리는 그 낡은 사찰(사실 사찰이랄 것도 없이 낡고 다 허물어진 집이라 할 수 있는)을 수리하면서 불일문의 뜻을 새기고 있었다. 우리는 아무래도 그 문의 '불일'을 '불이'라고 생각했다. '불이'의 '이'에서 한 획이 떨어져 나갔거나 아니면 한자에 서툰 스님의 솜씨이거니(이 생각은 스님을 무시한 조금 오버한 것이었다) 단순히 생각했을 뿐이었다. 그래서 저녁 무렵 수리가 거의 마무리 될 무렵 솜씨 좋은 회원 중의 한 사람이 그 현액판을 떼어내 새로 좋은 글씨로 불이문이라고 쓰려고 했을 때 그 스님은 깜짝 놀라며 그 떼어낸 현액판을 그냥 놓아달라고 거의 애원하다시피 하는 것이었다. 그 바람에 우리는 깜짝 놀랐고 그것이 낡아서 또는 스님의 한문 솜씨가 서툴러서 그런 것이 아니라 원래부터 그것은 불이문이 아닌 불일문이라는 것을 알게 되었다.

그것이 왜 불이문이 아닌 불일문일까?

그날 우리 세 명의 일행은 늦었기 때문에 화엄사 근처의 호텔 방에서 하룻밤 묵기로 하였다. 우리는 늦은 저녁을 하기 위해 식당에 모였다.

"그 스님이 그렇게 적극적으로 하지 못하게 하는 이유를 모르겠어요?"

은행장이 말했다. 그는 서예에 일가견이 있는 사람이었다.

"글쎄, 그 스님에겐 무슨 특별한 의미가 있었던 것이었는지 모르지요"

"불이가 아닌 불일이라는 의미는 어떤 것일까요?"

"글쎄요, 불이보다 불일인 세계, 어쩌면 더 심오한 세계인지도 모르지요."

"어쩌면 그것보다 다른 의미, 불일이라고 한 그 현액, 아니면 잘못인 줄 알면서도 불일이라고 밖에 쓸 수 없는 속내, 뭐 그런 것에 더 의미를 두어야 하는 것은 아닐까요?"

"듣고 보니 그런 것도 같습니다. 설마 '불이'와 '불일'을 스님이 모를 리가 없을 테니까 말입니다."

"그렇다면 말 못할, 그렇게 밖에 할 수 없었던 것은 무얼까요?"

"그것도 그렇지만 그 절이 사적에 올라 있지 않다는 것도 이상하지요."

"그게 제일 이상한 거에요. 어디 절이라는 표시가 나던가요? 또 절 이름 조차 없으니."

"옛날 공비 토벌대가 임시 방편으로 세운 전투 막사를 절로 쓴 것 같기도 하구, 아무튼 그곳에 그런 절이 있다는 것도 이상하구, 그것이 절이라는 것을 인터넷에 올린 우리 불우회 회원도 신통하구 여하튼 모든 것이 신기해요."

그런 정도의 이야기를 하다가 우리는 제법 심오한 불교 이야기를 하기 시작했는데 그것은 우리들이 불교를 공부하면서 가졌던 지식을 확인하는 것이기도 하였다. 우리는 이튿날 화엄사를 구경했고 집으로 올라왔다.

이상했다. 서울로 올라와서도 그 불일문에 대한 생각이 머리에서 떠나지 않았다. 왜 불일문인 것일까? 불일문이라고 한 이면에 무엇이 있는 것이 아닐까? 그렇다면 불일은 무슨 뜻일까? 왜 그 작은 사찰에서는 불이문이 아닌 불일문을 세운 것일까?

보통의 큰 절을 보면 맨 처음에는 그 절을 나타내는 문이 있기 마련이다. 예를 들면 태백산 부석사, 또는 영축산 통도사 따위 말이다. 그 문을 더 들어가면 사천왕문이 있고 그리고 더 들어가면 불이문이 나온다.

왜 사찰에는 불이문을 두게 된 것일까? 그것은 언제부터 그렇게 되어진 것일까? 불일문은 그럼 없는 것일까? 그런데 왜 이 지리산문의 한 낡고 보잘 것 없는 사찰에 불이문이 아닌 불일문이라는 문이 존재하는 것일까? 이 두 문의 차이는 무엇일까? 하는 생각이 끊임없이 일어났다. 사전에 의할 것 같으면 불일은 인연에 따라 모든 것이 이루어지므로 이 세상 모든 것이 홀로 존재할 수 없다는, 곧 세상은 하나가 아니라는 인연론, 상대론이고 불이란 이 세상 모든 것이 존재하는 것 같아도 존재 그 자체가 원래 하나라는 절대성을 가지고 있다고 하였다. 상태 분별이 없고 절대 차별 없는 세계가 불이라고 불교사전은 덧붙여 설명하고 있었다.

따라서 불이문의 의미는 이 문을 넘어오면 이 안의 세계는 모두가 차별과 위계가 없는 세상이고 이 문밖은 이제껏 살아온 세계라는 의미를 갖는다는 것이었다. 그래서 이 문을 넘어온 이상은 웬만하면 밖으로 나갈 필요가 없고 이 안에서 수행 정진할 것을 요구하는 것 같았다. 그것은 오로지 수도, 수행심만을 권하는 것 같았고 속세와의 단절, 절대 깨달음, 그 깨달음을 향한 정진 또 정진이라는 무거움을 주었다. 그러나 이런 종교가 과연 바른 불교일까 싶은 의문도 남았다. 혼자 수행하여 그 도를 득한들 그게 무언가? 불교란 모름지기 생활 속에 이루어져 더불어 깨달아야 하는 것이라는 생각을 늘 해왔던 나는 불일문을 보자 오히려 지금 사찰들의 '불이'라는 의미가 이상하게 여겨졌다.

그런데 그에 비해 불일문은 오직 그 지리산의 낡고 허름한 절에서 만난 것이 유일했다. 이것도 사찰 건축양식이라면 불이문은 사찰 건축양식의 하나로 자리잡아 지금까지 존속되고 있지만 불일문은 이제 이 절을 제외하고는 어느 사찰에서도 그런 양식은 없는 것이었다. 만일 과거에 불일문이라는 양식이 있었다면 불일문은 그 지리산 사찰 말고는 우리 한국불교 역사상 영원히 사라지고 만 것이었다.

석 달 뒤 우리는 그 절의 일이 궁금했기 때문에 다시 찾기로 하였다. 보통은 6개월이 지나 다시 수선 이후 어떻게 되었는가 찾아가 보는 것이 일반적이었지만 그 절에 대해서는 3개월을 지나 들르기로 한 것이었다. 우리는 그 절에 하나뿐인 스님과 다시 웃으면서 만났다.

"처사님, 건강이 좋아 보입니다."

"아직도 절문 현판 바꾸지 않으셨네요."

절은 좀 나아졌는데 여전히 그대로 달려있는 현액을 보고서 물었다.

"네, 보내주신 샐비어와 불두화를 심으니 절이 좀 살아나는 것 같습니다."

"이제 스님이 절을 키우는 일만 남았습니다."

"네, 그런데 제가 깜냥이 부족해서 도력을 키우지도 못하고 게다가 절도 잘 키우지 못하고, 중놈이라면 그래도 둘 중 하나는 할 수 있어야 하는데 이 둘 중 그 어느 것도 바꾸지 못하고 있습니다."

"그런데 소속은 어디십니까?"

"종단 같은 것은 없습니다. 다만 이 절은 옛날 관혜 대사님의 유지를 계승한 절이지요. 견훤 대왕 패망 이후 근근이 이어왔지만 근거지인 화엄사에서도 존재가 희미해지고 그러다가 어찌어찌 우여곡절 천신만고 끝에 간신히 저 자신까지 왔습니다. 아직 저를 이을 상좌가 없어 고민이 이만저만이 아닙니다."

나는 스님의 말이 무슨 뜻인지 몰랐다. 관혜의 남악파라면? 그럴 리가? 나는 내가 잘못 들은 거니 생각했다. 뜻밖의 이야기였기 때문이었다.

"스님의 은사 스님은 누구셨습니까?"

"저는 접목이라고 할 수 있지요. 저는 원래 조계종 승려였습니다. 어느 날 이 산골을 지나가다 잠깐 이 절을 보고 들렀는데 그때 은사 스님이 바로 절과 자신의 유래를 이야기하셨습니다. 자신은 남악파의 20세손이고 이 절은 원래 공비토벌을 위해 지어진 막사였는데 지금 절로 이만큼 가꾸어 놓았다. 그런데 내 뒤를 이어 남악파를 끌고 갈 상좌가 없어 걱정이 이만저만이 아니다. 대신 맡아 줄 수 없겠는가 하고 간절히 호소하였습니다. 그때 스님의 나이가 세납 팔십이었는데 제 나이 서른, 화두를 찾겠다고 떠돈 지 꼭 3년만이었습니다. 고민 끝에 저는 스님의 청을 받아들이기로 하였고 그로부터 돌아가실 때까지 상좌 노릇을 하였습니다."

나는 비로소 내가 잘못 들은 것이 아니라는 것을 알았다.

"아니 그렇다면 그 남악파 관혜의 법손이 여죽까지 이어오고 있었다는 말입니까?"

"처사님도 알고 계시겠지만 지금 우리 불교는 희랑대사의 북악파의 정신이 그대로 계승되어 왔다고 할 수 있습니다. 참 우스운 것은 종교라는 것도 정치적인 바람을 타는 것인지 당시 견훤이 왕건에게 패하여 왕건의 복전이었던 희랑의 북악파가 세력을 잡는 바람에 남악파는 세력이 많이 줄었습니다. 그래도 관혜 대사의 남악 화엄은 문도들에 의해 꾸준히 이어져 내려올 수 있었는데 그러나 결국은 희랑의 북악파에 밀려 남악파는 이 땅에서 설 자리를 잃게 되고 말았습니다."

"그 후 남악파는 어떻게 존재했습니까?"

"존재랄 것도 없지요. 그냥 얼마 지나지 않아 사라져버렸기 때문입니다. 균여가 통합을 시도했다고 하니 그때까지는 그래도 남악이 이어졌다고 할 수 있겠지요. 그러나 남북악을 통합하는 일이 그게 가당키나 한 일이겠습니까? 그것은 어디까지나 북악의 입장에서 남악을 통합하려 했으니 전제부터 잘못된 것이라 할 수 있습니다. 그러다 점점 남악의 존재가 흩어지고 심지어는 관혜가 주석했던 화엄사에서조차 관혜를 비난하는 전설이 뜨고는 했습니다. 그때는 이미 남악의 본산이나 다름없는 화엄사마저 북악파가 장악했다 할 수 있지요.

남악은 점점 점조직화되어 더욱 미미해지고 북악의 탄압마저 기승을 부리니 절 이름마저 짓지 못할 정도로 되어버렸습니다. 절 이름을 지어놓으면 희랑의 법손들이 세력을 앞세워 밀고 들어오니 소수파인 남악파가 견딜 재간이 없지요. 그러다보니 차츰 절의 형태도 갖추지 못하고 절의 이름도 갖지 못한 형태의 절로 남게 되었습니다."

"그렇다면 관혜 대사 이후 그 법손들이 있습니까?"

"없을 리가 있겠습니까? 다만 희랑 법손들에 밀리니 그 이름을 떳떳이 남겨놓지 못하고 있던 게지요. 들은 이야기로는 견훤의 10여 명의 자녀 중에도 관혜의 법손이 있다는 말이 있습니다만 관혜 대사와 관련 그 어떤 기록도 없기에 그냥 전해오는 이야기로만 알고 있습니다."

스님의 이야기는 좀 독특했다. 그냥 막연히 듣고만 있었던 것이 내가 알지 못하는 생각 외로 복잡한 사연을 가지고 있다는 것을 알게 된 것이었다. 그러면서 나는 혹 그 남악파와 북악파의 충돌과 불일문과는 어떤 관련이 있지 않을까 하는 생각이 순간적으로 들었다. 왜 이 절은 불이문이 아니라 불일문이라고 한 것일까? 불일과 불이가 어떤 차이가 있는 것일까?

그날 스님은 우리와 마주 앉아 차를 마시면서도 시도 때도 없이 걸려 오는 전화를 받느라 대화가 이루어지지 않을 정도였다. 무슨 전화가 저리 많은지. 그 전화의 내용은 주로 불교 교리 내용이었다. 곁에서 하는 이야기를 들어보니 속속 머리에 들어왔다. 그의 교리에 대한 설명은 아주 명쾌했다. 예시법이이고 대화법이고 문답법이었다. 하나 일러주고 묻고 하나 일러주고 묻고 예시를 하는데 옆에서 듣는 나 역시 그의 말에 빠져들지 않으면 안되었다. 결코 위엄을 갖추려거나 자신을 신비화시키려거나 큰 스님 가까이 가기 어려운 그런 것이 아닌 아주 편한 스님, 이웃 아저씨 같은 그런 느낌이었다. 그가 내가 모르고 있다 뿐이지 알고 있는 사람들에게는 꽤 도력이 높은 스님임을 느끼게 했다. 그날은 그가 바쁘게 전화를 받는 바람에 우리는 더 이상 그의 방에 앉아 있을 수가 없었다. 그는 이런 날은 드문데 오늘따라 유난히 전화가 많다며 미안해 했다. 우리는 다음을 기약하며 그날은 그렇게 헤어졌다.

서울에서의 일은 기도하고 포교하는 일이 전부였기 때문에 그냥 나는 평소대로 하루일과를 소화해내고 있었다. 그런데 그 절에 다녀오고 나서는 이상하게 하는 일이 하나 더 늘었다. 그 스님의 일이 머리에서 떠나지 않는 것이었다. 우리 불교에서 남악파와 북악파의 차이점은 무엇일까? 그 이론이 무엇이기에 당시 남북대립으로 서로 도당을 만들고 문도를 만들고 서로 으르렁거렸던 것일까? 지금 생각해보면 하등 쓸모 없는 것들임에도 그렇게 둘로 나누어 싸웠다는 것이 신기하다고 생각했다.

그렇게 그 이름 없는 절을 떠나온 지 석 달쯤 지났을 때였다. 나는 다시 그 절을 방문하게 되었는데 이번에는 스님께서 혹 들를 일이 있으면 한번 들러주면 고맙겠다는 연락을 해왔기 때문이었다. 나를 보자 그 스님은(다시 보니 도무지 나이를 가늠할 수가 없었다 나이가 꽤 들어 보이는 것 같기도 하고 아닌 것 같기도 하고) 나를 반갑게 맞아주면서 오느라 수고했다며 전과 달리 상당히 환대해주는 것이었다. 조금은 이상한 일이었다. 너무 공손하고 친절했으므로 무슨 꿍꿍이라도 있는가 싶은 생각마저 오히려 드는 것이었다.

"잘 오셨습니다. 그전에 저의 바쁨 때문에 제대로 접대해주지도 못하고 보내어서 속으로 참 미안하게 생각했습니다만 오늘 다시 처사님을 보니 그때의 후회를 만회할 것 같은 생각이 들어 기쁩니다."

그는 내게 약초들을 다려 만든 약차를 내왔고 그 차를 달이는 현란한 솜씨에 나는 조금은 놀라는 모양으로 그를 바라보았다.

"칠불사를 거쳐서 오셨습니까?"

"길이 많이 가팔라서 이번에는 아예 능선 등산로를 이용했습니다."

나는 그가 전에 이야기해준 접목이라는 말이 생각나서,

"그런데 접목은 구하셨습니까?"

하고 물었다.

"그게 아무나 할 수 있는 것이 아니라서."

"그래도 스님 나이가 있는데 얼른 접목을 하셔야지요. 자칫 스님에게서 끝나버리면 영영 남악은 우리 불교사에서 사라지고 말텐데."

"많은 생각을 하고 있습니다. 처사님께서 모르게 추진하고 있는 것도 있구."

"추진하는 일라니요?"

"절문을 하나 크게 만들려고 합니다. 아무래도 작고 보잘 곳 없는 절문을 가지고는 제대로 남악의 화엄사상을 전파할 수 없을 것 같습니다."

"역시 불일문이겠군요?"

"네."

"스님, 그 남악파에서 말하는 화엄이란 것이 무엇인지 말해주실 수 있겠습니까? 스님이 하두 신비스럽게 이야기하니까 궁금하기 짝이 없습니다."

내가 이야기를 하자 그는 갑자기 정색을 하며 나를 노려보았다. 사실 나는 그가 말하는 관혜의 사상을 하찮게 보았기 때문에 조금 다소 폄하하듯 무시하며 말하였던 것이었다. 그러자 그는 나의 이런 불경한 태도에 분노한 듯 그의 눈에 살기마저 내뿜었다. 나는 곧 내가 말을 실수했다는 것을 알고 주눅들어 고개를 내려놓았다. 그는 한참 동안 고개 숙인 나를 노려보더니 넌지시 떠보듯 물어왔다.

"불교 공부는 얼마나 했습니까?"

그 말은 이제까지의 말투와 사뭇 다른 것이었다. 딱히 어느 지역의 사투리 말투인 것 같지도 않았고 산속에 혼자 살아 오랫동안 말을 하지 않아 어눌해진 그런 것도 아니었다. 마음 깊은 곳에서 우러나는 진정한 외침 같았다.

"그냥 승적은 있지만 그러나 실제로 활동을 하지 않는 머리 기른 파계 잡승입니다."

그는 내가 말을 그치자 한 번 더 나를 노려보았다. 처음에는 몰랐는데 갈수록 그의 위엄과 권위 같은 것이 느껴졌다.

거참 이상한 일이었다. 그와 마주 앉아 있을수록 그런 것은 더욱더 드러나는 것이었다. 그렇게 아무 말 없이 십여 분이 지났을까? 그는 말없이 일어서더니 한 구석에 장롱처럼 만들어놓은 벽을 열더니 신문지로 꼭꼭 싸맨 물건을 하나를 가져다가 조심스럽게 내 앞에서 풀기 시작하는 것이었다. 어찌나 꽁꽁 싸매어 놓았던지 처음에는 신문으로 벗겨내니 네모난 상자가 나왔고 그 나무로 된 나무상자를 벗겨내니 다시 이번에는 한지로 싸맨 것이 나타났다. 그 한지를 벗겨내니 다시 나무상자가 나타났고 그 나무상자에 달린 자물쇠를 열더니 거기에 책과 작은 상이 하나 나타났다. 순간 나는 놀라 화들짝 뒤로 나자빠질 뻔했다.

불상인 줄 알았더니 자세히 보니 불상이 아니고 눈을 감고 명상에 잠겨 있는 것 같은 그것은 어느 고승의 상이었다. 상은 그렇게 큰 것이 아닌 그냥 우리가 흔히 보는 조금 큰 동자상 같은 것이었는데 자세히 들여다보니 눈썹 하나하나, 민머리에 난 조그만 상처까지 뚜렷하게 살아있는 것이었다. 그것은 그냥 동자상이나 부처상처럼 종교적인 목적으로 만든 그런 것이 아니라 실제로 앞에 사람을 두고 일일이 깎아낸 것 같은 실제적, 사실적 개성을 담은 조각상이었다. 겉모습이 약간 검은 것으로 보아 청동상인가 했는데 로댕의 생각하는 사람 같은 형상을 한 그것은 놀랍게도 석상이었다. 약간 오래된 이끼 같은 것이 피어 오래되었기 때문에 그런 것이겠거니 생각했는데 그것도 아니었다. 원래 그런 색의 돌이었다. 그 돌에 정교하게 조각된 사람은 분명 상상이 아닌 누군가를 조각한 것임에 틀림없었다. 나는 한동안 그 조상이 너무도 와닿아 그 조상에서 눈을 뗄 수가 없었다. 이윽고 나는 그 조각상을 손으로 쓰다듬으며 물었다.

"이 상의 주인공이 있을 것 같습니다."

그는 한참 동안 조심스럽게 그 석상을 보듬더니 상의 밑을 들어 올려 보였다. 그곳에는 두렷하게 '관혜조사상觀惠祖師像'이라는 글자가 그 밑에 새겨져 있었다.

"아니, 그렇다면 저것은?"

여지껏 그 어느 사적에도 발견되지 않은 관혜조사상이라는 글을 읽자 나는 순간 벌에 쏘인 것처럼 화들짝 놀라 입을 다물 수가 없었다. 아니, 그 흔적을 남기지 못한 채 사라졌다는 그 남악파의 관혜가 저렇게 석조상으로 남아 있다니? 순간 나는 언젠가 국립중앙박물관에서 '대고려, 그 찬란한 도전'을 열었던 때를 떠올렸다. 그때 왕건상과 해인사 희랑대사상을 나란히 전시한다고 해서 신문에 크게 보도된 적이 있었다. 북한에서 왕건의 상을 대여할 수 없다고 하여 전시는 희랑대사상 전시만으로 끝나고 말았지만 그 북악파의 조사인 희랑조사상은 떳떳하게 남아 있음에 비해서 남악파의 조사인 관혜의 흔적은 어디서도 볼 수 없었는데 그것이 남쪽 지리산의 남악파를 자처하는 한 허름한 절에서 보관되어 있다니? 이것은 문화재에 관한 한 문외

한인 내가 보아도 우리나라를 떠들썩하게 하고도 남을 사건이었다.

나는 놀라워하며 마주 앉아있는 남악파 21세손이라는 그에게 단도직입적으로 물었다.

"이 관혜조사상을 왜 세상에 드러내지 않고 있습니까? 그것이 혼자만의 것이겠습니까? 우리 온 민족이 기뻐해야 할 일이 아닙니까?"

그러나 그는 내가 놀랍게 생각하는 것만큼 다른 생각을 가지고 있었다.

"아직 발표할 시기가 아닙니다. 지금 우리 불교계는 북악파의 화엄 사상이 주류가 되어 내려오고 있습니다. 균여가 통합하였다고는 하나 무엇을 통합하였는지 남악의 실체가 무엇이었는지 두렷하게 밝혀지지 않고 북악파와의 차이가 무엇인지도 알 수 없습니다. 북악의 화엄이 주류일진데 남악 화엄을 뚜렷하게 밝히는 것은 상당이 저어되는 일입니다."

"그래도 지금은 그때가 아닌데……"

"우리라고 왜 그런 생각을 하지 않았겠습니까? 이런 일은 과거 여러 번 있었지만 사실 북악이 주류를 이룬 불교계에 남악의 사상을 펴는 것은 상당히 어려운 일이었습니다. 남악이라는 존재를 알릴 때마다 알 수 없는 보이지 않는 손들이 이단이라며 테러를 가했고 그때마다 용케 피해 살아 남아야 하였지요. 테러를 입을 때마다 남악 문도들은 오로지 '관혜조사상'과 관혜 조사가 남긴 이 '남악화엄'이라는 저술만을 품에 안고 안전한 곳으로 피신해야 했습니다. 더우기 조선 초에 이르러서는 그동안 점으로 이어지던 남악파의 법손은 거의 끊기고 마지막 법손인 청두에 이르러서는 자신이 죽을 무렵까지 자신을 이을 상좌를 얻지 못합니다. 남악파의 법이 자신에 이르러 끊긴다는 죄책감에 사로잡혀 있던 청두는 자신을 이을 법손을 훔쳐오기로 결심합니다. 먹고 살기 어려운 집의 아이를 데려와 키울 생각을 하였지만 그러기엔 자신의 여생이 많이 남지 않음을 알고 접목을 시도합니다. 당시 억불숭유정책에 따라 파계를 당하고 집에서 지내던 한 청년을 만나 그에게 조건을 제시합니다.

혹 내 밑에 들어와 내 제자로 수도할 생각이 없는가? 보통은 제자가 스승을 찾는 것인데 이 경우는 좀 달랐습니다. 청년은 고민 끝에 마지막 남악의 법손인 청두의 제의를 받아들이게 됩니다. 간신히 남악 화엄을 이었다고 생각한 청두는 어느 날 홀연히 사라집니다. 그런데 계속 이어갔으면 좋으련만 청두의 접목 법손인 두산 역시 당시의 시대상과 남악파라는 한계로 인해 제자를 두지 못하게 됩니다. 그러다 은사님이 한 방식대로 다시 접목으로 남악을 잇게 되고 그렇게 그렇게 접목으로 이은 것이 저에게까지 내려오게 되었습니다."

스님은 말을 마치자 내 눈을 또렷이 노려보았다. 아까와는 달리 그는 이제 마치 내게 자신의 마지막 법손이 되어줄 수 없겠느냐는 간절한 애원의 눈길을 보내고 있는 것 같았다. 나는 얼른 외면을 한 채 다시 물었다.

"그 이후로 남악파는 접목으로 이어온 것이었군요"

"네, 그렇습니다."

"아무리 그렇다치더라도 일생을 수도하면서 절 하나 마련 못하고 법손 하나 마련 못하다니 스님의 능력에 문제가 있는 것 아닙니까?"

나는 단도직입적으로 그의 눈을 또렷이 바라보며 비난하듯 물었다.

"전에도 말했지만 견훤이 패한 이후로는 남악파의 세력은 급격히 낮아지고 중심사찰을 비롯 크고 작은 남악파의 사찰들을 앗기기도 하였습니다. 그것이 나중에는 남악파의 절은 앗아도 되는 것으로까지 퍼지게 되었습니다. 그런 피해의식이 지금도 남아 남악파는 절을 제대로 갖지 않고 있습니다."

"그러다보니 스님께선 아직 상좌도 두지 못하고 있군요."

"네 두기가 어렵습니다. 누가 사찰도 없는 소승에게 수도를 하려고 들겠습니까? 이즈음 출가자들은 옛날처럼 그렇게 없는 곳에서 시작하는 것이 아니라 어떻게 하면 좀 편하게 수도 생활을 할까 하는 생각이 앞서는 것 같습니다. 상좌를 두고 싶어 노력했습니다만 아직 두고 있지 못합니다. 설사 있다가도 얼마 견디지 못하고 떠나더군요. 남악 화엄은 이단이라는, 소수파라는 생각이 아직도 우리들 머릿속에 남아 있는가 봅니다."

그날 나는 그가 왜 나를 불렀는지 알 수 있을 것 같았다. 내가 파계 잡승이라는 것을 알자 그는 틀림없이 기회를 엿보아 내게 자신의 접목 법손을 제의할 것 같았다. 그런 이유가 아니라면 그 남악파 시조인 관혜의 조각상뿐만 아니라 관혜의 저술을 내게 보여줄 리 만무였기 때문이었다. 당대 관혜와 쌍벽을 이루었던 희랑의 목조상이 지금 해인사에 국보로 남아 있는 것과는 달리 관혜에 관한 기록은 견훤이 왕건에 패한 이후 우리나라의 사적이나 불적, 또는 어느 고적에도 남아 있지 않은 것을 보면 희랑의 북악파가 깡그리 남악의 흔적을 지웠던 것으로 보였다. 그런데 그렇게 역사적으로 깡그리 사라졌다고 여긴 남악파가 이렇게 지리산의 한 낡은 초막 같은 절에서 발견되다니? 이것은 불교사적으로나 불교사상사적인 면에서나 놀라운 일이 아닐 수 없었다. 내가 본 그대로 신문에 발표해도 될 일이었다.

해인사의 희랑대사상과 비교해보면 희랑대사상은 우선 그 크기에 있어 컸고 건칠되어져 있고 이마의 주름이라던가 피부 표현 같은 것이 매우 자유스럽고 사실적이라는 점에서 음울하고 고난과 고독과 희생을 감수하고 있는 듯한 우수의 얼굴인 관혜조사상과는 달라보였다. 희랑이 밝고 희망적이고 웃음 같은 밝은 세계를 나타내고 있다면 관혜조사상은 그 반대로 깊은 고뇌와 고통, 침묵의 불교의 또다른 모습을 보이고 있었다. 희랑대사의 그것과는 완연히 차이가 있었다.

"그래도 이렇게 꼭꼭 숨어다닐 것이 아니라 남악의 관혜 조사상과 그의 저술을 세상에 발표하는 것이 어떨까요?"

"아까도 말했지만 아직 시기상조입니다. 한 때는 그런 생각이 들기도 하였지만 지금은 남악파의 세력을 좀 더 키워야 할 때라고 생각했습니다. 지금 드러내면 누군가에에게 테러 당할지 모른다는 두려움이 있습니다."

"이 개명된 세상에 테러라니요?"

"아닙니다. 지금도 저 자신 매우 조심스럽게 처신하고 있습니다. 불교라는 것이 종교라지만 그렇게 투명한 세계는 아닙니다. 보이지 않는 손이 있는 것입니다. 자기와 다르다는 것에 대한, 자신의 이론 사상과 다르다는 것에 대한 폭거, 오해 등이 종교계에서는 수없이 보이지 않게 일어납니다. 다만 잘 알려지지 않고 있을 뿐이지요. 그리고 설사 이런 산골에서 무슨 일이 일어난들 누가 알겠습니까? 저의 앞의 은사 선생님께선 그렇게 당하셨습니다. 그러나 테러를 당하고 절을 앗겼음에도 남악파는 살아 남았습니다. 그뿐만이 아니라 그때 은사 스님께서는 남악의 유일재산인 '관혜조사상'과 '남악화엄'을 노리는 사람이 있다는 것을 말씀하셨습니다. 비단 종교적인 문제가 아니라 도굴범들의 차원에서도 말이죠. 그러나 용케 은사 선생님께서는 이 두 유물을 잘 지켜 왔습니다. 그리고 저에게 전해주신 것입니다."

"도굴꾼이라니요? 그럼 이런 것을 도굴꾼들은 알고 있었다는 말입니까?"

"이런 사실을 알고 있는 사람이 있다는 것은 인간 접목을 시도하려다 알려진 사실입니다만 접목을 하려 했던 시자가 떠난 경우지요. 그리고 그 시자가 도굴꾼을 통해 두 가지를 훔치려고 노렸던 것입니다. 그러나 그가 죽음으로써 이제 이것을 알고 있는 사람은 바로 법사와 저 둘 이렇습니다. 아니 모르지요. 또 도굴꾼들이 자신들의 자식들에게 이 이야기를 할 수도 있었겠군요."

그 뒤 나는 생각이 날 때면 그 절에 찾아가서 불이문이 아닌 불일문을 지나(사실 지날 것도 없었다 그냥 문이라는 이름만 붙어있지 그게 문일까 웃음짓기도 하는) 그를 자주 만났다.

그때마다 나는 그에게서 후한 대접, 그리고 깍듯한 존대를 받았다. 내 영입에 아주 정성을 들이는 것을 느낄 수 있었다.

"남악과 북악의 차이에 대해 이야기 좀 해주시죠?"

어느 날 나는 그에게 누구나 궁금해 왔던 질문을 던졌다. 그것은 생각에 따라서는 그에게는 상당히 무례한 질문일 수도 있었다. 그러나 나는 그가 나를 접목하려 한다는 것을 노렸다. 그가 내 질문에 답을 회피할 수 없을 거라 생각하였다.

"허."

그는 질문에 말은 않고 신음 같은 소리만 연신 발했다. 그런 것은 함부로 말해줄 수 있는 것이 아닌 것처럼 저어하는 눈치였다.

그는 잠시 눈을 감더니 당시 남악의 관혜와 북악의 희랑의 이야기를 들려주었다. 이런 것은 관혜의 남악 법손들에 의해서 전해오는 것이라는 말과 함께.

관혜와 희랑은 한때 해인사에서 한솥 밥을 먹는 큰 스님들이었다. 이들은 서로 화엄경에 대한 일가를 이루었는데 추구하는 바가 서로 달랐다. 그들의 문도들은 남악 화엄은 지리산 화엄사를, 희랑의 북악파는 영주 부석사를 중심으로 뻗어나갔다. 그런데 그 세력이 어찌나 팽팽하던지 서로의 문도들도 그 조사들을 중심으로 사건마다 맞섰다.

"남악과 북악의 표면적인 차이는 화엄은 의상의 부석사 화엄 이후 선종 등의 도전을 받고 화엄종 나름의 자구 방안을 마련하였는바 이 자구 방안을 두고 차이가 있었습니다. 물론 우리의 화엄이 대승적이라는 면에서는 공통되었지만 북악은 희랑을 중심으로 화엄의 진리를 원래심으로 돌아가자는 원리주의였고 이와 달리 남악의 주장은 기존의 세력을 부정하고 새로운 의미를 추구하는 개혁적인 사상이었습니다. 그러기에 남악파는 원효와 같은 생활불교, 상대불교, 상황불교, 포교를 중심으로 하는 불교를 지향했지만 북악파는 철저히 개인 중심의 깨달음을 지향하는 절대불교를 지향했다고 할 수 있습니다.

　이런 두 파의 갈등은 해인사를 두고 팽팽한 대결을 벌입니다. 그 뒤에 각각 견훤과 왕건의 두 왕의 지지를 받으면서 더욱 격렬한 파벌을 이루었으나 왕건의 승리와 함께 견훤의 지지를 받는 남악파는 깡그리 사라지고 그 어느 기록이나 역사서나 불적에도 살아남지 못했습니다. 북악의 희랑대사에 관한 이야기는 해인사 불적에도 나타나 있지만 같은 복전이면서도 남악의 관혜에 관한 것은 그 어디에도 볼 수 없었습니다. 이상한 일이었습니다. 단지 견훤이 패배하였다는 이유만으로 남악의 여러 기록들이 깡그리 사라진다는 것은 종교가 권력의 그늘 아래 있다는 것을 여지없이 나타낸 것이라 할 수 있습니다. 아무리 희랑이 왕건의 배려를 받았다고 하여도 정치와 종교는 엄연히 분리되어야 하는 것이 아닌가? 그러나 왕건의 승리와 함께 북악의 화엄은 계속 이어져 지금까지 주류를 이루고 있고 남악의 화엄은 어떤 것인지 그 내용조차 모르고 있습니다. 관혜는 견훤의 몰락과 함께 자신의 목숨에도 한계가 온 것을 알고 자신의 맏상좌인 구의에게 자신이 남긴 '남악화엄'이라는 책을 주고 그리고 홀연히 해인사를 떠납니다."

　맏상좌인 구의는 희랑의 도반들이 승리에 들떠 희랑을 찬양하고 희랑의 덕을 오래 남기기 위해 희랑의 목상을 만든다는 소문을 듣는다. 그 말을 듣자 구의는 자신의 은사인 관혜의 훌륭한 인품과 폭넓은 지식, 언제나 공부를 하라며 외치던 은사 스님의 사자후를 떠올린다. 그래 스승의 상도 남기자. 그래서 오래도록 스승의 인품과 학덕과 화엄정신이 남도록 하자. 비록 패했지만 스승에 대한 흠모와 애정을 주체치 못하던 구의는 스승의 얼굴을 하나하나 기억하며 평소 은사 스님이 앉아 계시던 돌에 한뜸 한뜸 정밀하게 깎아나갔다. 그것은 결코 어려운 것은 아니었다. 다만 시간과 노력이 걸리는 일이었다. 먼저 크기를 정했다. 크게 할 수는 없을 것 같았다. 혹 상을 크게 만들었다가 승자의 시기에 의해 파괴될지도 모른다. 그렇다고 너무 작아도 안된다. 보통의 상처럼 윤곽을 정하고 깎아간다. 그것은 깎는 것이 아니라 숫제 자신의 살점을 하나하나 뜯어다 붙이는 것이었다. 그것은 평소 스승이 세상의 모든 것은 조금씩 깨달아가는 데 있다고 누누이 말한 것과 같았다. 당시 회자되고 있던 돈오頓悟는 부처님 같은 사람만이 가능할 뿐 우리 같은 사람들은 그냥 조금씩 깨닫다가 인생을 마치는 존재라고 하였다. 사람도 경우에 따라서는 돈오까지 갈 수가 있다고 하였지만 그러나 돈오의 경지까지 가는 것이 고통스럽다면 우리는 우리의 능력껏 할 수 있는 데까지 가면 되는 것이라고 하였다. 미륵 같은 것은 없다고 했다. 그냥 현세에서 행복해야 한다는 것이었다. 깨달아가는 이 과정이 그냥 행복해야 하지 그렇지 못할 바에는 그냥 속세에 나가서 생육번식을 하는 것이 차라리 더 나은 것이라고 말씀하셨다.

구의는 매일 조금씩 스승의 상을 깎으며 만들어 가다 보니 어떤 때는 눈이 맘에 들지 않아서, 어떤 때는 입이 맘에 들지 않아서 이제껏 해온 것을 버리고 새롭게 깎아내기를 여러번 반복하였다. 구의는 혹 자신이 만든 상이 공부를 하라고 외치던 스승의 모습과 다른가 싶어 여러 번 같이 공부했던 도반들에게도 물어도 보고 상에 대한 품평을 마다 않으며 스승의 실제적인 이미지를 살리기 위해 노력하였다. 그러다 마침내 각고의 노력 끝에 만들어낸 스승의 상은 어느 고독한 사내의 울부짖는 모습처럼 우수가 짙게 배어 있고, 고뇌와 번뇌가 울음처럼 내려앉은 모습이었다.

그러나 시간이 갈수록 구의는 점차 주변의 희랑의 무리들로부터 압박이 오는 것을 느끼기 시작했다. 평소에는 그렇게 잘해주던 도반들이 슬금슬금 눈치를 보기 시작하고 팽팽히 맞섰던 사찰 내의 위치도 점점 위축되어지는 것을 느끼고 있었다 조만간에는 스승이 계시던 이 암자마저도 북악파의 손에 넘어갈 것 같은 생각이 들었다. 저렇게 승리에 차 기고만장한 저들을 어떻게 꾸짖을 수 있다는 말인가? 더욱이 왕건이 희랑대사에게 토지 500결을 하사하였다는 말마저 들리자 사찰안은 순식간에 희랑의 북악파 무리들에 점령당한 기분이었다. 그런 북악의 무리들을 보며 구의는 언제가는 이곳을 떠날 수밖에 없다는 생각을 했다. 스승이 주석하고 계실 때에는 그래도 함부로 희랑 쪽 스님들이 건들지 못했는데 스승인 관혜가 떠나고 나자 북악의 행패는 노골적이었다. 남악파의 스님들조차 하나 둘씩 떠나가 이제는 구의 가까이 오려 들지 않았다. 어쩌랴 세상 이치가 다 그런 것인데, 그런 속세에서의 일들이 이 속세를 떠난 이 사찰에서조차 그대로 이어가고 있다는 것이 슬픈 것일 뿐이었다. 어느 순간엔가는 저들은 이 구의가 있는 암자까지 쳐들어와 관혜의 초상과 남악파의 이론적 근거인 이 관혜조사상과 남악화엄을 부수거나 찢어버릴 줄 모른다. 그는 관혜조사상을 가슴에 품고 다니기에 적절하게 만들어진 것에 감사했다. 그는 이제는 관혜조사에 아무 관심도 갖지 않는 도반들을 보면서 그래도 자신만은 끝까지 스승을 지키며 남악의 이 오묘한 불교 진리를 이어나가야 한다고 생각했다. 그러던 어느 날, 아닌 게 아니라 새벽에 예불을 드리려는데 웬 도반들이 나타나 이제 이 암자는 왕건을 도운 희랑의 상좌 혜가 스님이 와서 접수할 것이라는 말과 함께 나가줄 것을 요청하였다. 그날 저들의 압도적인 숫자에 저항 한번 하지 못하고 구의는 쫓겨났다. 그런 와중에 관혜조사상과 저작을 건져나온 것은 그나마 불행 중 다행이었다고 생각했다.

패배자의 삶이란 것은 비참한 것이었다. 관혜로부터 이어진 그의 상좌들은 뿔뿔이 흩어지고 그나마 마지막까지 두 제자 대구와 구의가 남악화엄을 붙들고 있었지만 대구마저 패퇴한 후백제를 구해 보려고 전장터로 나간 이후로는 구의만이 남악화엄을 지키고 있는 터이었다. 그러나 후백제의 완전 몰락과 함께 남악을 숭상하는 스님들도 하나, 둘씩 회유되거나 신념을 바꾸거나 세력에 밀려 북악으로 기우는 경우가 많아 남악은 맥을 잇기조차 벅차게 되었다.

그는 또 이어 말했다. 마치 남악 화엄에 대해 할 이야기가 많다는 듯,

"법사님께서도 아시겠습니다만 보다 더 근본적인 차이는 남악파는 연기론적緣起論的 입장을 중시하는 데 비해 북악파는 연기론적 입장보다는 성기론적性起論的 수도 입장을 강조합니다. 쉽게 말하면 이 연기론은 나와 세계, 그리고 사건과 사물이 각각 홀로 존재하는 것이 아니라 항상 서로 관계되어 성립하기 때문에 그런 관계 속에서 자신의 깨달음도 이루어져야 한다는 것입니다.

반면 북악파는 성기론적 수도를 주장하는데 이는 부처가 지극한 원력과 오랜 수양과 연마로써 진리와 지혜의 깨달음을 이루었듯이 자신도 홀로 노력하고 정진하여 그처럼 깨달음에 이르려는 것을 말합니다. 수행의 절대적 가치를 추구하는 것을 말합니다. 현상세계에 중점을 둔 연기적 사상과 구별된다고 보면 되겠습니다. 쉽게 말하자면 북악파는 원리적, 절대적 진리 추구임에 비해 남악파는 실제적, 현상적인 인 면을 보다 강조하는 주장이라고 할 수 있습니다."

나는 관혜 조상을 다시 바라보았다. 용케 어떻게 견디어 왔는지 세월 탓에 조금의 그을림은 있었지만 여전히 처음 만든 것처럼 깔끔했다. 나는 그 관혜조사상을 알고 나자 일어나 넙죽 절하였다. 가만 있을 수 없었다. 그 사

상, 그 인품, 우리 불교의 다른 한편을 보여주고 있는 그에게 존경을 표하지 않을 수 없었던 것이었다.

절을 하고 다시 자리에 앉자 나는 이제껏 품어왔던 질긴 의문을 불현듯 그에게 쏟아내었다.

"불일과 불이의 차이점은 무엇입니까?"

"불일과 불이는 다 같이 모두가 부처님의 세계를 나타내는 말입니다. 불이는 원래부터 있는 말이지만 불일은 남악파의 관혜조사에게서 끌어들인 말입니다. 불이란 유마거사께서 설하였듯이 모두 절대적이고 평등한 진리를 말하는 것이라 하였는 바 우리 도반들이 따라잡기에는 매우 어려운 지경을 말합니다. 그래서 지금도 절에 가면 절로 이르는 마지막 문으로 해탈문의 역할을 하는 불이문을 둡니다.

불이의 핵심은 둘이 아니다. 즉 평등, 통일 같은 쪽을 아주 강조하는 말씀이라 할 수 있습니다. 이것과 저것이 다름이 없고 안과 밖이 있을 수 없으며 유무란 개념이 있을 수 없는 경지, 그곳까지 올라갈 수 있어야 하는데 많은 도반들이 이까지 이르지 못한 채 자신의 한계를 느끼고 좌절합니다.

반면 불일이란 모든 현상은 인연 따라 일어나므로 하나가 아님입니다. 따라서 어찌 보면 혼란, 혼돈을 뜻합니다. 불일치란 하나가 아니고 일치하지 않는 세계, 그것이 불일의 전제입니다. 다분히 불일은 불이에 대한 저항, 전통·질서에 대한 반발을 담고 있습니다. 통일·조화가 불이의 궁극적 경지라면 불일은 혼돈이고 그 조화, 질서를 깨부수는 것이 불일입니다. 북악의 화엄에 비해 남악의 화엄은 이런 기존의 질서를 파괴하려는 새로운 세계에서 시작되었습니다. 새로운 술은 새로운 부대에 담자. 새로운 나라는 새로운 사상적 토대 위에서 세우자 뭐 이런 뜻을 담은 것입니다. 그러니까 불일은 불이에 비해 개혁적, 기존 질서에 대한 비판적, 새로운 질서라는 의미가 있다고 할 수 있습니다. 그래서 불일문을 내걸어 남악파임을 드러내기 시작했어요. 이 세상에 조화, 통일의 불이의 경지란 것은 이상일 뿐이다. 일반 수도승들은 엄두도 못내는 경지다. 그러지 말고 현실을 보자. 현실에서 자신의 깜량껏 도를 이루자. 그것이 남악파 사상의 핵심이라 할 수 있습니다."

"그렇다면 그것 때문에 남악과 북악이 갈라진 것이란 말인가요?"

"보다 더는 남악의 개혁적인 모습이 정통 화엄파에서는 기존에 대한 도전이라 보아 좋게 보이진 않았겠지요. 남악의 사상은 생활불교, 자연불교, 그리고 서민불교라 할 수 있습니다. 원효의 사상과도 많이 닮아 있습니다. 기존의 화엄이 귀족과 왕족 중심 그리고 한문을 아는 사람들에 의해서 유지되어오는 것에 대한 반감 또는 한계를 느꼈다고 할까요? 아무튼 남악은 그런 관점에 도전해서 불교 혁신운동 차원으로 일어난 것이라 볼 수 있지요. 지금도 그렇지만 당시도 개혁이란 것이 얼마나 힘들고 목숨을 내놓지 않으면 이루어질 수 없는 것이라는 것을 알 수가 있지요. 그때나 이제나 혁신이나 개혁은 어렵고 소수파라는 것을 알 수가 있습니다."

"그밖에 무엇을 기존에 반대하고 혁신하기로 했던 것인가요?"

"들은 대로이고 지금도 그렇게 실천하고 있습니다만 남악은 우선 나의 행복 중심의 불교입니다. 내세란 없다. 유아독존이다. 설사 있다고 하더라도 지금의 내가 행복해야 한다. 종교도 내가 행복하지 않으면 믿을 필요가 없다 그런 주의입니다. 둘째 고행, 수행, 자선 등을 구원에 이르는 길로 인도한 당시의 불교와는 달리 그냥 부처님의 말씀대로 살아가는 것이 구원에 이르는 길이라 주창하는 것입니다. 먼저 깨닫고 남을 돕는 것이 아니라 남을 돕는 마음을 내면 내 괴로움도 사라진다는 방법입니다. 셋째 포교 중심의 불교입니다. 과거의 불교가 자신만의 깨달음의 불교라면 누구나 행복할 수 있다는 서민을 중심으로 한 포교 중심의 불교는 꼭 필요했습니다. 그래서 선종 교종, 남·북악 가리지 않고 좋은 포교 방법이라면, 좋은 수도 방법이라면 우리 남악파에서는 그대로 다 열린 마음으로 수용했습니다. 세상은 조화, 통일이 아니라 원래 불일치의 세계라는 전제하에 나름 부처님의 뜻대로 살아간다면 평안을 이룰 것이라고 생각한 것입니다. 이런 것은 당시 불교와 매우 다른 것이라 할 수 있습니다. 무엇보다 불교의 특수성에 더 비중을 두었던 것이라 할 수 있습니다. 원리주의가 아니라 우리에게 맞는 불교, 우리 시대에 맞는 불교, 우리 지역에 맞는 불교, 나에게 맞는 불교를 지향했던 것입니다. 그러다 보니 타율보다 자율, 형식보다 내용, 꾸밈보다는 내 마음의 평안을 우선시하게 되는 것입니다."

"구의 뒤의 남악파를 알고 싶습니다."

"그렇게 이어지다가 고려 성립 이후 기록상으로는 균여를 비롯한 북악을 중심으로 한 승려들이 남악을 통합하려고 노력했다고 나와 있습니다만 더 이상의 남악에 대한 공식적인 기록은 없습니다. 결국은 남악은 역사의 뒤안길로 사라졌고 그동안 희랑의 북악 화엄이 주욱 불교를 대변하고 있습니다. 그러나 남악은 오늘날 미미하지만 이렇게 살아남아 있습니다."

나는 좀 더 남악의 법을 알고 싶었지만 우선 내가 깊지 못하니 더 깊은 것을 물을 수가 없었다. 그는 말을 하면서 자꾸만 나를 그의 세계 속으로 끌어들여 제자로 삼으려고 했지만 나는 일단 거절했다. 이미 절을 벗어났는데 또 무슨 절에 미련 있어 절을 찾는다는 말인가. 게다가 절이라도 번듯하면 모를 텐데 겨우 옛날 공비소탕을 위해 임시적으로 지은 초소를 절로 조금씩 키운 낡고 볼품없는 그곳으로 들어갈 여유는 없었다. 내가 아무리 다시 출가자가 되고 싶어도 말이다.

그는 말을 끝내고서도 매우 호소하는 눈빛으로 그리고 이런 관혜조사상과 관혜조사 기록을 보여준 것은 나밖에 없다는 것을 강조하며 내게 정말 간절한 눈빛을 보냈지만 나는 그의 애원 어린 눈초리를 애써 외면한 채 다시 그곳을 떠나왔다.

그 후 이태쯤 지나 나는 다시 그 절을 찾았다. 까닭은 안부 인사 겸 우리 불자회를 통해 그 절을 다시 수리하기로 계획했기 때문이었다. 우리가 그 절을 찾아간 것은 여름이 거의 끝나갈 무렵이었다. 산에 갓 단풍이 들기 시작했을 때인데 찾아간 우리는 깜짝 놀라지 않을 수 없었다. 이태 만에 본 그 절은 거의 허물어져 있었고 짐승이 드나든 듯, 벌레가 슨 듯, 여기저기 짐승 똥과 발자국이 함께 어지러워져 있었고 그 남악파의 마지막이라고 했던 스님 역시 사라져버리고 없는 것이었다. 물론 '관혜조사상'과 관혜조사의 '남악화엄'과 함께. 그것을 보며 나는 무언지 모르게 아쉬웠다. 그 남악파는 이제 끝이 난 것이란 말인가? 그 스님이 조금 더 나를 강력하게 잡았더라면 나는 어쩌면 내가 마지막 남악파의 후예가 되었을지도 몰랐을 것이라는 생각을 했다. 그러다 이내 나는 허물어진 절을 신경질적으로 발로 툭툭 차면서 나왔다. 소름 돋는 장끼 울음 소리가 갑자기 내 앞으로 절박하게 날았다.

고향으로 가는 길

고향으로 가는 길엔 / 하늘이 높고 / 흰 구름이 피어올랐다. // 흰구름 그 뒤엔 / 남댕이 푸른 바다가 / 널렸고 / 간월도 건너, 안면도 / 소나무가 그림자를 드리우고 있었다. // 보리 누룸에 / 살랑이는 바람은 / 짙은 고향 냄새를 날리고 / 느르실 논두렁엔 / 개구리도 울었다. // 서낭당 고개 넘어 / 배나무골은 오리 / 갈미 장터 가는 길엔 / 흙먼지가 뽀얗게 일었다. // 인정이 구수하기 / 고구마 같은데 / 콩서리 모닥불에 입술도 검고 // 고향으로 가는 길엔 / 피어 오른 구름처럼 / 마음이 부풀었다.//

고향으로 가고 있다고 생각하자 나는 문득 오래전 고등학생 아들의 '문학' 교과서에서 읽었던 시 '고향으로 가는 길'이 떠올랐다.

하늘은 높고 맑았고 틸비로 쓴 것 같은 구름이 이따금 솔솔 강물처럼 흐르고 있었다. 내가 모는 차 앞으로 고개 숙인 누런 벼가 바리바리 옛 고향 풍경을 싸들고 오는 것 같았다.

나는 길 한쪽에다 차를 세우고 거대한 바다처럼 보이는 들녘을 바라보았다. 저편 들판 중간에 낮으막한 산이 하나 섬처럼 떠 있었고 그밖엔 온통 누런 벼가 물결을 이룬 바다였다. 먼 들녘을 한없이 바라보고 있자니 눈물마저 상큼 솟아 올랐다. 고향, 그 얼마나 정겹고 흥겨운 소리인가? 나는 아주 오랫동안 아껴두었던 보물을 끄집어 올리듯 살짝 입술을 달싹거려 '고향'하고 외쳐보았다. 시인인 나는 고향이라는 말, 아니 설사 고향은 아니더라도 고향과 관계있는 내용을 얼마나 시 속에 담아 내었던가? 15권의 시집 중에서 향수, 방랑, 망향, 귀향 등 고향을 배경으로 한 시는 부지기 수일 터였다. 오죽하면 나를 일러 고향의 시인이라고 하였던가?

그뿐이랴, 고향에 대한 강연은 또 그 얼마나 했던가?

"요즘 들어 텃밭 가꾸기에 대한 관심이 부쩍 높아지고 있습니다. 왜 흙에 대한 관심이 높아지겠습니까? 인간은 흙에서 시작하고 흙에서 살아왔기 때문입니다. 그래서 인간의 깊은 속에는 흙을 그리워하는 원형적인 그리움이 내재되어 있습니다. 그러나 문명이 발전하고 산업화가 진행되어지면서 사람들은 흙에서 멀어지게 되었습니다. 자기가 살던 곳이 아닌 다른 환경에서 살게 되자 온갖 압박을 받게 되고 전에 없었던 질병에 걸리게 된 것입니다."

내가 강사로 나서는 곳은 50 이후의 직장인을 대상으로 하는 힐링 프로그램을 운영하는 곳으로서 이곳의 대표가 바로 방송국장을 끝으로 은퇴한 후배였기 때문에 그의 부탁으로 자주 강단에 섰다.

내가 주로 강의한 것은 '창작과 힐링'이었지만 나는 창작보다 힐링에 강점을 두어 현대인의 힐링은 마음 속에 있는 것을 글로 나타내는 것도 좋지만 고향으로 돌아가 흙과 함께 살아가는 것이라는 것을 감히 주장하고는 하였다.

"우리는 지쳐 있습니다. 이 삭막하고 팍팍한 도시 생활에서 그나마 우리가 위안을 받을 수 있는 곳은 땅과 숲과 흙입니다. 고향으로의 회귀, 그것은 본능인 것입니다. 지치고 괴로우면 땅과 흙과 숲이 있는 고향으로 돌아갑시다. 만일 고향이 없다면 흙과 땅이 있는 텃밭을 만듭시다. 하여 고향에서 한

움큼 희망을 건져 올립시다."

강연을 듣는 사람들은 내가 약간의 허명이 있고 회사에서 은퇴한 사람이라는 것을 알지 못하고 있었다. 하긴 나 같은 학자도, 정치가도, 또 언론인도 아닌 사람을 일반 기업의 회사원들이 어찌 알 수 있는가? 그래도 그 잘난 시인이라는 말이 내 이름 앞에 붙어 있어 내 위치를 받쳐주고 있으니 여간 고마운 것이 아니었다.

"그렇다면 우리 작가님의 고향은 어디이십니까?"

강연 중 누가 물었다. 순간 나는 잠깐 혼란을 일으켰다. 그 말에 쉽게 대답을 하지 못하였다. 이어 '그렇다면 작가님의 고향은 그렇게 아름다운 기억으로 남는 곳이냐'고 물을 것 같았기 때문이었다. 내 고향이 어디인가? 아무리 생각하고 머리를 쥐어짜도 말이 쉽게 나오지 않았다. 이상했다. 분명 고향이 어디라고 말은 할 것 같았는데 말이 되어 나오지 않았다. 내 말을 놓치지 않겠다는 듯 나를 바라보는 수백 개의 눈동자를 보자 내 입은 더욱 떼어지지 않았다. 내가 왜 이런다지. 입을 놀리려고 했다. 그러나 이미 입은 내 생각에서 벗어난 듯 내 뜻대로 움직여주지 않았다. 그렇게 주춤대는 나를 보고 사회자가 다가오며,

"선생님, 어디 아프십니까?"

하고 귓속말로 물었다. 나는 깜짝 놀라 정신을 차리며,

"아, 아닙니다, 여러분, 죄송합니다, 그 질문을 받자 갑자기 제 속에서 여러 복잡한 생각이 한꺼번에 떠오르며 혼란을 일으키는 바람에 잠시 입이 제 생각을 벗어났습니다."

하고 허둥지둥 말했다.

그러면서 나는 고향에 대해서 이야기를 다시 하였다.

"제 고향은 지리산 근처입니다. 옛날에는 공비들이 출몰하고 지서가 파

괴되고 마을이 밤낮으로 바뀌기도 했다는 동네입니다. 그곳에서 초등학교를 다녔으니까 비록 그 이후의 삶을 타지에서 살았을지라도 언제나 마음속 고향은 지리산 근처라고 할 수 있지요."

그러나 나는 거짓말을 하고 있었다. 나는 여수에서 났다. 그리고 여수에서 초등학교 4학년 때까지 살다가 하동 지리산 여우골로 이사를 갔고 그 후나는 다시 거창의 황점마을로 이사를 갔다. 그래서 나는 고향을 말할 때 혼란을 일으키고 있었던 것이었다.

"그럼 고향은 1년에 몇 번이나 다녀오십니까?"

그 사람은 말을 제대로 못하는 내가 재미있는지 짓궂게 또다시 물었다. 그 말속에는 그렇게 고향을 사랑한다면 당신은 1년에 얼마나 고향에 다녀오기에 그렇게 고향 예찬을 하느냐 하는 장난 섞인 표정이 들어있었다. 아마 그는 고향이 서울 토박이로 서울에서 나고 자라고 서울에서 직장 생활을 하고 한 번도 서울을 떠난 적이 없는 사람 같아 보였다. 그러나 이번에도 또나는 아무 말도 하지 못했다. 1년에 몇 번이나 고향에 다녀오느냐고? 어디를 말하는 것일까? 나에게 고향이라고 말할 수 있는 곳이 있던가? 아니 그것은 아무래도 괜찮았다. 문제는 '몇 번'이나, 그것도 '1년에'가 문제였다. 몇 번이나 다녀왔을까? 고향을 떠난 지 수십 년이 넘었는데 결코 다시 고향을 찾은 적은 없었다. 아니 그 근처라도 다녀온 적이 있었던가? 내가 고향을 그렇게 예찬할 정도라면 나는 고향을 벌써 수십 번, 수백 번은 다녀와야 했을 터이었다. 나는 그 질문에 이번에도 한참 망설였다. 말은 해야 할 것 같은데 역시 같은 이유로 입이 떼어지지 않았다. 내가 마치 길을 잃어버린 치매 노인처럼 답을 못하고 우물쭈물 하고 있자 다시 사회자가 나오며 아까처럼,

"선생님, 오늘 몸이 불편하신 모양입니다."

하고 말하였다. 그 말을 듣자 나는,

"여러분 죄송합니다. 제가 갑자기 저의 약점을 찌르는 날카로운 질문 때문에 잠시 당황해 우물쭈물하게 되었습니다. 실은 몇 번 다녀오지 못했습니다."

하고 말했다.

"1년에 말이지요?"

그 말에 나는 또다시 말문이 막혔다. 이번에도 거짓말을 할까 나는 잠시 망설이다가,

"네."

하고 대답했다. 그것은, 아니 지금까지 말한 것은 전부 거짓말이었다. 나는 고향을 떠나온 후 한 번도 고향에 가본 적이 없었을 뿐만 아니라 고향 쪽으로 아예 고개조차 돌리지 않았다. 나에게 고향이란 무엇인가? 고향은 나에게 무엇을 주었는가? 여수의 작은 마을에서 내가 어렸을 적 있었던 것은 좋은 기억이 아니었다. 그날 따라 생각이 이어지지 않고 말이 다듬어지지 않았다.

고향을 예찬하고 있기는 하지만 그러나 나는 처음부터 내 강연과 나의 고향에 대한 실체가 정반대라는 것을 알고 있었다. 내게 고향은 아픔이요, 괴로움이며, 지워버리고 싶은 기억이었다. 고향 쪽으로 고개를 돌리기조차 싫었고, 고향을 생각하는 것만으로도 고개를 설레설레 저었다. 미웠던 아이들과 우리 집을 외면하는 마을 사람들 앞에 아무 말도 못하고 살아야만 했던 고향, 그것은 고향이 돌아갈 곳이 아니라 벗어나야 할 곳이라는 것을 말하고 있었다. 지금 같으면야 어림도 없겠지만 그 무렵에도 학교폭력은 있어서 아버지가 경찰인 조용동趙龍童이는 이유없이 걸핏하면 나를 괴롭혔다. 내가 그렇게 크게 그에게 나쁜 일을 한다거나 그의 기분을 건드린 것도 아

니었는데 우리 집에 대해 무엇을 알고 있는지 용동이는 여하튼 나를 마음대로 괴롭혀도 되는 것처럼 행동했다. 내가 몇 번 친구로서 그와 잘 지내기 위해 그의 말을 들어주자 이번에는 다른 아이들이 나를 괴롭히기 시작했다. 그들도 나를 역시 자기들 말을 잘 들어야 하는 똘마니 정도로 생각하는 것 같았다. 그러나 나는 내가 왜 당해야 하는지 몰랐다. 다만 마을 분위기가 모두 그렇게 되어 있었다.

반공이 국시인 시절 학교에선 반공글짓기, 반공포스터, 반공웅변대회 같은 것이 있었고 그리고 시상대에는 여전히 똑똑한 아이들이 선생님의 도움을 받아 상을 받아오고는 했다. 나는 그들을 부러운 눈으로 바라보았고 나도 한번 나가보고 싶다는 생각을 했다. 내가 내 주변에 알 수 없는 한계가 있다는 것을 느꼈던 것은 바로 그 무렵이었다. 내가 담임선생님의 추천을 받아 글짓기 담당 선생님 앞에 가서 반공 글짓기 대회에 나가보겠다고 했을 때 그 선생님은 나를 빤히 쳐다보더니 내게 몇 가지 물어보셨다.

"아버지가 누구지?"

"김경수입니다."

그 선생님은 마침 마을에 사시는 선생님이었기 때문에 나는 반가워서 말했지만 그는 아버지 이름을 듣자 갑자기 얼굴을 찌푸렸고,

"니가 김경수 아들이라고?"

하고 되물었다. 그가 갑작스럽게 큰 소리로 말하는 바람에 나는 조금 움찔하며 기어 들어가는 목소리로,

"네."

하고 대답했다.

"음, 니 글은 느그 선생님이 보내준 것으로 보아 잘 썼지만 아직 멀었어. 고학년 형님들의 글이 있거든."

나는 그런 말에 하등 어떤 원망도 가지지 않았다. 그냥 추천해준 담임선생님이 고맙고 불러주신 담당 선생님이 또 고마웠을 뿐이었다.

그러나 선생님이 담임선생님인 백재현白在賢 선생님을 불러놓고 하는 말을 엿듣고서 그것의 또 다른 이유가 있다는 것을 알았다.

"백 선생, 글짓기 지도 받으러 온 녀석이 빨갱이 김 하사下士 동생인 김경수의 아들이란 걸 알고 있었나? 더군다나 지금 글짓기 대회가 반공 글짓기 대회 아닌가?"

"아니요, 전혀 몰랐습니다."

"생각해 보게나. 빨갱이 자식이 반공 글짓기 대회에 나간다는 것이 말이 되겠나? 적당히 구실을 붙여 돌려보냈으니 다음에는 이런 일이 없도록 해 주게나."

그 일이 있고 나는 우리 집이 다른 집과 좀 다르다는 것을 알게 되었다. 그리고 보니 생각났다. 이상하게 사람들은 우리 집을 지날 때면 빠르게 지나갔고 엄마와 말을 섞으려 하지 않았다. 어렸을 때는 몰랐는데 점점 자라면서 내가 아이들한테 이유없이 따돌림을 당했던 일들도 조금 이상하다는 생각이 들기도 했다. 어느 때 보면 아버지와 할아버지는 수시로 경찰서에 불려갔다가 돌아오고는 했다. 가세가 기울어진 것은 집안의 큰아들인 곧 아버지의 형님이 군대에서 반란을 일으켜 총살당했다는 것이 밝혀지게 되면서부터라고 했다.

할아버지는 큰아들이 총살당한 이후 대가 끊길 것을 염려하여 전쟁 중이었지만 아버지가 스무 살이 되던 해 지리산 산골 처녀인 엄마와 얼른 결혼시켰다고 했다. 아버지는 형과 나 두 형제를 두었다. 머리가 굵어져서 안 사실이었지만 우리가 살았던 천성산 촌골下村은 직접적으로 여수 반란 군대가 있는 곳과 관련이 없는 산중의 마을이었고 아버지는 나라에 크게 잘못할 만한 사람도 아니었다. 그러나 아버지는 14연대 하사관이었던 형 때문에 졸지에 빨갱이라고, 가담자 가족이라고 마을 사람들로부터 손가락질을 받았고 그것은 고스란히 우리에게 유전되어 고통 속에 살게 했다.

형이 중학생이 되었을 무렵, 형은 무조건 떼를 써서 아버지에게 마을을 뜨자고 했다. 마을 사람들의 질시를 견딜 수 없다는 형의 읍소 때문에 내가 4학년이 되었을 무렵, 아버지는 어머니의 고향인 지리산 화개花開 여우골로 이사를 했다.

화개에서의 생활은 여수 촌골에서의 생활보다도 나은 것은 없었지만 사람들의 손가락질이 없어서 지내기가 수월했다. 마을 사람들 대부분은 산에서 나는 약초를 캐다 말려 장에 내다 파는 것이 주업이었다. 이를 몰랐던 아버지와 어머니가 할 수 있는 일은 남의 집에 가서 일을 해주고 삯을 받아오는 것이었다. 그것으로 우리는 굶지 않고 생존해갈 수가 있었다.

그러나 그것도 잠시, 어느 날, 아버지가 면 지서의 김 순경이 다녀가고 난 다음부터는 우리 집이 빨갱이라는 말과 내가 빨갱이 자식이라는 말이 급속히 퍼지기 시작했다. 빨갱이라는 말이 싫어 이곳 여우골로 옮겨온 것이었는데 여기서도 그 빨갱이라는 말은 피할 수 없었다. 그리고 그것은 어느 날 아버지는 또 한 번의 탈출을 시도했다. 역시 형이 고등학교에 올라갈 무렵 못 살겠다고 투정을 부린 것이었다. 그렇다 그것은 탈출이었다. 잘못도 없으면서 대낮에 떳떳하게 이사를 하는 것이 아니라 밤에 아무도 모르게 이사를 간 것이었다. 시골에서 농사 일을 하던 사람이 무슨 빨갱이짓을 할 수가 있다는 말인가? 빨갱이 짓이 무언지 알기나 할 것인가? 있다면 시대를 잘못 태어난 죄밖에 없었다.

"어이구 작가님, 남 말고 작가님부터 고향에 다녀오시지요. 그래야 말이 될 것 같습니다."

다시 강의를 듣는 사람들 중에 하나가 놀리듯 말하였다.

아버지가 가담자 가족이라는 것이 싫어 세 번째로 옮긴 곳은 아주 멀리 덕유산 자락의 북상면北上面 황점골이었다. 황점골은 먹고살 길이 없는 사람들이 마지막으로 살자고 들어오는 골짜기였다. 아버지는 여기서 불을 지르고 씨를 뿌려 화전을 일구었다. 아래로 내려가면 조금 사람이 있었지만 황점은 그야말로 몇 개의 독가獨家들이 살고 있는 화전마을이었다. 봄이면 온 산자락이 연기로 가득했다. 나무뿌리를 뽑고 돌맹이를 골라내고 밭을 만들었다. 아버지도 그런 일을 한 것이었다. 가을이 될 때까지는 어떻게든 살아야 했기 때문에 어머니는 마을로 내려가 이것저것 일을 해주고 쌀 되박을 얻어다가 그날그날을 살아갔다. 나는 초등학교를 마치고 더 이상 진학하지 못한 채 화전농사를 짓고 있었다. 형 하나도 가르치기 힘들었고 오로지 형이 잘되어야 우리도 잘 되는 것으로 알았다.

그런 고향이니만치 고향을 생각하는 것은 나쁜 꿈을 반복해 꾸는 것만큼 가증스러운 것이었다. 고향에 대한 추억도 즐거움도 없었다. 잔인한 고향일 뿐이었다.

그렇다면 나는 왜 그렇게 고향을 찬양하고 고향을 찾는 것은 '어머니의 젖을 빠는 것 같은 달치근함이여'라고까지 말했던가? 그렇게 고향에 대한 나쁜 추억만을 가지고 있는 내가, 고향이 싫어 도망만 다니던 내가 왜 고향을 찬양하는 이야기를 했던가?

내가 그의 날카로운 질문에 쭈볏거리자 그는 좀 미안했던지 느슨한 질문을 한다면서 다음과 같은 질문을 다시 해왔다. 말하고 있는 태도로 보아 그는 틀림없이 고향에 대한 좋지 못한 감정을 나만큼이나 가지고 있음이 틀림없었다.

"그렇게 본인이 고향에 대한 애착을 가지지 못하면서 왜 저희들에겐 고향으로의 회귀를 권하시는지요. 모순 아닙니까. 그런 특별한 이유라도 있습니까?"

그 말에 나는 더욱 말문이 막혔다. 실제 그랬다. 나는 무엇 때문에 저주스런 기억으로 남은 고향을 두고 그렇게 고향으로 돌아갈 것을 권하고 있는가? 아무리 강의 주제가 그렇지만 지금처럼 반나절 시간 안에 다녀올 수 있는 고향을 왜 그리 힐링의 대안으로 가기를 권장하고 있는가? 내가 고향을 이토록 강조하고 있는 이유는 무엇인가?

그것은 어쩌면 반발심리인지도 몰랐다. 내가 고향을 가지지 못했으니까 당신들은 고향을 가지시오. 가지지 못한 것에 대한 동경, 또는 너무도 저주스러운 고향이었기에 나는 고향을 더 영원의 안식처로 그리워하고 있는 것인지 몰랐다.

그날 날카로운, 아니 매우 보통의 질문에도 '핫슈 먹은 듯' 비틀거리는 나를 보며 어떻게 1시간이란 강연을 마쳤는지 모른다. 수강자의 간단한 질문에도 제대로 답하지 못하는 내 자신이 스스로 생각하기에도 딱해 보이기도 했고 내 강연을 듣는 사람들이 그런 하나마나한 소리로 돈을 버는 사람도 있구나 하고 비웃을지도 모른다는 자괴감으로 자판기 옆의 난간을 잡고 한참 고개를 숙이고 있었다. 역시 꾸며 하는 이야기는 여기저기서 허점이 드러나는 것이었다.

황점을 뛰쳐나갔던 것은 화전을 일구던 어느 날이었다. 농촌봉사를 온 한 여자 대학생의 아름다움에 빠져 아, 세상 저렇게 아름다운 사람도 있구나 하는 생각을 하고부터였다. 초등학교를 나오고 산골짝에 박혀 화전을 일구던 내게 서울에서 내려와 봉사활동을 하던 그녀는 서울의 아름다움과 우리 한글만 아니라 영어라는 것도 있다는 것을 알게 해주었다. 그 여자 대학생은 방학이 끝나자 서울로 갔고 그녀의 넋에 빠진 나는 서울로 가겠다고 마음을 먹었다. 이렇게 화전을 하며 지내다가는 평생 가난을 벗어나지 못할 것 같다는 생각이 불현듯 들었다.

황점으로 옮겨온 지 3년째 되던 해였다. 16살이었다. 대구까지 버스로 갔고 대구에서 생전 처음으로 열차를 타고 서울로 갔다. 가출했다는 것이 표가 났던 것일까? 서울역에 내리자 나를 잡아갈 것 같은 몇몇 사람들이 눈에 들어왔다. 무조건 서울역 앞의 파출소로 들어갔다. 누군가 자신을 잡으러 온 것 같다는 생각을 말했다. 그리고 사정을 말했다. 일을 해야 한다고, 어머니와 아버지가 아프다고, 그래서 그 주임에게 소개를 받아 간 곳이 인쇄소 직공이었다. 거기서 잔심부름을 하다가 사장님의 배려로 공부를 하게 되고 1년 만에 중학교, 또 2년만에 고등학교 과정을 마쳤다. 쉽게쉽게 시험에 합격하게 되자 나는 공부라는 것을 만만히 생각해 이내 대학에 갈 생각을 했고 야간 대학을 졸업하자 좀더 나은 곳으로 직장을 옮겼다. 오로지 출세만이 목표였다. 출세를 하면 서울의 아름다운 아가씨를 얻을 수 있을 것 같았고 이 빨갱이의 굴레에서도 벗어날 수 있을 것 같았다. 출세를 위해 달려온 세월, 그러나 회사의 높은 직위에는 오를 수 없었다. 보이지 않는 손이 늘 내게 그림자를 지우고 있었기 때문이었다. 그것밖에 할 수 없었기 때문에 시인이 되었고 그리고 은퇴해서는 지금 이런 강사 노릇을 하고 있는 것이었다.

나는 강연을 마치자 대학 후배인 연수원 원장에게 이제 더 이상 강사 역할을 할 수 없을 것 같다는 생각을 말했다. 출판사에 있을 때 내가 책을 내주기도 했던 그는 내 결정을 말리려 하지 않았다. 나는 그날부로 완전히 은퇴를 한 것이었다. 무어가 잘나 나 같은 고향을 저주하는 인생이 남 앞에서 힐링을 이유로 고향을 이야기할 수 있다는 말인가? 부끄러웠다. 당신부터 먼저 고향에 다녀오라는 그 친구의 말이 나를 예리하게 후벼 팠다.

나는 불현듯 아무것도 따지지 않고 아카데미 홀을 빠져나오자마자 그대로 차를 몰았다. 비록 어디가 고향이라고 뚜렷이 말할 수는 없지만 기억에서 지워버리고 싶었던, 내가 나고 자랐던 고향을 다녀오리라 생각했다. 고향은 아름답다고 그렇게 찬양하면서도 정작 고향으로 고개조차 돌리지 않았던 지난날을 생각하면 갑작스런 이 행동은 나도 놀라울 정도였다.

나는 대전까지 오자 잠시 망설였다. 수십여 년 전 나는 덕유산 밑의 황점 마을에서 무작정 대구로 가서 기차를 탔다. 오늘은 좀 더 빠른 길로 가기 위해 대구가 아닌 대전에서 함양, 거창 쪽으로 차를 꺾었다.

남덕유산 밑 그 골짜기 황점 마을로 들어갔다. 놀라웠다. 당시 포장이 되어 있지 않아 읍내에서 마을까지는 시간 여가 걸렸는데 지금은 말끔히 포장이 되어 봄도 아닌데 아지랑이가 선염된 듯 눈을 아리게 했다.

나는 변해버린 황점의 모습에 고개를 갸웃거렸다. 그것은 내가 옛날 화전을 일구며 구덩이에 가마때기를 달아놓은 화장실이 있는 그런 곳이 아니었기 때문이었다. 옛날 화전은 숲으로 변해 있었고 또 일제 강점기 때의 폐광에서 차돌을 캐던 흔적은 말끔히 사라지고 없었다. 그 시대 알던 사람도 다 떠나고 새로운 사람들이 들어와 다시 삶을 이어가고 있었다. 반세기를 훨씬 지난 황점의 모습은 집도 길도 무엇보다 화장실도 변해 있었다. 그때 그 무렵과 비교해서 더 이상 늘지도 줄지도 않는 그때로의 가구 수를 유지하고 있는 것처럼 보였다. 생각 같아서는 깡그리 마을이 없어졌을 것 같다는 생각도 했지만 읍내에서, 도시에서 공기 맑고 격식 없는 자연 그대로의 삶을 즐기기 위해 돈 있는 사람들이 꾸준히 줄어든 사람만큼 느는 모양이었다.

황점은 나에게 화전을 일구며 생각 없이 일하였다는 것과 그때 서울서 내려온 대학생 누나의 해맑은 미소 이외는 아무런 기억이 없는 곳이었다.

초등학교를 졸업하고 빨갱이와 가담자 가족 소리를 피해 들어왔으니까 3년 간을 이곳에서 지냈다. 대학생 누나의 예쁜 얼굴에 충격을 받아 무작정 서울로 올라갔던 용기, 그것은 도전이었고 일탈이었다. 만일 내가 그때 일탈을 꿈꾸지 않았더라면 나는 어떠했을까? 지긋지긋한 가난에 시달리며 아직도 이곳을 벗어나지 못하고 살고 있을지도 몰랐다. 취직을 하고 나서 나는 형이 하지 못했던 부모님을 서울에다 모셨다. 서울은 바쁜 도시였다. 아무도 간섭이 없었다. 이제는 그 가담자 가족이나 빨갱이 소리를 듣지 않아도 되었다.

내가 연좌제가 있다는 것을 안 것은 70년대 초 고등학교를 졸업한 형이 회사에 합격하고서도 합격통지서를 받지 못한 때였다. 하도 연락이 없어 알아보니 우리 가족이 연좌제에 걸려 웬만한 회사에는 취직을 할 수 없다는 것을 알았다. 그 연좌제는 1981년도에 사라졌던 것으로 알고 있다. 그런데 이상했다. 내게는 1989년도가 되어서야 연좌제가 풀렸다고 통보를 받은 것이었다. 축하한다며 연좌제가 없어졌다는 소리를 나는 내 상관인 친구한테 들었다. 그렇지만 나는 별다른 감흥이 들지 않았다. 여지껏 그래왔던 것인데 그것이 없어진다고 새삼 달라질 것이 있을까? 연좌제, 그것 때문에 얼마나 괴로웠던가? 만일 내가 그 시대가 아니라 지금 시대 태어났더라면 내게 무엇이 달라졌을까? 적어도 어렸을 적 기를 펴지 못하고 고향을 여기저기 옮겨 다니는 일은 없었을 것이다.

연좌제가 풀리던 날, 나는 우리 집처럼 연좌제에 묶여 비통한 삶을 살았던 한 지인을 만나 회포를 풀었다.

"억울하고 또 억울해. 단지 이장이 우리 같은 가난한 사람이 보도연맹에 들면 혜택이 많다고 해 그것이 무엇인 줄도 모르고 할아버지가 도장을 찍어 주었다고 해. 그 이유로 할아버지는 전쟁 중에 학살을 당하고 이후로 우리

가족 전체가 연좌제에 걸려 고통과 통한의 세월을 살아왔어. 그 연좌제로 인해 자식들은 배우지 못하게 되고 설사 배웠다 하더라도 변변한 일자리를 얻지 못했으니 이게 사람 사는 세상이라고 할 수 있을까?"

지나온 세월이 한스러운지 그가 울었다.

그런데 연좌제가 없어지자 당장 한가지 혜택을 본 것은 직급이 높아지게 되었다는 것이었다. 절대 승진할 수 없었던, 아니 붙어 있게 해준 것만도 고마워서 큰 소리 한번 치지 못하고 지냈던 나에게 그것은 늦지만 작은 선물이기도 했다. 나는 작은 마을 안을 돌아보다가 차를 몰고 다시 서상西上을 넘어와 하동 땅 화개 쪽으로 차를 몰았다. 조금 지나자 날은 어둑어둑해지고 헤드라이트를 켜지 않으면 안 될 정도로 길은 고양이 눈길이 되었다. 한참 달려도 집을 볼 수가 없었다. 이상했다. 길을 잘못 든 것일까 내 차 이외에는 다른 차도 볼 수 없었다. 밤길은 위험하다 싶어 나는 10여 분쯤 더 차를 몰다가 다시 읍내로 차를 돌렸다. 오늘 하룻밤 함양 읍내 모텔에서 묵고 내일 다시 차를 몰아야 겠다는 생각을 했다.

그날 밤 모텔 침대에 누워 나는 지나왔던 길을 돌아다보았다. 지금 나는 왜 여기에 와 있는가? 수십 년 동안 고향이라고는 눈을 돌리지도 않았고, 일부러 생각조차 않으려 했던 고향을 왜 둘러보려고 하는가? 강의를 듣던 사람의 뼈아픈 말 한마디 때문이었을까? 그러나 그렇다고 하기에는 내 자신 자존감이 상하는 일이었다. 그렇다면 나는 또 다른 무엇을 찾으려고 하는 것일까? 무엇 때문에 나는 강연을 마치자 마자 이 먼 곳까지 단숨에 달려왔던 것일까? 밤새 내내 생각했지만 적당한 이유는 떠오르지 않았다.

이튿날 나는 다시 화개 여우골로 차를 몰았다. 남원과 구례를 지나 하동으로 가는 섬진강 길로 들어섰다. 길이 좋으니 큰 시간이 필요치 않았다. 그러나 막상 섬진강 길로 들어서니 모든 것이 낯설었다. 아무리 길이 변했다고는 하나 땅이 없어지지 않는 이상 여우골로 가는 길을 모를 리 없었다. 그런데 이상했다. 내가 여우골이라고 생각되는 길로 가도 여우골은 나타나지 않았다. 내비를 켜도 역시 하동 화개 여우골은 안내되지 않았다. 나는 이번에는 폰을 꺼내어 하동 화개 여우골을 검색했다. 역시 나타나지 않았다. 분명 내가 초등학교 4학년 2학기부터 6학년 마칠 때까지 살던 곳은 바로 여우골이었다. 없을 리가 없었다.

나는 다시 여우골을 사투리인 여시골로 바꾸어 폰을 들여다 보았다. 그러자 전국의 여시골이 다 나타났다. 그러나 끝내 화개 여시골은 나타나 있지 않았다. 폰을 끄고 기억나는 대로 차를 몰았다. 이쪽 지리산 계곡 쌍계사로 들어서는 길로 가기 전 감각적으로 왼쪽으로 꺾었다. 내가 그곳의 학교를 다녔으니까 그 기억이 뚜렷했다. 맞는 것 같았다. 다시 왼쪽을 꺾어들면 사자바위가 보일 것이었다. 그리고 집 몇 채가 있을 것이었다.

나는 차가 갈 수 있는 곳까지 차를 몰았고 그리고 나서는 걸었다. 빨갱이 소리를 듣지 않으려고 엄마와 아버지는 이렇게 먼 곳으로까지 와 일했다. 그렇게 비참하게 숨어 살던 곳이 분명 이 부근이었다. 그러나 이내 길은 끊어졌고 길이 끊어진 곳에서 헤매어야 했다. 조금 더 들어가자 집이 나타났지만 그것은 집이 아니었다. 이미 오래전 사람들이 떠난 흉가였다. 풀로 뒤덮혀 있었다. 고향은 아름다운 곳이라고는 하지만 지금의 이 모습은 고향을 찾아가 힐링하라는 내 강연을 부끄럽게 하고 있었다. 고향은 보기좋게 내 기억을 무너뜨리고 있었다. 폐허로 변해버린 독가촌, 산에서 나는 약초를 캐며 살아가던 마을인 여우골은 풀숲에 둘러싸여 흔적만 없다면 마을이 있었다는 것조차 알아보기 힘들 정도로 황폐하게 변해 있었다. 나는 풀뿌리가 발을 가로막아 더 이상 나아갈 수 없을 때까지 걸어갔다가 나왔다. 조각조각난 고향을 찾는 길은 다시 여수로 이어졌다. 아무것도 모르고 반농반어의 마을에서 살아 가던 어느 날, 여순 사건이 일어나고 영문도 모른 채 빨갱이와 가담자 가족이 되어버린 집안, 그 바람에 오랫동안 살던 고향을 등지고 이곳저곳을 떠돌며 살아야 했던 우리 가족, 그리고 아버지와 할아버지는 그렇다 치더라도 우리 형제 대에서조차 연좌제에 묶여 할 수 있는 것이라고는 아무 것도 없었다.

워낙 찢어진 삶이었기에 별다른 추억은 없어도 그래도 기억에 남는 것은 초등학교 4학년 때까지 살았던 여수 천성산天聖山 촌골에서의 삶이었다. 비참하기만 했지만 그래도 이곳에 기억에 남는 고마운 두 친구가 있긴 했다. 한 친구는 내가 미안해할까 봐 칼이 얼마나 잘 드는지 보자며 그 귀한 사과를 절반 싹둑 잘라 주던 종철이와 또 하나는 나를 잘 챙겨주었던 형보 형이었다. 형보 형에 대한 기억은 뚜렷하다. 돈 천 원을 들고 과자를 사먹었다. 엄마가 그 돈 어쨌느냐며 나를 다그쳤다. 핑계를 대다가 댈 것이 없어 그냥 형보 형에게 주었다고 말해버렸다. 그게 얼마나 큰 잘못이었는지 반백년이 훨씬 지난 지금까지도 나를 뼈절이게 후회하게 하고 있다. 아, 형보 형은 지금 어디로 갔는가? 아니 죽었는가? 살았는가?

나는 빠르게 차를 몰았다. 하동을 벗어나서는 고속도로에 차를 올렸다. 광양에 가까운 휴게소에 들러 점심을 먹었다. 내 뒤에 앉아서 밥을 먹는 사내가 일 년 만에 고향 여수를 찾는다면서 말하는 소리가 내 귀를 울렸다.

"말은 정말 알아들을 수가 없었지요. 이름도 고향도 몰라요. 그냥 여수댁, 여수댁 하니까 여수가 고향인 줄 알았지요. 한번은 술 한 잔에 신세 한탄을 하는데 듣는 이마다 울지 않는 사람이 없었습니다.

나이 열여섯에 뭣도 모르고 농사만 짓는 사내한테 시집와서 아들, 딸 낳고 사는데 어느 날 집을 찾아온 군인들이 남편을 가담자라면서 총으로 쏴 죽이더라는 말이야. 나라가 망하든 해방이 되든 그것이 무언지도 모르고 살

앓는데 남편의 동생이 군대에서 공산당 활동을 하였다고 하여 형인 남편까지도 묶어서 공산당으로 모는데 당시로는 억울해도 할 말이 없었지. 나라의 힘을 어떻게 당해내겠어. 남편을 그렇게 잃고 50여 년 세월을 딸 하나 데리고 고향이 싫어 떠나 이 고생을 하면서 다시는 고향에 미련은 없다고 했지만 나이 드니 어느새 그리움이 모여드는 것이 아니겠어. 여수란 데가 묘한 데여, 내게 악몽을 주고 꿈을 앗은 곳이지만 때로는 미치도록 그리울 때가 있어. 그러면 이렇게 바닷가에 나와서는 한참 동안 바다를 바라보고서는 했지. 바다는 그랬어. 무어랄까 내가 기댈 수 있는 고향 같은 것, 바다를 바라보노라면 한없이 마음이 가라앉고 생명력이 솟구치는 것이었어. 바다, 저 멀리 내 고향 여수가 있겠지. 고향에 이 몸 묻히고 싶지만 그게 말처럼 쉬운 것이 아니더라고 이제 원이 있다면 졸지에 빨갱이가 된 남편 원혼이나 잘 풀어져서 하늘나라에 가서 다시 만나 새 세상에서 천년만년 살고잡고 싶네.

그때가 아이엠에프 직전이었던가 여수 댁은 아직도 그곳에 살고 있는지 알 수 없지만 고향을 찾을 때마다 저는 가끔 여수댁을 생각하며 여수댁이 생각하는 새 세상이란 것이 무엇인지 곰곰이 생각해보고는 하지요."

광양을 지나 두 개의 대교를 건넜다. 여수까지는 순식간이었다.

나는 내가 살았던 천성산 촌골로 들어갔다. 놀라웠다. 옛날 비교적 번성했던 마을은 사라지고 낡은 집 몇 채만이 허름하게 남아 나를 반겨주고 있었다. 기억에 남아 있었던 동네는 온데 간데 없었다. 고향이라고 기억했던 곳은 고향이 아니었다. 무너지고 없어지고 대신 돈 많은 사람들이 지어놓은 세컨드 하우스나 별장이 서 있었다. 나는 촌골의 그 황량하고 쓸쓸해진 모습을 보며 무엇인지 몰라 옆에 있는 풀을 뜯어 허공에다 대고 던져버렸다. 멀리 양탄자 같은 구름 한 조각이 나를 따라오고 있었다.

나는 지갑을 잃어버린 것 같은 난감함에 젖어 고향을 바라보다가 이내 차를 몰아 만성리萬聖里 검은 모래 해변에 섰다. 만란군 하사였던 아버지의 형 사건에 엮여 영문도 모른 채 졸지에 가담자 가족이 되어버린 우리 집, 그 고통은 고스란히 내게로 넘어왔다. 초등학교에 입학하던 무렵부터 느끼기 시작한 따돌림, 그리고 마을 사람들의 보이지 않는 이상한 눈초리, 나는 그래도 그것이 왜 그런 것인지 몰랐다. 그러나 글짓기 대회에 나가지 못하게 되고부터 알게 된 빨갱이라는 단어에 나는 얼마나 눈물을 흘렸던가. 이후로 고향 쪽으로는 눈도 돌리기 싫었던 나였지만 그러나 그 한편으로 고향에 대한 그리움 때문일까? 강연을 할 때마다 외롭고 슬플 때면 고향으로 돌아가라고 외쳤다. 인간은 흙에서 시작하고 그것은 텃밭 본성이고, 그것은 다름 아닌 고향이라고 웅변처럼 외쳤다.

그러나 무엇보다 좋았던 것은 역시 고향은 나를 실망시키지 않았다는 것이었다. 아이러니칼하게도 내가 그렇게 싫어했던 고향은 역시 그렇게 실망스런 고향이 되어 내 눈을 실망시키지 않고 있었던 것이었다. 열한 살 때 떠났던 고향이 내가 생각하지 못할 만큼 황폐화되어 있었다. 만일 변화되지 않고 옛모습 그대로 남아 있었더라면 나는 얼마나 실망했을까? 생각조차 하기 싫을 정도로 잔인했던 고향이 사라졌기에 나는 마음이 정말로 안심이 되는 것이었다. 만일 고향이 옛날 그대로였더라면 어떠했을까? 옛날 그 잔인한 기억과 마주했을 고향이 아니던가? 그리고 그로 인해 한동안 나는 고향을 방문했던 것을 후회할 것이고 또다시 두 번 다시 고향을 찾지 않으리라 다짐했을 것이 아닌가? 완전히 사라져버린 고향이 얼마나 고마운지 모르겠다.

나는 한동안 바다를 바라보다가 저편 검은 모래 해변까지 걸으며 어린 시절 폴짝폴짝 뛰던 생각을 했다. 갑자기 내 속 깊은 곳에서 무언가 끓어올랐다. 가만 있을 수 없었다. 나는 어린아이처럼 두 팔을 벌려 풀짝풀짝 뛰며 어린 시절 했던 그대로를 흉내 내었다. 앓던 이를 빼고 임플란트를 해치우듯 크게 너털웃음을 터뜨렸다. 그리고 즉흥시인이 되어 미친 듯이 시 한 편을 뽑아 허공에다 토해내었다.

그 하루 무덥던 날

공원으로 오르는 길로 돌아들었을 때, 그는 갑자기 익숙한 느낌에 흠칫 뒤로 물러서고 말았다. 그리고 다시 한번 고개를 들어 앞을 바라보았다. 그러다가 심장이 철석 내려앉는 충격을 받았다.

아, 아들이었다. 아들은 아침 회사에 나간다고 해놓고 나갔건만 회사를 가지 못하고 여기 이렇게 공원 벤취에 앉아 핸드폰을 들여다보고 있는 것이었다.

그는 잠시 망설이다가 그냥 뒷걸음질 해 돌아 나왔다. 아들의 모습을 보며 그는 이내 아들이 실직을 했다는 것을 알았다. 얼마 전에 아들이 몹시 불안해 하며 안절부절 못하더니만 그게 그런 거였구나. 며느리는 그냥 회사에 나가고 있으니까 남편이 회사에 잘 다니는 줄 알고 있을 터이었지만 그는 아들과 함께 지내 온 수십 년 세월 속의 감각에서 그것을 알아차릴 수 있었다.

자신도 그러하지 않았던가. 나이 오십 중반을 바라볼 무렵, 문득 아이엠에프와 함께 어쩌지 못했던 퇴직, 그때 그렇게 그는 한동안 이 공원으로 출퇴근했던 것이었다. 돈이 없다는 괴로움, 당장 차비 천원이 없어 집까지 걸어야 했던 비참함, 나이 든 그에게 오라고 하는 곳은 그 어디에도 없었다. 어떻게 그 실직의 세월을 견디어 낸 것이었는지 몰랐다. 넉넉지 못한 체력과 기술이라고는 가진 것 없는 그가 그래도 컴퓨터를 조금 다룰 수 있다는 것을 빌미로 직원이 다섯 명인 인쇄 공장에 간신히 취직을 하고 몇 년을 버티다가 60줄이 되어 이번에는 나이 일흔이 될 때까지 하게 된 오피스텔 경비, 그렇게 버티어 온 것이었다. 남은 것이라고는 자식들 중 하나밖에 대학을 마쳐준 것 밖에는 없었다. 자식 결혼에 대해서는 더더구나 생각할 수도 없는 것이었다. 셋중 둘은 자신들이 알아서 결혼을 했으니까 그것에 대해서는 자신은 아무런 할 말이 없었다.

아내는 그가 실직 이후부터 시작한 화장품 가게를 여지껏 손에서 놓지 않고 있었다. 화장품이라고는 하지만 말이 좋아 화장품이지 그게 어찌 화장품만의 가게일까? 여성과 관련한 잡동사니들을 함께 파는 그것은 차라리 팔리지 않는 물건들을 모아놓은 시골에서나 있을 만한 낡은 가게였다. 아내는 돈도 되지 않는 그것을 벌써 수십여 년 동안 이어오고 있었다. 가장 노릇을 하지 못한다는 게 무엇보다 괴로웠다. 아침에 나갔다가 저녁에 피곤한 몸으로 들어올 때 반기는 아내와 자식들 앞에 그는 자신이 차마 실직을 했다는 말을 하지 못했다.

지금 저 자식도 그럴 것이라고 생각했다. 그의 나이 이제 80을 바라보지만 나이 든 나야 여차여차 그렇게 세월이 흘러갈 것이지만 40이 넘은 자식은 그 얼마나 괴로울까? 다행히 며느리가 회사를 다녀 용케 버티어갈 것이겠지만 한 가정의 가장이 가정을 책임지지 못하는 것을 생각하면 그 속마음은 천근만근일 것이었다.

그는 발길을 돌려 밖으로 나왔다. 나이 든 그가 하는 일은 단순했다. 공원 가기, 공짜 지하철 타기, 바닷길 걷기, 그 나이 되도록 접지 못하고 있는 아내의 화장품 가게 가서 잡일 도와주기이다. 아내가 늦은 나이까지 고생하는 것이 안쓰러워 몇 번이나 가게를 접으라고 했지만 아내는 화장품 가게에 애착이 가는지 쉽게 접지 못하고 있었다. 조금이라도 벌어볼 요량이었다. 그랬더니 이쪽에 아파트가 들어서고부터는 가게를 찾는 사람들도 제법 있는 모양이었다. 아내는 노후 자산이라고 했다.

그는 순서를 바꾸었다. 오늘은 바닷가를 먼저 들르기로 했다. 지하철을 타고 중동에서 내릴 생각을 하였다. 이쪽에서 저쪽 동백섬 끝까지 걸었다가 올 생각이었다. 그리고 점심을 간단히 먹고 다시 지하철을 타고 공원을 거쳐 집으로 올 생각을 하다가 여차하면 동해선 쪽으로 돌아볼 생각도 했다. 동해선에는 시간을 메우려는 그와 같은 나이 또래의 사람들이 많이 있었다.

그는 걸으면서 두리번거렸다. 행여 아는 사람을 만날까? 왠지 몰랐다. 그냥 아는 사람을 만나서는 안될 것 같았다. 사람을 피하려다 보니 주변을 살피는 것도 많아지게 되고 오직 자신과 자신 앞 자신 주변만을 돌아보게 되고 그밖의 풍경은 잊어버린지 오래다.

지하철을 타면서 실직한 아들을 생각하자 그는 갑자기 자신의 과거의 모습이 떠올랐다. 그러자 불행만 이어졌던 자신의 모습에 찔끔 눈물을 흘렸다.

어떻게 된 셈인지 그가 기억하고 있는 것은 단편적인 것뿐이었다. 엄마의 손에 이끌려 자신이 피난 대열의 큰 배에 탔었던 것은 기억이 났다. 그러나 그 뒤 어떻게 된 셈인지 모르게 그는 엄마의 손을 놓치고 있었고 어떻게 알지도 못하는 사이에 고아원에 있게 되었다. 간신히 중학교를 졸업하고 떠난 고아원, 그 뒤부터 시작된 밑바닥 인생, 이후 그는 한 번도 자신이 제대로 된 삶을 살아본 적이 없다는 것을 떠올렸다. 분발하리라, 잘살아보리라는 생각은 했지만 마음뿐 하루 벌어 하루 살기 급급한 세월을 벗어나기 어려웠다.

그는 아들의 실직한 모습을 보면서 자기와 똑같은 인생길을 걸어가는 것에 경악했다. 참 지지리도 박복했던 인생, 왜 하필 나를 닮는다는 말인가? 끼리끼리 만난다는 것이 사실일까? 아내 역시 자기와 똑같은 정도의 인생이었다. 그것을 생각하자 그는 또 치를 떨었다. 신문팔이, 구두닦이, 식당 종업원, 하역 잡부…… 왜 한 번쯤 돌아온다는 운이라는 것은 내게 오지 않는 것일까? 이것이 인생이라 할 수 있는 것일까? 그는 자신이 살아도 제대로 살아있는 것이 아니라고 생각했다.

그때 지하철이 범일역에 들어섰다. 그는 범일역에서 내리고 타는 사람들을 물끄러미 바라보다가 올라타는 한 사내를 발견하고 순간 속이 철렁했다. 뿔테안경, 뿔테안경, 돋보기를 한 그 사람은 경로석 그의 맞은 편 자리에 앉았고 그를 정면으로 보게 되자 그는 갑자기 온몸이 비틀리면서 경련이 일어나기 시작했다. 그 경련은 그가 어렸을 적에도 똑같이 느끼던 경련이었다. 고아원 원장은 그 일대를 다스리는 분봉왕이었다. 그 앞에서는 절대 복종, 절대 순종만이 있을 뿐 우리들의 잘못에 용서나 아량은 없었다. 그는 늘 갈색의 뿔테 안경을 쓰고 있었다. 그는 행여 우리가 도망갈까 봐 그 뿔테 안경 너머로 우리를 쥐 잡듯이 노려보고 있었고 자기가 그어놓은 선을 조금이라도 넘어설라 치면 인정사정없이 회초리를 휘둘렀다. 그 많은 아이들을 다스리는 데에는 그만한 효과적인 장치가 없다고 생각하는 것 같았다.

한번은 원장 아버지에게 우리 방에 있는 다섯 명 모두 불려간 적이 있었다. 우리 중에 가장 나이 어린 8살 이원이가 원장의 매질에 견디지 못하여 도망간 것이었다. 조금 한쪽 다리를 절었던 이원이는 그 불편한 다리로 얼마 가지 못하고 잡힐 것임이 틀림없음에도 원장 아버지의 평소 매질에 견디지 못해 도망한 것이었다. 원장 아버지는 그 책임을 그 방에서 나이가 많은 그에게 돌렸다. 그리고 이원이를 찾을 때까지 매질을 하는데 정말 그의 매질은 혹독했다. 그의 한쪽 팔을 갑바 줄로 묶어 문고리에 매달고 패기 시작하는데 정말 억울했고 분했고 그가 미웠다. 이원이를 찾을 때까지 걸핏하면 그의 방으로 불려가서 맞았다. 뿔테 안경에 대한 트라우마는 그때부터 시작된 것 같았다. 나중에는 뿔테 돋보기 안경을 볼 때마다 그는 사기가 들려 밥 먹을 때마다 끄억끄억 대었다. 참 배고프고 서글픈 50년대의 고아원 모습이었다.

그는 마즌 편 앉아 있는 뿔테 안경을 보자 가슴을 진정할 수가 없었다. 자리에서 벌떡 일어났다. 후들후들 다리가 떨렸다. 그를 피해 다음 역에서 무작정 내렸다. 그 옛날의 일들이 떠올라 진정할 수가 없었다.

그는 다음에 오는 지하철을 타기로 했다. 서면에서 내려 2호선으로 갈아 탔다. 그가 살고 있는 하단은 부산의 서쪽 끝이다. 서면에서 2호선으로 갈아타고 해운대까지 갈 생각이다. 하단에서 시작해 용두산 공원, 해운대 동백섬을 돌아 요트장까지 다녀온다. 아니면 동해선을 타고 일광 해수욕장까지 갔다 올 수 있다. 아니면 바닷길 데크를 따라 송정까지 다녀올 수 있다. 이 나이 되어 제대로 할 수 있는 것은 고맙게도 건강함과 걷기에 무리가 없는 것이다. 그리고 시간이 나면 또 벡스코, 신세계와 롯데 백화점 등을 돌고 그러다 보면 하루가 다 갔다.

친구도 없었다. 회사생활을 했다지만 그렇게 살갑고 전문적으로 일을 한 것도 아니다 보니 친구다운 친구는 없다. 아니 있다 손 치더라도 나이 든 지금은 다 그들이 떠나고 자신은 혼자라는 생각뿐이었다. 쪼그라들고 작아지고 수축되어진 것이었다. 고독한 생활, 외로웠던 생활, 어디 그에게 진정 가까이 지낸 사람이 있었던가? 있다면 중학교가 전부인 그의 학력에 그때의 친구들은 그대로 머리에 있지만 사회에 나와서 지냈던 친구들은 그의 기억에 붙어 있지 않았다. 그가 마지막 일을 했던 오피스텔의 경비원들, 그것도 오피스텔 경비가 24시간 근무하고 24시간 쉬는 그런 구조 속에서 맞부딪치는 일이 많지 않았다. 그나마 맞교대했던 김 씨는 병을 앓고 있다. 그러기에 그의 기억 속에 남아 있는 것은 친구나 가까웠던 사람들 보다 그에게 나쁜 것으로 기억되는 고아원 원장과 그에게 피해를 주었던 사람들뿐이다.

그는 중동역에서 내렸다. 그리고 조금 걸어 해운대 끝인 미포 쪽으로 걸어갔다. 이쪽에서 저쪽 동백섬까지 한 바퀴 돌고 백화점과 시장을 한 군데 보고 용두산 공원을 오르고 나면 오늘도 끝, 아니 벡스코에서 오늘은 무슨 전시회가 없으려나 미술에 관심 있었던 그는 아트페어라도 열리면 좋겠다고 생각한다. 시립 미술관은 벌써 두달 째 같은 그림이 걸려있을 뿐이었다.

중동에서 내린 그는 바다를 향하여 걷기 시작했다. 이쪽 미포에서 동백섬까지 한 바퀴 돌면 오후 1, 2시가 되리라. 그는 말썽 많던 엘시티의 그늘진 벌집들을 바라보았다. 아무리 방송에서 부정부패를 떠들어 보았자 우리 같은 사람들에게는 너무 높고 멀기에 자신과는 하등 관련이 없는 딴 세상 이야기일 뿐 그것에 대해 분노도 원한도 없었다.

그는 푸른 바다를 바라보았다. 붉은 사내가 세계를 도약하려는 듯 바다에 떠 있다, 그 수중 방파제 조형물을 바라보며 걷다가 그는 하마터면 앞에서 오는 사람과 부딪칠뻔 하다가 간신히 피했다. 바다, 그는 바다를 보자 갑자기 속이 울렁거리는 것을 느꼈다. 늘 보는 바다였지만 바다를 볼 때마다 그는 흥분이 되었다. 그것은 그에게 등대 같은 것이었다. 언젠가 정말로 언젠가 그 자신 괴로워 바다를 찾은 적이 있었다. 그것이 오십여 년 전 일이니 그의 나이 삼십을 바라보고 있던 때였다. 그때 그는 다리 위에서 강을 향해 바라보고 있었다.

그는 몇 번이나 악몽을 떨쳐내려고 발악을 했다. 슬프게도 도시의 십자가는 더 이상 그에게 위안을 주지 않았다. 포교당의 만卍자는 다만 붉은 색일 뿐이었다. 그는 심각한 우울증에 빠져 정신없이 다리 위를 걸었다. 벌써 세 번째 독촉 받는 방세와 물세, 이틀 굶은 배에서 들려오는 기아의 소리, 또 실직한 사내의 가난한 주머니, 사정없이 그의 머리를 후려쳤다. 차라리 저 물에 뛰어내릴 용기라도 있다면, 그때 왜 순간적으로 바다가 떠올랐는지 몰랐다. 이상한 일이었다. 대변항大邊港의 미역 따는 아줌마와 멸치 잡는 어부들의 그 우뚝함, 그 싱싱함, 그는 그것을 생각하자 갑자기 바다에 가고 싶다는 생각을 했다.

그 흐린 날, 비를 맞으면서도 그가 해운대 바다에 간 것은 바로 그 때문이었다. 동백섬에서 그는 하늘을 들어 올리는 먼 빨랫줄 같은 수평선을 바라보고 있었다. 갑자기 바다에서 바람이 불어왔다.

'죽긴 왜 죽어 그냥 살다 보면 살아지는 거야. 가난하게 살면 어떻고 밑바닥에서 살면 어때.'

그는 순간적이나마 그런 소리를 들었던 것 같았다. 그때 그는 그 바다를 보며 어떤 희망 같은 것을 보았다. 이 고통, 이 가난, 이 또한 지나가리라. 어느 건물 벽에선가 보았던 글귀가 문득 생각났고 그는 곧장 돌아오자마자 밑바닥 인생을 다시 시작했다. 그 경험 이후로도 그에게 좋은 시절은 없었지만 그러나 바다에서의 신기했던 경험을 그는 잊을 수 없었고 저 바다 저 멀리 수평선 그 너머에는 그 무엇이 있으리라는 희망은 잊지 않고 살았다.

그는 가던 길을 잠시 멈추고 바다를 바라보았다. 그러다가 그의 입가에 살포시 미소가 지는 것을 스스로 느꼈다. 생활이 아무리 고달프더라도 노여워하거나 슬퍼하지 않으리라. 푸른 바다를 잠시 서서 바라보던 그는 다시 길 따라 걸었다.

해운대 바닷길을 걷다 보면 이 세상 모든 것이 뜻대로 이루어지지 않는다는 것을 느끼게 된다. 소박한 기도의 언어를 떠올리게 된다. 쏟아지는 무수한 상념들과 함께 저무는 하루를 돌아보게 된다. 그러다보면 살아온 날만큼 후회하게 되고……, 또 한껏 다시 돌아 해운대 바닷길을 걷다 보면 어디선가 들려오는 쓸쓸한 저녁 갈매기 울음소리, 괜시리 침울해져 이 세상의 가장 공평한 언어인 죽음을 생각하게 되고…… 이 길이 싫지 않았다. 그의 절망스런 감정 속에서 이 길을 걷는 시간은 그래도 그의 마음이 평안을 느끼는 시간이었다.

그는 어느새 동백섬까지 와버렸다. 옛날 중학교 다닐 무렵이던가, 그때는 바위들뿐이었던 동백섬으로 소풍을 온 적이 있었다. 그때 언덕에서 바다를 바라보며 노래를 부르던 친구가 생각났다. 부잣집 아이, 피아노를 잘 쳤다. 공부도 웬만큼 했다. 교복도 우리와 같은 무명 교복이 아니었다. 양복 기지로 만든 교복을 입었다. 그때 그 친구는 바다를 보며 노래를 불렀는데 그때 부른 노래 중 '산타루치아'라는 것이 아직까지 잊혀지지 않고 그의 기억 속에 남아 있었다. 그때 그렇게 날고 뛰었던 친구들은 지금 어디서 무엇을 하고 있을까? 아무리 신문과 컴퓨터를 뒤져보아도 그때 그들 이름이 보이지도 않았고 나타나지도 않고 있다. 그들도 이 거대한 도시 한 구석에서 찌그러져 살고 있는 것일까? 아니 원래 부자로 태어났으니 지금도 그 혜택을 누리며 이 밀생한 도시의 어느 구석에서 부족함 없이 살아가고 있을 것이다. 이 길을 걷다 보면 문득 옛날 일들이 생각나고는 했다. 내일은 또 어떤 옛일이 생각나려나.

그는 데크길을 따라 걸으며 인어상을 지나 조금은 넓은 곳에 만들어진 의자에 앉아 숨을 길게 쉬었다. 이만치에서 한 번 쉬는 것이 늘 있어 온 일이었기 때문이기도 하였지만, 벤치에 앉아 수평선 저 멀리 바라보노라면 꽉 막힌 속이 뻥 뚫렸다. 그것이 이 벤치를 찾는 이유이기도 했다. 그는 벤치에 앉아 싱그러운 바다를 바라보며 그 앞을 오가는 사람들을 건성으로 바라보았다. 그러다 출렁다리 쪽으로 고개를 돌렸는데 순간 그는 또다시 지하철에서처럼 벌떡 일어나고 말았다. 얼른 방향을 달리해 자리를 옮겼다. 마스크를 한 채 서로를 알아볼 수 없었지만 머리 모양이나 파마머리로 보나 그리고 무엇보다 그가 걸어오는 아우라를 보자 그는 그녀가 아내라는 것을 알았기 때문이었다. 아내가 왜? 그리고 그 옆에는 웬 아내보다 훨씬 젊어 보이는 얼굴을 한 남자가 있었다. 아니 가게에 있어야 할 아내가 그 시간에 왜 이 바닷가에 나와 있는 것이란 말인가? 그리고 그 옆의 사내는 또 누구란 말인가? 어쨌거나 그는 일단 그들을 피해 자리를 옮겼다. 그냥 데크 길을 벗어나 윗길로 올라와 도로 위를 걸었다. 아내는 지금 가게에 있을 시간이 아닌가? 왜 아내는 이 해운대 동백섬까지 온 것일까? 그리고 그 옆의 사내는? 아내가 바람이라도 난 것이란 말인가? 쉴 새 없이 의문이 솟아났다. 하긴 바람이 나보았자 자기가 할 수 있는 것은 아무것도 없다는 것을 알지만······. 그러다가 그는 그냥 내버려 두리라 생각한다. 내게 와서 고생만 한 아내가 미안하기도 했다. 바람이라도 나서 아내가 행복할 수 있다면 실컷 나라지.

그러나 생각은 그렇게 했지만 한번도 그런 적이 없는 아내였기에 의문은 끝이 없었다. 아내는 왜 거기에 있는 것일까? 정말 바람이라도 난 것일까? 아내가 그럴 리 없을 텐데, 혹 내가 잘못 본 것은 아닐까? 한 번 더 자세히 볼 걸, 그러나 그는 그런 의심보다도 곧 아내가 무안해지지 않도록 마주치는 일이 없게 해야겠다고 생각했다. 그는 이제 이 해운대도 자신이 마음 놓고 다닐 길이 아니라는 것을 생각했다. 집에서 여기가 어딘데, 그렇게 생각들자 이 해운대도 그가 마음 놓고 다닐 길이 아니라는 것을 느꼈다. 그는 내일부터는 더 멀리 동해선을 타고 일광 해수욕장까지 가서 바닷길을 걸을 생각을 하였다.

그는 아내를 생각하자 지난날이 생각났다. 원해서 했던 결혼은 아니었다. 아니 나 같은 밑바닥 인생이 어디 결혼이라는 것을 생각해 보았어야지. 사십 가까이에 있던 그 무렵 자신보다 십여 년 어린 아내의 적극적인 구애로 그리고 무엇보다 가족을 만들고 싶다는 그녀의 애원에 그는 자신감 없는 결혼 생활에 첫발을 디뎠다. 자신과 마찬가지로 고아인 그녀에게서 가족은 곧 희망이었으리라.

결혼을 하고서도 그의 인생은 나아지지 않았다. 밑바닥에서 벗어날 수 없는 인생, 어느 순간 그는 그냥 세월을 따라 시간이 가는 대로 자신을 내려놓았다. 체념, 내일은커녕 그냥 오늘 내 앞을 생각하며 걸어가는 것이 자신의 운명이거니 생각하게 된 것이었다. 그렇게 그렇게 결혼을 하게 되었고 아들과 딸 둘을 두었고 그는 그들을 제대로 키우지 못한 것에 대해 결혼한 것을 후회했다. 자기 같은 것, 그냥 혼자 살 걸 괜히 비참하고 참혹한 씨를 뿌려 그 자식들도 자신과 같은 길을 걷게 하고 있다니, 그는 때때로 자식들마저 밑바닥 인생을 벗어나지 못하고 있는 것을 보고 종종 그런 생각을 하고는 했다.

가난, 밑바닥 인생, 한 번도 운이 있다는 것을 믿어보지 못한 자신의 인생, 그래서 그는 자신에겐 로또 오천 원짜리도 당선되지 못한다는 징크스마저 가지고 있었다. 그런 작은 행운이 자신에게 있다면 그는 행운이라는 것을 믿었을지도 모른다. 그러나 그는 작은 행운이라는 것마저 믿지 못할 정도로 스스로를 재수 없는 사람이라고 생각했고 자존감 같은 것은 자신에게는 해당되지 않는 것이라고 생각하고 있었다. 부끄럽게도 그의 나이 어느덧 80을 바라보도록 아직도 자신을 세우지 못하고 늘 흔들리는 모습을 보며 그는 스스로 '참 한심한 놈' 하고 생각했다.

그는 동백섬을 돌아 다시 보도블럭을 힘없이 걸으며 아직 지지 않고 있는 검붉은 동백을 보고 문득 무거운 생각을 했다. 벌써 져야 할 것이 지지 못하고 있다면 그 무슨 원한이 있어서 그런 것일까? 그 무슨 스트레스가 있기에 저런 것일까? 그는 무거운 생각에 무겁게 걸음을 옮겼다. 특별히 어떤 생각을 하며 걷는 걸음이 아니었다. 어제도 그랬으니 오늘도 그럴 것이고 내일도 또 그럴 것이라는 자조적인 걸음이었다. 그러다가 고개를 들어 그는 다시 바다를 보았다. 이 밑바닥을 헤매면서도 이 부산을 떠나지 못했던 것은 오로지 저 바다가 좋았기 때문인지도 몰랐다. 평소 같으면 동백섬을 돌아 다시 지하철을 타고 아침에 오르지 못한 용두산 공원으로 향할 것이었다. 그러면 오늘 그가 할 일은 끝난다. 아침 9시에 나와 어두워져서 들어가는 꽉 짜인 생활로 그는 자신을 한정해 놓았고 그는 그런 틀에 맞추고 있었다. 그러나 오늘은 조금 이른 것 같다. 조금 늦더라도 일광에 들렀다 가자.

나이 들수록 시간의 속도는 빠르다. 한 일이 별로 없는데 돌아보니 또 나이를 먹어 있는 자신을 발견한다. 하루가 긴 것 같았는데 나이는 또 높아가고 이제 죽음을 바라보는 세대가 되었다니. 반복되는 하루, 꽈악 막힌 미래, 가슴이 뛰거나 하고 싶은 일도 없는 절망뿐인 노년…….

구두굽처럼 깨지고 망가진 인생, 분발해보고 싶다는 생각이 없었던 것도 아니었다. 그러나 그런 분발이 무슨 소용있으랴. 결국은 밑바닥에서 분발을 했을 뿐 성공해도 결과는 밑바닥인 것이었다. 한 가지 건져낸 것이 있다면 그래도 그 밑바닥에서 용케 살아 있다는 것이 고마웠고 아직 이렇게 걸을 정도로 건강한 것이 고마울 뿐이었다. 그는 시장 안으로 들어갔다. 해운대 시장은 이상했다. 부산의 큰 시장인 부전이나 국제시장과는 달리 아담하고 아기자기했다. 큰 가게가 없었다. 그런 것이 사람들의 마음을 끌고 있는 것이었는지 모른다. 오후 시장은 분망했고 소란했다. 대낮인데도 화안하게 불이 켜져 있었다. 호객도 한창이다. 젊은 남녀들이 이쪽저쪽을 기웃거렸다. 그는 국밥집에 가 자리를 잡았다. 많은 사람들이 국밥을 먹고 있었다. 맛집으로 나왔다고 선전 문구도 요란했다. 그는 밥을 먹으면서 옛날의 해운대 모습을 기억했다. 어디 이런 번듯한 시장이 있었으랴. 참 어디 이런 번듯한 건물이 있었으랴.

그는 해운대를 빠져나와 2호선을 탔고. 다시 벡스코 역에서 동해선으로 갈아탔다. 일광에서 내렸다. 일광 해수욕장을 향해 걸어갔다.

바닷가 허름한 식당, 간이 커피숍, 그리고 등대 그밖에는 마땅한 생각과 기억이 없다. 그래도 누구 말마따나 세상은 오래 보아야 아름다운 법, 평범한 누리꾼들을 의식화시키는 것 같은 저 고혹적인 너울의 파도, 이상한 하루를 보내는 보험외판원이 눈물 흘리다 가기도 했다. 오죽 사람들에 시달렸으면 이 먼 곳까지 와서 눈물을 흘릴까? 언젠가 보험외판원의 이야기를 들어주며 그와 함께 눈물을 흘린 적이 있다.

조금 더 걸어가면 구제 명품 옷 순득이네 집, 허방다리 같은 좀 덜 떨어진 곳, 시시한 남편들의 아내에 대한 덕질의 변명 보따리를 풀어놓기에 적당한 곳, 하염없이 걷다 보면 못견딜 것 같은 이별의 흔적들도 지워질 것 같은 곳, 일광은 그런 가려진 시간의 마을이기도 했다.

또 한껏 조금 더 해안선 따라 걸어가면 달음산 초아흐레 달에 피던 자욱한 달무리가 죽음 이후의 세계를 번득이게 하는 것 같은 곳, 파도 소리마냥 무덤덤해진 일상, 그래도 삶을 지탱하는 것은 파도 소리 같은 무덤덤한 것들의 반복이거니 처음 새끼를 낳아본 어미처럼 순종과 사랑 그리고 제 무게를 감당하는 연잎의 지혜를 배우는 일광은 그런 곳이기도 했다. 오늘은 무슨 축제라도 있는 것일까? 해수욕장에 사람이 많이 모여 있다.

그는 일광해수욕장을 따라 걷다가 어느 순간 놀란 듯 걸음을 멈추었다.

익숙한 목소리가 들렸다.

"풍선, 풍선, 한 개 천원."

그는 낯익은 소리가 나는 곳으로 고개를 돌렸다. 그러다가 그는 뒤로 나자빠질 뻔하였다. 그것은 회사에 잘 다니고 있으리라고 생각했던 사위가 아닌가? 그런데 사위가 이곳까지 와 풍선을 팔고 있는 꼴이란 무엇인가? 그도 직장에서 짤렸다는 말인가? 딸에게 얼마 전까지 전화를 했을 때만 하여도 집이 평안하고 건강하다고 말하지 않았던가? 그런데 저 나이에 여기 와서 풍선을 파는 이유가 어디 있다는 말인가? 그것도 들킬까 봐 이 먼 곳에까지 와서 풍선 장사를 하고 있다는 말인가?

속 깊은 맏딸이 아버지가 걱정을 할까 봐 사위가 실직한 것을 감추려 한 것일까? 그는 얼른 자리를 피했다. 그와 사위와의 관계는 좀 특별한 경우이었다. 그가 고아이듯이 사위도 또한 고아였던 것이다. 그와 사위가 상견례 아닌 상견례하던 날, 그는 사위와 못하는 술을 하며 서로의 처지를 알고는 눈물을 흘렸다. 모든 것이 마음에 들지 않았지만 그는 사위의 자신에게는 없는 건전하고 긍정적인 면을 좋게 보았고 그리고 바로 그 자리에서 승낙하고 말고도 없이 집을 얻어 같이 결혼해 살게 했다.

갈매기가 가까이서 희롱하고 있었다. 문득 갈매기가 자신이고 자신이 갈매기 같다는 충동이 일었다. 갈매기를 보니 문득 자신의 속마음을 전하고 싶었다. 그 옛날 인상 깊은 한 갈매기 조나단의 몸부림친 꿈에의 야망도 한갓 추락하는 것은 날개가 있다는 증명일 뿐 그가 떠난 다음 이제 그들의 전설적인 조상 조나단을 기억하는 갈매기는 없다. 그 뜨거운 자신의 심장 소리도 잊었는지, 그 차갑던 겨울 아침바다의 비상을 꿈꾸던 비상도 잊었는지, 이제 그들은 뜨거운 가슴 대신 당장 저녁거리를 걱정해야 하는 슬픈 새가 되었다. 입동 무렵 그 장관의 철새 축제에도 초대받지 못하고, 독도 앞바다를 날던 추억도 사라지고, 사랑의 그 소래포구 협궤 철길에 대한 기억도 사라지고, 내려야 할 역을 놓치고 어디로 가고 있는지도 모르는 나처럼 이젠 방황이 운명이 되어버린 새, 갈매기야, 갈매기야, 너무 설워마라. 그리움 하나로 온 밤을 하얗게 지새우는 이 마음을 네 편에 실어 그리운 우리 님께 보내노니 부디 이 불쌍한 인간 인생 끝날 때까지는 끝난 것이 아니라는 긍정 희망의 소식 물어나 와다오.

그는 사위를 피해 다시 동해선을 탔고 교대역에서 1호선으로 갈아 탔다. 갈수록 머물 곳이 없었다. 그리고 남포동 역에서 내렸다. 용두산 공원을 오르려는 것이다.

그는 의무처럼 용두산 공원을 향해 걸었다. 아들은 이제 없겠지. 그 아들도 오죽 답답했을까? 직업 없는 사내가 가지는 그 압박감은? 그 절망감은 아마 겪어보지 않은 사람은 모르리라. 그는 용두산 공원을 한 바퀴 돌다 한쪽에 매달아 놓은 사랑의 열쇠가 매달린 곳을 지났다. 사랑도 유통기간이 있는 것일까? 이제는 관심이 없는지 새로운 것은 없었다. 낡고 세월이 가고 녹슬고 메마른 모습이 꼭 내 꼴이다. 꽃시계를 보았고 부산 남항을 내려다 보았다.

그리고 내려오는데 그 또래의 많은 노인들이 벤치에 앉아 있었다. 그는 그들과 자신은 아무런 상관이 없다는 듯 힐끗 쳐다보며 내려갔다.

"내 주를 가까이 하려함은⋯⋯"

갑자기 내려가려는 그의 뒤로 찬송가 소리가 들려왔다. 때때로 용두산 공원에 오르면 한번씩 들려오는 이 소리, 한 때는 사라진 것 같더니 오늘 다시 사람들이 모여 노래를 부르고 있다. 주변의 모여있는 사람들이 같이 따라 불렀다. 그리고 그 소리는 언제부턴가 점점 커지기 시작하는 것이었다.

그는 일부러 걸음을 멈추고 그쪽을 바라보았다. 앞에서 요란히 노래를 선도하는 사람이 있었다. 그 옆에서 또 다른 사람이 그를 따라 열심히 노래를 선도하고 있었다. 사람들 중에는 손뼉을 치며 발을 구르는 사람들도 있었다. 그는 그들의 그런 행동이 조금도 이상하다고 생각들지 않았다.

그가 이 공원으로 오르는 것이 하루의 일과처럼 되었을 때 그는 이 나이 많은 사람들 가운데서도 묘한 차별을 느낄 수가 있었다. 소위 인생의 전반전에 높고 풍부했던 사람들과 그렇지 못한 동사무소의 그렇고 그런 번호로만 존재했던 사람들 간의 괴리가 눈에 보이는 것이었다. 자리에 앉아서도 그들은 끼리끼리 모이는 것 같았고 입고 있는 옷조차도 달랐다. 인생 전반전에서나 후반전에서나 구분이 없는 것이 아니라 구분은 있었다. 그러나 그 찬송가를 부르는 동안에는 사람들은 평평해지거나 한 통속이 되어지는 것 같았다.

그는 용두산 공원을 내려와 다시 지하철을 탔다. 오늘도 그 지긋지긋했던 시간을 늘씬하게 두들겨 패주었다. 하단역에 내려 집으로 가는 길에 후진 건어물 상회가 있었다.

건어물 상회 선반, 진열장, 바닥에 건어물이 쌓여있다. 명태, 굴비, 조개, 미역, 오징어, 다시마, 홍합, 무조개, 해초, 문어, 낚지 마른 것은 마른 것이다. 마르지 않은 것은 마르지 않은 것이다. 어느 것 하나 제대로 구별할 줄 모르는 인간 보란 듯이 진열장에 올라있는 마른 건어물들, 아주 오래 전 가난한 어부의 그물에 잡혀 그대로 산채로 꼬치에 꿰어 말려졌다. 해풍이 말려주고 짠 바닷물은 부패를 막아주고 얼마나 말렸으면 저토록 미이라가 되어 다시 나타났을까? 눈이 시렸다. 누군가에게 팔려 입맛을 돋아주고 술 취한 아침 해장국이 되고 다시 국물이 되고 산모의 보양식이 되고 골다공증 예방이 되고…….

시간 많고 할 일 없는 사내, 건어물 상회 지나가다 말고 심심한지 눈을 한 곳에 두고 눈요기한다. 뭇생각들이 산울림처럼 그의 머리를 우리우리하게 한다. 저 명태도 탱탱하고 살이 오른 때가 있었겠지. 그 넓은 동해 바다를 내 집처럼 헤엄치며 다니던 때가 있었겠지. 그 푸른 자유가 내 것인 때가 있었겠지. 아들 딸 자식 거느리고 행복한 때가 있었거니 내게도 저런 때가 있었을까? 무심코 건어물을 한참을 바라보다가 사내 고개 숙인다. 아무리 생각해도 절망밖에 보이지 않는 나날, 오늘은 지나가지만 내일은 또 어떻게 지나려나. 고려시대도 아닌데 청산별곡 속의 사내가 된다. 집세, 만삭의 아내, 집안과 이웃의 견디기 어려운 손가락질, 빈 주머니…….

사내는 건어물 상회를 지나다가 인근 또 다른 건어물 상회의 폐업이라는 글자를 유심히 바라본다. 아내를 보채는 아이들, 병든 어머니 차라리 내가 폐업이 되어 건어물처럼 누군가에게 행복이 될 수 있다면, 사내 술 취한 듯 비틀거리며 걸어간다. 조금은 젊었던 시절 건어물 상회를 지나면서 보고 느꼈던 감정이 되살아나 그는 잠시 건어물 상회 앞에서 비틀거렸다.

그는 걸으면서 자꾸만 자신이 협소해지고 낡아간다고 생각했다. 그런 것은 언제부턴가 그가 집으로 돌아올 이맘쯤이면 그림자처럼 따라오는 생각이었다. 무언가 가슴속에 꽉 막힌 듯한 느낌, 무거운 나이, 이대로 시공간이 없는 블랙홀 속으로 빨려 들어갈 것만 같은 느낌, 더 이상의 희망도 목표도 없어 그냥 빨리 세월이 흘러갔으면 좋겠다는 생각이 꽈악 머리에 차 올랐다. 오늘 보아서는 안될 것, 만나서는 안될 것, 미리미리 피해야만 하는 일들이 또 늘어난 것이다. 나이 탓일까? 문득 외롭다는 생각을 했다.

그는 더 이상 비참한 생각을 떠올리지 않으려 애쓰며 걷다가 내일은 모두가 만나서 무안해지지 않는 다른 길로 가봐야지 하는 생각이 들었다. 그가 가는 앞으로 혼탁한 도심 가운데에서도 화안히 달이 뜨고 있었다. 자신의 집으로 가는 길은 가로등조차 없는 낡은 동네였지만 오늘은 달이 비추고 있어 어둡지 않아 좋았다. 참 오늘은 이상한 경험만 한 무덥기만한 날이었다고 생각했다.

저기 집 앞에 가로등이 보였다. 화안한 달빛 아래 번들거리는 대문도 보였다. 그러다가 한순간 그는 흠칫했다. 그가 가는 앞으로 딸이 보였다. 그와 함께 딸을 포옹하고 있는 남자의 실루엣도 보였다. 너무도 행복해 하는 표정으로 있는 막내 딸, 어두워도 알 수 있었다. 저 남자는 누굴까? 이런 밑바닥 인생을 살 바에는 결혼하지 않으리라 했던 막내 딸이 남자와 함께 서 있다니? 딸은 아버지와 같은 밑바닥 인생이 싫다며 결혼 같은 것은 하지 않겠다고 이제껏 결혼을 않고 버티어오고 있는 것이었다. 그는 모든 것을 딸에게 맡겼다. 그리고 자신 같은 인생을 살 바엔 아예 혼자 살아가는 것도 괜찮다고 생각해 그냥 내버려 두고 있는 형편이었다. 그런데 그런 딸이 사귀고 있는 남자가 있었던 것일까? 그는 얼른 반대쪽으로 꺾으며 딸과 마주치는 것을 피했다.

그러나 그의 가슴은 어느새 누가 들어와 마구 방망이를 두드리는 것처럼 뛰었다. 오그라들었던 그의 가슴은 어느새 꽃봉오리처럼 벌어지고 있었다. 이게 어디 피할 일인가? 그러나 순간 그는 고독하다는 생각이 떠올랐다. 저 자식도 또 나와 같은 밑바닥 인생을 헤맬 것은 아닌가? 그러나 다음 순간 그는 갑자기 그의 머리를 망치로 강하게 내리치는 둔탁함을 느꼈다. 왜 나는 그런 생각을 먼저 하는 것일까? 딸이 언제 저렇게 행복해하던 모습을 본 적이 있던가? 그런데 왜 너는 딸을 불행의 씨앗으로만 바라보고 있는가? 그는 자신은 늘 이런 식이었다고 생각했다. 모든 것을 자신의 기준대로 생각하고, 남들도 다 자신처럼 생각할 것이라고 생각하고, 그는 이런 자신이 짜증이 났고 미웠다.

그런 가운데 그는 자꾸만 자신이 딸을 위해서 해야 할 일이 있다는 생각이 들었다. 그 일을 이룰 때까지 결코 자신이 작아질 수 없다는 생각도 했다. 딸에게 만큼만은 내 인생을 닮게 해서는 안된다. 나는 어차피 밑바닥 인생을 살아왔지만 딸 만큼은 그렇게 할 수 없었다. 그래 내 딸만큼은 어떤 일이 있어도 행복해야지. 딸은 내가 어쩔 수 없이 낳은 불행의 씨앗이 아니다. 내가 세상 밑바닥을 살며 신의 농락 속에 살아가고 있다고 하더라도 저 딸마저도 그렇게 할 수는 없는 것이다. 그는 갑자기 딸을 위해 마련해두었던 장롱 속의 통장이 생각났고 막내딸이 결혼하면 주리라며 아내가 마련했던 반지도 떠올랐다.

세로로 긴 그림

이것 참 야단났다. 잠깐 신호등에 걸려 멈춰서서 있을 때 바로 교통순경이 다가오는 것이었다. 헬멧도 쓰지 않았고 오토바이 자격증도 없었다. 게다가 오토바이를 샀다는 영수증도 소지하고 있지 않았다. 영낙 없이 당할 판이었다.

교통순경은 다가오더니 먼저 멋지게 손부터 올리며 경례를 하였다.

"헬멧을 쓰지 않았네요."

"……"

"면허증 좀 봅시다."

"……"

"영수증?"

"……"

"아니, 아무것도 없네요."

그러더니 순경은,

"보아하니 얼굴도 잘 생긴 사람이……"

하면서 오토바이를 길가로 세우게 했다. 순간적으로 나는 오지게 걸렸구나 하면서 오늘은 재수 옴 붙은 날이라고 생각했다. 그까짓 벌금 딱지 나오면 물면 되겠지 하고 생각은 하고 있었지만. 그러나 사실 교통질서를 위반해 벌금을 문다는 것은 아무리 작은 돈이라 하더라도 아까운 것이었다. 그래 다른 방법은 없을까 잠시 머리를 굴리기도 했는데 이 상황에서 벌금 말고는 다른 방도가 없을 것 같았다. 차들은 이쪽 저쪽에서 오락가락했고 지나다니는 사람들도 많았다. 그들은 내가 교통순경에게 걸린 것을 힐끗 쳐다보기도 했고 혹 자기도 걸릴까 싶어 빠르게 지나갔다. 그들을 보자 참 오늘 재수가 더럽게 없구나 싶었다. 왜냐하면 나 이외에도 헬멧을 쓰지 않고 다니는 오토바이를 탄 사람은 많았고 하필 재수없게 내가 걸려든 것이었다.

나는 체념하는 식으로 교통순경이 딱지를 끊을 줄 알고 그에 대비하고 있었다. 그가 물으면 제일 벌금이 약한 것으로 매겨달라고 빌어야겠다고 속으로 생각했다. 그런데 내가 그가 딱지를 끊을 것을 기다리자 아무래도 순경은 딱지를 끊으려고 하지 않았다. 내가 그를 다시 바라보자 그는,

"참 똑똑하신 양반이 아니……."

그러면서 역시 딱지를 끊을 생각을 하지 않는 것이었다. 다만 나를 빤히 쳐다보는 것이었다. 모르겠냐는 듯. 순간적으로 나는 아, 돈을 요구하고 있구나. 그러면서 내 머릿속은 또다시 복잡하게 움직이고 있었다. 지금 내 호주머니에는 왼쪽엔 50위안, 오른 쪽엔 100위안이 들어있다. 이렇게 돈을 양쪽에 나누어 담은 것은 중국 생활을 하면서 깨친 기술이었다. 돈을 나누어 담아야 안전했다. 왼쪽의 50위안을 줄 것인가 오른쪽의 100위안을 줄 것인가 순간적으로 머릿속에 갈등이 일었다. 50위안을 주었다가 작다고 하면 오른쪽에 있는 100위안마저 뺏길 것 같은 생각이 들었고 그냥 100위안을 주면 그것이 제일 안전할 것 같았지만 그러나 오토바이 한번 위반한 것으로

는 아까운 돈이었다. 중국 생활에 100위안이 작은 돈인가?

그러다가 나는 에라 모르겠다. 50위안을 주자. 그러면 50위안이 남는 것 아닌가. 나는 호주머니를 엉거주춤 뒤지는 척하다가 50위안을 꺼내 들고 그를 주려고 하였다. 그러나 주는 환경이 마땅치 않았다. 주변에는 사람들이 지나다니고 있었고 오토바이, 자동차, 버스들도 요란했다. 교통 순경에게 이 밝은 대낮에 떳떳하게 준다는 것은 뭐가 잘못된 것이었다. 내가 50위안을 내밀자 그는,

"똑똑한 사람이 왜 이래요?"

하면서 내 손을 툭 쳤다. 그것은 나는 청렴한 사람이다. 그까짓 돈에 현혹되지 않는다. 돈을 받으려고 하는 것이 아니라는 뜻으로. 그 바람에 돈이 땅에 떨어졌다. 내가 그 돈을 주우려고 하자 순간 고고한 척하던 순경이 주우려고 고개를 숙이고 있는 내 엉덩이를 슬쩍 밀더니 떨어진 50위안을 발로 밟아 감추었다.

"야, 너 가까이서 보니 정말 잘 생겼구나. 다음부터는 조심해. 어서 가보라우."

그렇게 50위안을 벌었다.


그 가이드는 우리에게 자기가 중국에서 있었던 경험을 말하면서 웃음을 선사하였다.

가이드는 노련했다. 사람들을 확 끌어들이는 방법을 알고 있었다.

비행기에서 마악 내린 뒤라 피곤할 법도 하건만 사람들은 초롱초롱 맑은 눈알을 굴리며 가이드의 말 한 마디를 놓치지 않을 쎄라 쳐다보았다. 하이난에 대한 기대, 잘 생긴 젊은 가이드에 대한 호기심도 어느 정도 묻어 있었다.

"저는 이름은 김영철이고 여기서 무척 먼 길림성 연길이 고향입니다. 조선족입니다. 여기 온 지는 한 5년 되었고 고등학교까지는 농촌전형으로 천진에서 다녔습니다. 하이난은 하나의 남북으로 길게 찢어진 섬으로 타이완보다는 조금 작고 인구는 채 천만이 안됩니다. 성도는 북쪽에 있는 하이커우이고, 관광지는 남쪽인 싼야에 많이 모여 있습니다. 오늘부터 4박 6일 동안 여러분들과 함께 하겠습니다."

이번 여행팀은 모두 22명이었다. 비행기가 부산에서 떴기 때문에 주변, 이를테면 부산, 울산, 대구, 경북권 사람이 많을 것이었다. 그러나 그렇다고 생각될 뿐이지 따지고 보면 훨씬 먼 곳에 있는 사람들이 올 가능성도 있었다. 그들은 단 1,2만원의 차이가 있어도 무조건 싼 여행사 상품을 구입했다.

그런데 인상적이었던 것은 그들 중 다리를 저는 한 노인이었다. 그는 거구에다 한쪽 다리를 절며 손에는 지팡이를 들고 있었다. 친구인 듯한 사람과 둘이 왔는데 두 사람이 단짝인 것 같았다. 저 나이에 불편한 몸을 이끌고 외국 여행을 오다니? 여행 매니아가 아니면 쉽지 않을 것이라고 생각하였다.

이튿날 오후부터 조금은 느슨한 여행 일정은 시작되었다. 첫날은 밤 비행기로 왔기 때문에 여행 상 공식 일정은 둘째 날부터였다. 둘째 날 오후 우리는 하이난 싼야의 유명한 관광지인 대소동천과 열대식물원을 돌아보았다. 3일째 되는 날은 일정에 따라 각자 알아서 자유 여행을 하기로 하는 날이었다. 거제에서 꽃집을 운영한다는 한 아줌마는 나이가 있음에도 외국 여행을 많이 다녀 그런지 이런 날은 어떻게 해야 한다는 것을 거의 여행에 중독된 수준으로 줄줄 꿰고 있었다. 여행을 많이 하다 보니 어느 때가 성수기고 비수기는 어느 때인지 알아 비수기 때의 저렴한 요금을 이용해 여행을 자주 한다고 하였다.

3일째 자유 여행 일정을 마치고 우리가 밥을 먹을 때 아줌마와 같은 테이블에 앉게 되었다.

"어디서 왔노?"

"부산입니다."

이런 걸 잘 묻지도 않고 쉽게 대답해주지 않는 것은 여행에서 상식이다. 나는 그녀가 이어 '무슨 일을 하노' 하는 말을 할까 봐 다소는 신경 쓰고 있었는데 다행히 그녀가 내게 물은 것은 그것뿐이었다.

"오늘 자유 여행 때는 어디 다녀오셨어요?"

"왜 큰 해양 부처, 해수관음상 거길 다녀왔는데 참 크긴 크더구만."

"그런데 싼야에 그런 곳이 있다는 것을 어떻게 아셨어요?"

"오기 전에 알아보았지. 어딜 갈까 생각하다가 싼야의 유명한 곳을 찾아보았지."

"아니 몇 사람이나 가셨어요?"

"7명이 갔어. 왜 그 병신 교장 안있어. 다리 저는 사람, 그래 우리가 거길 간다고 하니까 간밤에 찾아와서는 이야기하더라고 10만원 줄테니 같이 가자구."

나는 그 다리를 저는 사람이 그때 비로소 전직 교장 선생님이라는 것을 알았다.

"그래, 같이 갔어요?"

"아니, 그리고는 말해주었지. 우리와 함께 갈 생각이 있다면 얼마든지 따라오세요. 따라올 수 있으면 따라오는 것이고 따라올 수 없으면 못오는 것이지 무슨 돈을 내고 같이 가달라고 하는지요. 여기까지 와서 뭐 남 시중들 생각 없어요 했지. 뭐 교장질을 했나. 지가 교장이면 교장이지 퇴직한 지금도 교장으로 아는가 보지."

"자신이 교장이라고 직접 이야기하던가요?"

"아니, 옆에 같이 왔다는 사람이 교장 찬스를 썼던 거지. 그러면 좀 도와줄 줄 알았던 모양이지."

"옆의 그 사람은 어떻게 되었어요?"

"같이 따라 오더군. 뭐 다리가 불편하지 않으니까 따라온 거겠지. 여행까지 와서 누구 시중들 일 있겠어. 돈을 아무리 주면 무얼 해."

나는 전직 교장 선생님이라는 사람이 그 아줌마에 의해 여지없이 깨지는 것을 보고 아무리 한자리 했더라도 퇴직을 하고 나면 정말 하잘 것 없는 존재가 되고 마는구나 생각했다. 작은아버지처럼 평범하게 평교사로 마친 경우는 교사로 있을 때나 마치고 나서도 아무런 차이가 없었다. 그대로 퇴직하고 나오면 되는 것이었다. 그러나 교장이나 사장을 하고 은퇴한 사람이 퇴직을 하고 난 다음에는 쉽게 적응하지 못할 것이라는 생각이 들었다.

그 여행은 좀 이상했다. 보통 이런 외국 여행을 하다 보면 연령대가 다양한 것이 특징인데 어떻게 된 셈인지 이번 여행팀은 경로당 노인이 의기투합해서, 아니면 노인대학 학생들이 팀을 모아 여행을 온 것처럼 나이 든 사람들만으로 가득했다. 이상하게 여자들도 그랬다. 분명 얼굴을 보면 젊은 장년층임에 틀림없을 텐데 주민등록상의 나이를 보면 50대에서 70대까지의 사람들로 주축을 이루고 있었다. 그렇다고 젊은 사람이 없는 것도 아니었다. 젊은 사람들도 여럿 보였다. 다만 중간층이 없는 것이었다.

그런데 그날 저녁을 끝내고 나서 로비에 앉아서 이야기를 나누고 있을 때였다. 사람들의 시선이 이상했다. 전직 교장인 그를 향한 태도가 갑자기 냉랭해져 있는 것이었다. 어제까지만 해도 그가 다리가 좀 불편했기 때문에 그는 주위 사람들로부터 동정을 얻거나 가지고 가는 여행용 캐리어를 대신 끌고 가주기도 했다. 그가 나이 많다는 이유로 아예 좋은 자리를 양보하기도 했다.

그런데 그가 그 꽃집 아줌마에 의해 전직 교장이라는 것이 알려지자 사람들의 교장에 대한 눈길이 확 바뀌어 있는 것이었다. 이전과 같은 배려가 없었다. 아예 분위기 자체가 이상해 있는 것이었다. 사람들은 그와 같이 있기를 원하지 않았다. 일부러 같이 앉는 것도 피하는 것 같았다. 그가 크게 잘못하거나 어긋난 행동을 하고 또 교장이라고 과시했다면 또 모르겠다. 교장은 결코 과시하거나 벗어난 행동을 하지 않았다. 그럼에도 불구하고 사람들은 그를 피했고 그를 올려놓고 빈정대었다. 근거 없는 소문을 내며 그가 난처한 지경에 빠지기를 좋아했다.

원인은 그가 전직 교장이었다는 데에 있었다. 그것은 회장이나 대표나 전무 등으로 불렸던 사람들과 달랐다는 것을 의미했다. 교장은 실제였지만 나머지 이상하게 불리는 사람들은 다 허구 속의 인물, 허구 속의 지위였던 것이었다.

지금 이 하이난 여행은 사실 이만저만 싼 가격이 아니었다. 아무리 그래도 30~40만 원은 주어야 할 여행을 겨우 10만 원대로 왔으니 이 정도 싼 금액이라면 웬만한 사람이라면 외국 여행을 다 다녀올 수 있는 것이었다. 다만 이런 가격임에도 올 수 없다는 것은 시간이 안되거나 그밖에 자기 자신이 올 수 없는 사정, 이를테면 병에 걸렸거나 또는 회사에 얽매인 사람일 뿐 올 마음만 가진다면 누구나 올 수 있는 그런 것이었다. 그러고 보니 이들의 신분이나 또는 그들이 어떤 수준의 생활을 하고 있는지는 직접 겪어보지 않아도 알 수 있는 일이었다. 그럼에도 이들 사이에 호칭은 사장님, 회장님, 대표님들이었고 아무것도 모르는 나 같은 경우나 그것을 정말 그대로 믿을 뿐 말은 않고 있었지만 그들은 스스로를 잘 알고 있는 것 같았다.

나흘째 되던 날이었다. 아침부터 분위기가 가라앉아 있는 것을 알고 가이드의 그 구수한 입담이 다시 시작되었다. 자기가 여행을 하면서 겪었던 일 중 한 가지로 또 이야기를 시작하는데 역시 그 이야기를 듣고 우리는 가볍게 웃었다.

"사실 이 가이드 일이 마냥 좋은 것만도 아니어서 하기 싫은 때가 있습니다. 마침 총각 때이기도 해서 무어 좋은 거리가 없을까 하고 생각하고 있던 차에 갑자기 여자 대학생 단체가 온다는 소식을 들은 것이었습니다. 그 순간 눈이 번쩍 뜨였습니다. 그때 그 팀을 맡은 가이드는 제가 아니라 저의 선배였는데 그 선배는 현지인과 결혼해서 지금 싼야에서 살고 있었습니다. 놓칠 수 없었습니다. 그 선배한테 술과 밥을 사줘 가며 비위를 맞춘 끝에 제가 그 팀을 맡을 수가 있었습니다. 그런데 말입니다. 어떻게 되었는 줄 아십니까?"

그는 잠시 뜸을 들이면서 우리를 바라보았다. 사람들은 점점 흥미를 느껴가는 것 같았다. 아무도 답을 못했다. 그때 그 전직 교장이라는 사람이 말했다.

"노인대학 학생이었구만."

"네 맞았어요. 할머니들만이 모인 노인 대학생들이었는데 어찌나 굼뜨던지 4박 6일 내내 고생만 죽도록 했습니다."

그런데 크게 웃을 일이었는데도 나이 찬 사람들은 아무도 웃지 않았다. 일부 젊은 사람들만이 웃었을 뿐이었다. 교장이 그런 말을 하니 오히려 왜 말을 했느냐며 기분 나쁘다는 표정마저 지었다. 만일 다른 사람이 그런 대답을 하였다면 사람들은 한바탕 웃었을 것이다.

왜인지 모르게 전직 교장은 별다른 이유도 없이 이번 여행팀의 미움의 대상이 되어 있었다. 그런 분위기는 시간이 갈수록 더해가는 것 같았다. 정작 그 앞에서는 아무 말도 못하다가 그가 없을 때는 그를 요란하게 씹었다.

말 한마디를 가지고 빈정대었다. 바르게 받아들이지 않았다. 이상했다. 그가 전직 교장이라는 것을 몰랐던 첫날과 둘째 날은 서로가 괜찮았는데 그가 전직 교장이라는 것을 안 순간 갑자기 분위기가 확 바뀌어지는 것이었다. 사람들은 이상했다. 상대가 나보다 계층이 다르다는 것을 안 순간 그를 대하는 태도 방식도 달라지고 같이 어울리는 것을 꺼려하였다. 말은 안하고 있지만 그에 대한, 아니 자신들보다 나은 계층에 대한 평소 증오나 또는 자기와는 다르다는 어떤 인식 같은 것을 가지고 있는 것 같았다. 더욱이 전직이 아닌 데에도 말이다. 더구나 상대는 발을 저는 불편한 신체를 가졌음에도 말이다.

소수민족의 삶을 엿볼 수 있다는 삘랑빌리지를 관광할 때도 그런 분위기는 이어졌다. 그리고 그런 비난은 그날 밤 유람선 별빛 투어를 탔을 때 절정이었다. 원래 별빛 투어는 추천상품으로 하지 않아도 되는 것이었지만 하이난 싼야에 와서 이것만큼은 경험하고 간다고 하여 22인 모두가 신청한 옵션상품이었다. 무제한 맥주 제공은 물론 특이한 조명으로 화려한 싼야의 야경을 명나라 고대 선박을 재현한 유람선에서 한눈에 볼 수 있다고 하였다.

배 안에서의 시간이 지루하게 흘러가고 있었기 때문에 사람들은 끼리끼리 모여 맥주를 들고 서로 이야기를 하고 있었는데 듣고 보면 모두 그 교장에 대한 이야기였다.

"뭐, 부산에서 유명하게 놀았다고 하대."

"지가 그러니까 얼른 교장이 된 거겠지."

"뭐 들어보니까 정치적 힘을 얻었다고도 하대. 한석봉인가 하던 친구가 있었다고도 하지. 왜 새천년민주당 말이야."

"다리 하나 저는 데 꼴 좋다. 죄지은 데 대한 댓가지."

그런데 이상했다. 내가 알기에 그들은 교장에 대해 전혀 모르는 사람들이었다. 교장에 대해 그와 같이 근무했다거나 그가 사는 아파트 근처에 산다거나 그에 대한 정보를 알 수 있는 사람은 그 누구도 없었다. 그가 전직이 교장이었다는 것을 몰랐을 때는 그에 대해 그 어떤 말도 없었다. 그에 대한 구체적으로 알려고도 하지 않았다. 사실 또 여행을 할 때는 자신의 신분이나 직업 같은 것을 묻지 않는 것이 예의이기 때문에 남자들에게는 보통 선생이나 사장이나 대표 따위로 부르는 것이 일반적이었다. 그래서 다들 그렇게 불렀는데 교장이라는 색다른 실제적 계급이 등장함으로써 갑자기 이런 질서가 깨지는 것 같았다.

"혼자 산다고 하대, 마누라가 이혼안해주니 도망갔다나."

"얼마나 별났으면."

그 후 한참 지나 안 것은 김 교장 선생님의 사모님은 작년 암으로 김 교장보다 먼저 간 것일 뿐 결코 김 교장 선생님이 별나거나 마누라를 못살게 굴어서 도망간 것은 아니었다.

"듣기로는 학교에서 그럴듯해도 집에서는 엉망이었다 하대."

"쇼윈도 부부였겠네. 부러워, 부러워, 쇼윈도 부부라도 되니, 우리 같은 사람은 쇼윈도 부부라고 불릴 대상이 되기나 하나?"

"그래, 부러워요. 세상 참 불공평하지. 공무원이라는 이유 때문에 연금 꼬박꼬박 나오니 노후 걱정 없지."

"우리 남편은 퇴직하고 나서 백수야, 백수. 국민연금 45만 원 밖에 없어."

"내년부터는 기초연금이라도 나오니 그나마 다행이지."

"뇌출혈 때문에 다리도 한쪽 저는가 봐."

"여자와 그짓을 얼마나 좋아했으면 뇌출혈이 온다니."

그러나 다리를 절게 된 것은 그 교장 선생님이 등산을 하다가 발을 헛디뎌 그만 낮은 절벽 아래 굴러떨어져 그렇게 된 것이었다. 이랬음에도 사람들은 김 교장이 혼자인 것, 다리를 절게 된 것을 알지도 못하면서 추측성으로 막 씨부려대는 것이었다. 모든 내용은 추측성이었지만 사실 같은, 그럴듯한 이유를 바탕으로 했기 때문에 순진한 사람들에게는 그럴듯하게 보이는 것이었다. 사실을 알지도 못하고, 알지 못하니까 사람들은 책임지지 못할 말을 마구 해도 되는 것으로 아는 것 같았다. 그것을 듣는 순진한 사람은 또 그것이 그럴듯하니 비판없이 무조건 받아들이고.

나는 일전의 세월호 사건에 대해 추측성이 난무하는 모습을 보고 또 덩달아 온갖 언론 매체들이 추측성 기사를 써대고 그것을 또 사실처럼 믿는 사람들 모습을 보며 적이 실망했는데 이렇듯 교장에 대해 같이 사람들이 추측성으로 떠들어대는 것을 보며 역시 실망하지 않으면 안되었다.

가관은 가관이었다. 배에 머무는 시간이 세 시간 정도 되었는데 오히려 관광보다 그 전직 교장을 씹는 것에 대해 사람들은 더 흥미를 갖는 것 같았다.

이번 여행 팀은 어찌된 셈인지 가족끼리 온 팀은 몇 팀 없었다. 세 팀을 제외하고는 전부 혼자서 온 팀이었기 때문에 그만큼 색깔들이 강한 사람들이었고 주장들이 강했음에도 교장을 씹는 데에는 한결같이 머리를 맞대고 있었다.

교장 편에 드는 사람은 어디에도 없었다. 그런데 우리 중에 비교적 젊은 층에 속했던 한 젊은 여자가 교장을 위해 변명을 해주었는데 그것은 어제 자기가 겪었던 교장과의 일에 대해 이야기를 한 것이었다.

자신은 어제 회사의 프로젝트를 앞두고 왔기 때문에 여행을 와서도 그 프로젝트를 구상하기 위해 하이난의 더운 기후를 피해 하이난 현지 은행 로비에서 골똘히 계획을 짜고 있었다고 했다. 그때 관음상 관광에 끼지 못했던 교장 선생님이 더위를 피하기 위해 들어온 은행 로비에서 마주치게 되었는데 젊은 친구가 이 여행을 와서까지 열심히 일을 하는 것을 보고 빙그레 웃으면서 어깨를 두드려주더라는 것이었다. 그것은 매우 품격있고 사람에게 용기를 불러일으키고 훈훈하게 해주는 것이었다고 했다.

그 말을 듣는 순간 사람들의 표정이 또 급격히 냉랭해졌다. 사람들은 자기와는 다른 교장 편에서 교장을 변호하기라도 하는 듯한 그 젊은 여자를 경원했고 속으로 '흥' 하고 비웃는 것 같았다.

거참 대단했다. 자기와 다르다는 것을 인지한 이상 사람들은 또 자기와 다른 그 젊은이를 밖으로 내모는 소위 왕따시켜버리는 것이었다. 말 한 마디에 또는 자기와는 생각이 다르다는 것 때문에 이렇게 자신의 의사와는 관계없이 투명 인간이 되다니, 그것이 너무도 황당하고 어이없다는 것에 나는 이 뜨거움에도 서릿발을 밟은 것 같은 서늘한 느낌을 받았다.

우습게도 이제 왕따를 당하는 사람은 두 사람으로 늘었고 사람들은 그 모습을 보자 괜히 쓸데없이 참견했다가 분위기에 눌려 왕따를 당할까 봐 말을 삼가고 있었다. 더 나가 진실을 제대로 밝히지 않고 입을 다물고 있었다. 오히려 형편은 그 교장을 비난하는 대열에 쓸리지 않으면 안되는 분위기가 되어가고 있었다.

교장도 역시 이런 것을 느끼는지 아무 말도 하지 않았다. 비록 이십여 명의 작은, 불과 4박 6일의 짧은 시간과 공간의 여행이었지만 이들 사이 질시, 파벌, 비난이 있는 것이 신기했다. 바깥 세계의 축소판을 여기서 보는 것 같았다.

그 마지막 5일째 되던 날은 아시아 최대규모 크기의 싼야 면세점을 방문하였다. 과연 그랬다. 이 섬에도 대륙적인 기질을 가지고 있음인지 면세점 크기가 이만저만이 아니었다. 그것을 보고 나서 보행자 거리 일명 푸싱제를 돌아보았다. 열대과일 시장을 돌아보고 밤 시간에 공항으로 이동했다.

하이난 여행은 4박 6일인데 관광보다 휴양의 성격이 있었다. 거의가 오전은 일정이 없었고 오후 때만 일정이 있었다. 사람들은 그래서 오전 시간은 좀 늘어지게 자거나 아니면 잡담을 하며 보냈다. 하이난은 제주도의 19배 한반도의 삼분의 일 크기였다. 공항은 싼야와 하이커우 두 군데에 모두 있었지만 하이커우와 싼야를 잇는 비행기는 왕래가 드물었다. 섬 인구 1천만 중 주로 북쪽에는 한족이 자리를 잡았고 남쪽에는 소수 종족이 자리를 잡았기 때문이었다. 민족이 다른지 이들은 서로 왕래가 적었다. 이 하이난 싼야의 조선족 가이드는 자신이 어떻게 이곳으로 오게 되었는지 그 또한 재미있게 이야기를 하였다. 그는 분위기가 굳어질 때마다 적절히 자기 자신의 이야기를 라디오처럼 틀어놓아 분위기를 띄웠다.

"고등학교를 졸업하고 대학은 가야겠는데 도무지 마음에 드는 대학이 없었어요. 천진에서 집이 있는 동북의 길림까지 왔다 갔다 하면서 대학을 생각했는데 어딜 찾아보아도 마땅한 대학이 없길래 포기할까도 했는데 그러다가 한번 중국 끝에 끝까지 가보자 아무도 모르는 곳에 한 번 살아보자 하고 찾다가 마침 생각난 것이 이곳 하이난도였습니다. 이 하이난도에 마침 적절한 대학이 있어서 이곳 대학을 다니다가 가이드 일까지 하게 되었네요."

그런데 그는 결코 자신이 하이난의 무슨 대학 무슨 과인지는 말하지 않았다.

사실 이렇게 여행을 하면서 남의 이야기를 듣는 것은 흥미 있는 일이 아닐 수 없었다. 여행에 나서면 누구도 자신의 이야기를 하고 싶지 않아 했다. 조금 성공한 인물이었다면 몰라도 그냥 이런 여행을 오는 사람 수준이라면 그냥 말이 없어도 알아볼 수 있는 것이다. 대신 남의 말 듣기를 좋아하였다. 어떻게 아는 사람이라도 만나면 자신의 치부가 드러나는 것 같고 그래서 아무도 자신을 모르기를 바랐다. 그런 가운데 비록 그것이 가이드 일지라도 그가 하는 이야기는 시각적으로도 청각적으로도 재미있었다.

가이드는 자신의 부모가 경상도 창원 출신이라고 했다. 그래서 경상도 사람을 만나게 되니 반갑다고 했다. 그러나 이것은 곧 들통이 나고 말았다. 그의 말투가 심한 북한말투였기 때문이었다. 그는 묘하게 빠져나갔다. 할아버지 대가 경상도라 했다. 아버지는 어렸을 때 할아버지를 따라 북간도로 왔고 자신은 북한 출신의 어머니와의 사이에 태어났기 때문에 북한 말투를 쓴다고 했다. 그런데 그것은 또 공격을 받았다. 간도와 만주가 어떻게 다른가 물었는데 그는 망설이다가 요녕성이라고 아무렇게 대답을 했다가 망신을 당한 것이었다. 요녕성은 북간도 지방과 멀다고 반박을 받은 것이었다. 아마 그는 충청도 사람이 왔다면 자신의 고향이 충청도 사람이라고 말할 것이었다. 그는 그 이후 아무 말도 하지 않았다.

그런데 그 침묵은 엉뚱하게 교장을 향한 비난으로 쏠리고 있었다. 어제만 하더라도 교장이 없는 자리에서 온갖 역겨운 소리를 해대어 그래도 사람들이 교장에 대해 미안한 감을 지니고 있구나 하고 생각하고 있었는데 이번에는 아니었다. 교장이 듣고 있는데도 노골적으로 듣기 거북한 말을 해대는 것이 아닌가?

그렇게 여행은 또다시 그 교장을 중심으로 비난하는 일이 그치지 않았다. 그런데 교장은 참 이상했다. 왜 대응을 하지 않는 거지? 교장도 적극적으로 대응해야지 왜 가만 있지. 아무런 잘못도 없는데 왜 비난을 그냥 모른 척 하려고만 하지? 아무래도 교장이 아무런 말도 하지 않는 것이 나는 다소 안타까웠지만 평소 점잖았던 사람이라 그런 거니 하고 생각했다. 그러나 아무리 생각해도 교장이 택한 무관심은 잘못된 전략 같았다. 교장은 그들을 향해 끝없이 저항해야 했다. 그래야 이유 없이 미워하지 않을 것이었다. 그런데 우스운 것은 2, 30대를 중심으로 한 5, 6여 명의 사람과 나이 든 이제껏 교장을 비난해왔던 사람들과 사이에 사소한 언쟁이 일어난 것이었다. 어디서부터 시작되었는지 모르지만 젊은 사람들끼리 나이 든 사람들이 교장을 몰아붙이는 부당한 것을 보고 '꼭 꼰대 그대로 논다'고 한 이야기를 나이 든 사람 누군가가 들은 모양이었다. '무어라고 젊은 놈이?' 그러나 그런 일은 수가 밀리는 젊은 상대편에서 아무 말이 없자 그대로 미지근함만 남긴 채로 사그라 들었다.

교장에 대한 비난은 비행기를 탈 때까지도 계속 되었다. 그러나 그때에도 교장은 아무 말도 하지 않았다.

"전력이 화려한 모양이야. 교사 시절엔 같은 학교 선생님 엉덩이를 잡았다나 봐, 성추행이지 지금 말하면."

"그래, 빠져나왔다는데 변명이 기가 차. 옆에 앉은 선생님에게 '전화'하면서 넘겨주었는데 옆의 선생이 자리에서 일어나는 바람에 엉덩이를 치게되었다고 하더라고, 변명이 그럴 듯 하잖아. 실제로 엉덩이를 잡았겠지. 그래놓고 변명은 기가 차드라니까."

"직원들 사이에서도 평판이 안좋았다고 하더라구. 누가 좋아했겠어."

"몸은 저래도 얼굴 안보았어. 피부가 뽀얗고 탱탱하더라고 잘 먹고 잘 지내니 오죽하겠어. 연금 나오겠다. 할 일 있겠나. 오로지 건강에만 힘쓸 터이니 몸이 오죽 빛나겠어. 에이, 더러운 세상."

그들은 상대보다 못한 자신의 모습에 화가 난 듯 아니면 억울한 건지 나오는 대로 쏟아내었다.

그들은 여행 기간 동안 내내 그들끼리 더욱 돈독히 뭉쳤다. 조식, 중식, 석식을 할 때도 그들은 그들끼리 같이 모여 먹었다. 교장을 끼워주려 하지 않았다. 호텔에 들어와서도 그들은 그들끼리 모였고 그들끼리는 거짓말임에도 틀림없는 회장, 대표, 사장 등의 명칭을 서로에게 붙여주고 있었다. 자유 일정이 많았던 하이난 여행에서 그들은 같이 똘똘 뭉쳐 움직였고 하나의 세력을 이루는 것 같았다. 그들 간에는 서로 배려가 있고 친절이 있었고 다른 사람들이 그들과 합치기에는 그들의 허락을 받아야 할 정도였다. 그것은 전직 교장이라는 사람이 같이 여행 왔다는 사실을 알고부터였다.

4박 6일간의 하이난에서의 여행은 그렇게 끝났다. 어느 날 나는 이번에는 중국 청도 여행을 하게 되었다. 그런데 그때 우습게도 교장 선생이 나를 먼저 알아보고 인사를 하는 것이었다. 아내가 죽은 후로는 이렇게 외국 여행을 다니는 것이 재미라고 하였다. 청도는 두 번째라고 하였다. 걷는 것이 많지 않아 청도 여행을 계획했다고 하였다. 청도는 2박 3일의 여행이었다. 교장과 나는 한방에 묵는 기회를 갖게 되었다. 2박 3일의 청도 여행을 하면서 나는 교장 선생님의 그때 하이난에서의 비난을 받던 이유에 대해 물어보고 싶었다.

"하이난 여행 때 왜 아무 말도 하지 않으셨어요. 불과 며칠이지만 사람들로부터 따돌림을 받는 것은 좋지 않을 텐데."

"글쎄, 왜 그랬을까? 그런데 그런 말을 들어도 별로 화가 나지 않아. 하도 그런 경우를 당하다 보니 면역이 되어서 그런 것인지 여하튼 별 신경이 쓰이지 않아."

"그래도 그런 무시 전략이 잘못된 것이 아닌가요? 그런 일이 있으면 적극 대응하였어야지요."

"그거 뭐 대단한 거라구, 이삼일이면 끝날 일인데 뭘 그리 대응하겠어."

"그래도 욕을 먹으니까 옆에 있는 사람이 안타까울 정도에요."

"그런데 일일이 신경 쓸 필요가 있을까?"

"일일이 신경 쓸 필요가 있는 것이 아니라 적극적으로 대응했어야죠. 변명도 하구 또 그들 속으로 기어들어가 싸워야 하잖아요. 어차피 같이 여행을 할 수밖에 없는 거라면."

"글쎄, 내가 괜찮은데 뭘 그런데 신경을 쓰나?"

"아니 자신을 해꼬지하고 있다는 것을 알고 있기나 하세요?"

"대충 짐작은 하고 있지. 분위기를 보아서도."

"그러면 왜 가만 있으셨어요? 실제 교장 선생님이 그런 것인 줄 알 것 아니겠어요?"

"글쎄, 그런다고 해서 안변해질 것이 변해지겠어?"

"그러니까 적극적으로 대응했었어야죠."

"글쎄, 그럴 필요를 느끼지 않았어. 그들이 밉지도 않고 인간 세상 그런 거려니 했어. 짧은 시간 지나면 또 새로운 세상이 시작될 텐데 뭐 그런 거 가지고 짜증을 내겠어. 이젠 그런 것 뛰어넘을 나이도 되었구. 결코 그들을 미워하지 않아?"

"여행을 갔다 온 후 그들을 만난 적 있어요?"

"아니 만날 기회가 있었어야지."

"그래도 여행을 자꾸 하다 보면 언젠가 그들을 만날 날이 있을 것 아니겠어요?"

"그들을 설사 만난다고 할지라도 화 나거나 미워하거나 할 시간이 없어. 남들에 관심 돌리기에는 내가 여행을 하기에도 시간이 모잘라."

"들리는 말로는 그들은 하이난 여행을 다녀온 후 그들끼리 한 달에 한 번씩 만나는 모임을 만들었다고 하던데 교장 선생님으로 인해 그들은 더욱 끈끈한 인연을 맺어가고 있는 것 같아요. 교장 선생님은 친구도 없잖아요."

우스운 것은 교장 선생이 아무리 그런 일에 초연한 척하여도 많은 사람들이 바로 교장을 그런 파렴치한으로 생각한다는 것이었다. 보지 못한 사람, 또는 사실을 알지 못하는 사람들은 보지 못했고 알지 못했기 때문에 그렇게 믿게 되는 것이었다. 사실 아닌 것이 사실로 되어버리는 것이었다. 무서운 것은 이런 일이 세상에는 얼마나 많을까 하는 것이었다. 순전히 가짜 뉴스가 진짜가 되는 사실……

"그럼 됐지 뭐. 나로 인해 친구 모임이 생겼다니 좋은 현상이지."

"그렇지만 그 모임이 이렇게 자기와는 다른 계통의 사람을 미워하여 생긴 모임이라면 좋은 현상이라고 하겠어요?"

"그래도 그들이 모임이 생겼다는 것은 좋은 일이지. 나이 들어가면서 외로울 텐데 그런 모임이 있다는 것은 얼마나 좋은 현상이야. 그것도 나 때문에 생겼다면 말이야. 내가 좋은 일 한 거지."

나는 더 이상 아무 말도 하지 않았다. 그런데도 의문은 남았다. 교장 선생님과 같은 태도가 과연 좋은 것일까? 내가 교장과 같은 그런 순간이었다면 나는 어떻게 했어야 좋을까?

"그리고 거듭하네만 그런 일에 아무런 상처도 받지 않아. 그런 것에 관심을 둘 시간이 없네."

교장의 그렇게 하는 것이 올바른 태도일까? 오히려 적극적으로 대응했어야 하는 것 아닐까? 그런 것이 아닌데도 마치 사실처럼 되어가는 그것에 아무 대책도 없이 초연한 척 하는 것이 바른 태도일까? 우리는 그렇게 2박 3일의 청도 여행을 마쳤다. 교장은 나이 때문인지 또는 교장이라는 연륜 때문에 그런 것인지 여행을 하면서 별다른 감정의 기복을 나타내지 않았다. 실어주면 실어주는 대로 일러주면 일러주는 대로 그대로 따라 했다. 나서지도 않았고 못하지도 않았다.

문득 희랍신화가 생각났다. 사람의 눈은 하나가 아니라 두 개요, 사람의 눈은 아래에 있지 아니하고 위에 있다. 사람의 눈은 뒤에 있지 아니하고 앞에 있다고 했다. 이는 그 나름의 이유가 있기 때문이라는 것이었다. 그런데 왜 사람의 눈은 수평으로 되어 있지 세로로 되어 있지 않다란 말은 하지 않았을까? 만일 눈이 수평이 아닌 수직으로 되었다면 그렇게 본 세상은 어떻게 보일까? 분명 수평으로 된 신의 뜻이 있을 텐데, 그런데도 사람들은 호기심 때문일까? 아니면 신의 심술로 원래 심보를 그렇게 만든 것일까? 자꾸 수평의 눈을 가지고 세로로 보려고 한다. 그렇게 볼 수도 있지만 아무래도 세로로 보는 세상은 수평의 눈을 가진 우리가 이해하기에 정상적인 것이 아니다.

스튜어디스 김O경은 어떻게 되었을까? 처음 청도에 오던 날, 그때 비행기에서 만나 긴 이야기 못하고 그냥 이름만 알고 내렸는데 그 뒤 아무리 알려고 해도 그녀를 더 이상 만날 수 없었다. 김O경, 칼 항공 스튜어디스였던 그녀, 그녀를 찾기 위해 여러 번 청도 비행기를 타고 알아볼 만큼 알아 보았지만 그녀는 결코 두 번째 만나지 못했다. 이제는 그녀도 시집을 갔겠지. 하나 둘씩 내 곁에서 사람들이 떠나고 있었다. 뜻 없이, 맥 없이, 무얼 위한 것도 아닌 시간만 나면 떠났던 여행, 이제는 접을 때도 되었다고 생각했다.

여자의 일생

앞에 나간 여자는 자신의 살아온 이야기를 간간 눈물 속에 말했다. 눈물 겨운 사연이었다. 이어서 다른 사연을 가진 사람이 또 올라와서 한평생 엄마로서 아내로서 살아온 고생담을 풀어놓았다. 모두가 사연을 듣고는 눈물을 아니 흘리는 사람이 없었다. 배경음악으로는 이미자의 '여자의 일생'이 흐르고 있었고 그 곡의 가사는 그에 맞는 등장인물들의 사연들과 매치되어 방송국 안은 어느덧 훌쩍이는 소리마저 들렸다. 패널들도 눈을 훔치는 모습이 역력했다. 참으려고 안간힘을 쓰는 패널들도 있었다. 두 아나운서 중 여자 아나운서는 아예 밖으로 나갔다. 나서는 사람마다 사연 없는 사람들이 없었고 마치 잃어버린 사람을 찾는 옛날 방송보다 더하면 더했지 못하지 않았다.

방송이 끝날 무렵,

"여자는 약하나 엄마는 강하다."

하고 티브이 속에서 소위 잘나가는 엄 여사께서 말하셨다. 두 아나운서 및 그 앞의 패널들이 다 긍정한다는 듯 고개를 끄덕였다. 텔레비젼을 앞에 두고 앉아 있는 많은 시청자들도 공감하며 재미있게 보고 있었다. 눈물로 자식을 키운 엄마들의 노력에 모두들 공감했고 이 시간을 즐겨본다는 한 시청자는 전화로 금방 말한 이순정 씨의 내용과 자신의 엄마가 한 일이 너무 똑같다면서 울먹이며 말했다.

김 선생은 그 시간대 애청자는 아니었지만 오늘 어쩌다 시간이 나서 그 시간대 텔레비전을 보게 되었다. 김 선생은 결론적으로 말하는 엄 여사의 코멘트에 '풋'하고 코웃음을 쳤다.

'여자는 약한 것이 아니야. 오히려 엄마보다 강하다.'

하나는 볼 줄 알고 둘은 생각지 못하는 그녀가 측은했다. 자기 가정사나 잘 챙기시지. 뭘 나와서 시답지 않은 소리를 하는지?

김 선생은 텔레비전을 끄고 조용히 서재로 와 앉았다. 서재의 익숙한 냄새가 김 선생의 코를 은은하게 했다. 생각하기도 싫은 일들이 또다시 떠올랐다. 그 프로를 봄으로 인하여 또다시 떠올리기 싫은 숙모를 떠올려야 한다는 생각이 그의 속을 긁어 놓았다. 이제는 어디서 어떻게 살고 있는지 알지도 못했고 알고 싶지도 않았다.


숙모는 숙부와 고등학교를 졸업하고 대학마저 같은 대학으로 진학하면서 서로 가까워졌다. 서로가 같은 대학을 다니다 보니 자주 만나게 되고, 그러다 보니 함께 있는 시간이 많아지게 되고 그만 혼전 임신을 하게 되었다. 대학 1년짜리가 임신이라니? 나이 스물에 애를? 숙모도 그랬지만 숙부도 여간 난감한 일이 아닐 수 없었다. 그러나 숙부는 순간 잠깐 혼란에 빠졌지만 이내 결심을 했다. 끝까지 책임지리라. 그것은 자신들은 고교 때부터 서로 사랑하는 사이였고 대학을 졸업하면 결혼하자는 생각까지 하고 있었기 때문이었다. 학생 중이라 어떻게 할 수가 없어 양쪽 부모님으로부터 졸업할 때까지 학비와 생활비를 도움받기로 하였다. 숙모는 딸 아이 때문에 휴학을 하였고 숙부가 대학을 졸업하고 군대를 다녀와 발령을 받고서야 다시 학업을 시작할 수가 있었다.

그 이후 어떻게 된 셈인지 더 이상 아이를 갖지 못했다. 숙모가 아이를 갖지 못한 것인지 아니면 일부러 아이를 갖지 않으려 한 것인지 알 수 없었지만 숙부가 죽기 전까지 근 숙부와 십여 년을 함께 했지만 아이는 더 이상 들어서지 않았다. 하나밖에 없는 딸, 애지중지 길렀다.

그러던 어느 날, 대학을 다니는 딸 아이가 아주 조심스럽게 이야기하는 것이었다.

"엄마, 좋아하는 사람이 생겼어. 나 결혼할래."

그것은 청천벽력 같은 소리였다. 아니 대학도 졸업하기 전에 딸이 결혼하겠다니? 알고 보니 딸이 임신을 한 것이었다. 숙모는 아비는 누구? 하는 생각에 앞서 순간 딸이 자기와 똑같은 길을 걷고 있는 것에 질겁을 했다. 업보인 것일까? 딸은 엄마 팔자를 닮는다는데…… 임신한 딸을 남자의 부모는 쉽게 받아들일까? 숙부와는 한 동네에서 살았기 때문에 양쪽 부모들이 다 아는 사이였다. 그래서 비록 혼전 임신을 하였지만 쉽게 결혼을 허락을 받을 수 있었다. 그렇지만 딸의 경우는 그 상대 남자가 누구인지, 어느 정도의 집안인지도 알지 못했다. 그저 좋게 생각한 것이 예쁜 딸 아이가 반할 만큼 좋은 아이라면 그 아이도 틀림없이 우리 가족 못지않은 좋은 가정을 가진 아이라고 생각했을 뿐이었다. 딸 아이가 임신을 했기 때문에 급히 서둘러 숙모는 그 친구를 만나려고 했다.

딸 아이가 사위를 데리고 오던 날, 그날 숙모와 같이 있었던 김 선생은 숙모가 사위를 보자마자 이상하리만치 반겨하는 것을 보았다. 그것은 김 선생이 기억하기에 한 번도 자신에게나 숙부에게는 보이지 않던 모습이었다. 숙모는 딸을 임신시킨 미래 사위의 모습을 눈이 부신 듯한 모습으로 바라보았고 마치 오랜 헤어짐 끝에 만난 연인을 만난 것처럼 반가워했다. 그때 김 신생은 숙모가 왜 이러지 하는 느낌마저 받았다. 그래, 그만큼 사위가 좋았 던 것이겠지. 그런데 더 이상한 것은 오히려 사위가 숙모를 보자 더 놀라는 것이었다. 이들이 교사와 제자 사이였던 것이었다는 것을 안 것은 시간이 좀 흐른 다음이었다. 그것도 사연이 있는.

이후 점점 딸 아이가 배가 불러왔기 때문에 숙모는 서둘러 상견례를 했 고 양가는 결혼식은 딸이 애를 낳고 사위가 군대를 다녀온 다음 하기로 했 다.

그 뒤에도 숙모의 사위에 대한 사랑은 예상 못할 만큼 파격적인 것이었 다. 한번 집에 오면 마치 오랫동안 헤어졌던 탕아가 돌아온 것처럼 풍부한 식탁을 차려주는 것은 물론 무슨 이야기가 그리 많은지 두 사람은 한참 동 안 떨어지지 않고 붙어서서 이야기를 하였다. 오히려 딸이 민망할 정도였 다. 그런 숙모의 모습 한 번도 자신에게나 숙부에게는 보여주지 않던 모습 이었다. 조금은 도를 넘어서는 것을 보며 도대체 숙모와 사위의 관계는 어 떻기에 이리도 다정한 것일까? 저렇게도 사위가 좋은 것일까? 적어도 그 사 건이 있기 전까지는 단순히 그렇게 생각했다. 그런데 그렇게 다정했던 모녀 사이였던 숙모와 숙모의 딸인 정은이가 이렇게까지 되다니?

그날은 김 선생이 숙모네 집을 방문했을 때였다. 숙모는 남편과 일찍 사 별했기 때문에 딸 아이의 행복이 곧 자신의 행복이었다. 숙모의 남편이 죽 은 다음부터는 오로지 딸의 행복만을 위해 살고 있었고 딸의 행복이 곧 자 신의 행복이라고 생각하고 있었다.

숙부는 숙모처럼 교사였다. 그러나 어느 날 숙부는 음주 차량으로 인해 목숨을 잃게 되었다. 그것은 순전 상대방의 잘못 때문에 일어난 사건이었 다. 이후로 숙모는 딸 하나만 키우면서 살고 있었다. 나이 서른에 청상과부가 되었으니 주위에서는 재혼하라고 부추겼지만 숙모는 결혼 않고 딸 아이 하나만을 바라보면서 살아온 것이었다. 일찍 상처를 한 탓인지 고모는 김 선생이 보기에도 그 나이에 처녀같은 몸매를 가졌다. 얼굴도 아이 하나를 둔 여자라고 하기에는 느껴지지 않을 만큼 정말 빼어난 미모를 가졌다. 저런 고모가 혼자 살고 있는 것이 안타깝기도 하여 어느 날 김 선생은 그런 숙모를 두고 물었다.

"왜 재혼하지 않으세요. 아직도 그 몸매라면 처녀라고 해도 믿을 텐데……"

그러니까 숙모는 말하는 것이었다.

"아직 그이 같은 남자를 보지 못했어."

말하자면 숙모가 아직 결혼을 하고 있지 않은 것은 숙부 같은 남자를 만나지 못했기 때문이라는 것이었다. 글쎄다. 김 선생이 어릴 적 일이지만 숙부는 자신이 볼 때 그렇게 잘 난 사람 같지 않았다. 너무 가까이 있었기 때문일까? 어느 영문과 교수가 고부갈등 해결 방안의 하나로 말하던 것이 생각났다. 노맨이즈어 히어로우 투히즈배리트 / 디스턴스 메익스 뷰티(no nam is a hero to his valet / distance makes beauty) 어느 누구도 가까이 있는 사람들에게는 영웅이 아니라는 말과 거리는 아름다움을 만든다는 말이었다. 김 선생의 눈에는 숙모 같은 여자에 비해 가까이서 본 숙부는 한참 부족한 사람 같은데 그런 숙부가 무어가 좋다고 청상과부로 늙어가는 것인지.

그런데 그날 김 선생이 찾아가자 그런 숙모가 딸과 심하게 싸우고 있는 것이었다. 심지어 서로가 머리를 쥐어잡고 죽을 듯이 노려보며 싸우고 있었다. 김 선생은 급히 들어가 그들을 뜯어 말렸다. 도대체 사이좋은 두 모녀가 왜 어쩌다가 이렇게 된 것인지, 그리고 아무리 둘 사이가 나빠졌다고 해도 딸이 엄마의 뺨을 때리고 머리를 잡고 쥐어뜯고 싸우는 것이 말이나 되는 것이란 말인가? 김 선생은 아무리 그 상황을 이해하려고 해도 이해가 되지 않았다. 그러나 정은이의 말을 통해서 결국은 모든 것이 밝혀지고 말았다. 숙모가 그 제자인 예비 사위와 같이 모텔을 드나들고 둘이 데이트를 즐기고 아예 집까지 들어와 같이 부부처럼 살고 있었다는 것이었다.

그런데 막장은 정은이가 그 길로 집을 나간 후 그 정은이를 임신시킨 그 사위와 숙모는 아예 떳떳이 숙모 집에 들어와 살림까지 차린 것이었다. 알고 보니 사위될 뻔 했던 그 남자는 오래전 숙모의 제자 시절부터 숙모를 흠모해왔고 숙모가 혼자라는 것을 알자 옛날 그 불타던 연모가 끓어올라 정은이를 버리고 대신 숙모를 택한 것이었다. 그 후 김 선생은 아예 숙모 집을 찾아가지 않았고 정은이는 방을 구해 따로 살고 있었다. 이래도 여자보다 엄마가 강한 것일까?

김 선생의 가족 이야기를 제보받아 각색해 우리가 방송에 내보낸 것은 여기까지였다.


"이걸 보고 무얼 느꼈어?"

방송 끝에 동료들은 각기 이 건에 대하여 자신들이 아는 바에 대하여 말을 늘어놓기 시작하였다.

"고돔과 소모라 아니면 로마 멸망의 원인이 되었던 베수비오 화산에 묻힌 사람들이 생각나네. 퇴폐야, 향락의 극치."

"글쎄, 여자가 엄마보다 훨씬 강하다는 것을 보여준 것이 아닐까?"

"맞아, 여자는 강하지. 세익스피어가 괜히 여자는 약하지만 엄마는 강하다 했던가? 그 말이 허구라는 것을 증명한 거라고 할 수 있어."

"글쎄, 난 성경의 고린도전서가 생각나는데."

고린도 전서? 모두가 놀란 얼굴로 그를 바라보았다.

"음 고린도전서, 그중에서도 13장이 문득 떠오르는군."

"무슨 뜻이야?"

"성경에서 보통 사랑의 장이라고 하지. 고린도는 초기 성경 시대 타락한 도시 중 하나라고 할 수 있어. 인간이란 인간이 가지는 한계가 있지 않겠어. 고린도전서는 많은 한계를 넘는 나름의 방법을 제시한 부분이라 할 수 있겠지. 그런데 그중에서 13장은 사랑의 장으로 이 세상의 모든 것 중 으뜸은 사랑이라는 것을 말하고 있어. 그런데 그게 무언가 잘못 되었다는 거지."

"…?"

"13장의 사랑에 대한 내용은 오늘날 비추어볼 때 어긋난 점이 많아. 사랑은 13장 속의 그런 것이 아니야. 사랑은, 사랑은 잔인한 거야. 사랑은 동정심을 가져서는 안되는 거라구. 사랑이 제일이라는 것도 이상적일 뿐이야. 고린도전서의 사랑은 현실적인 것이 되지 못하고 있어. 13장에 있는 사랑만을 좇을 때 거기엔 오히려 필연 신의 저주가 따르기 마련이지. 곧 실망하고 만다는 거야."

"물론 그럴 수도 있지. 그러나 사랑 없는 인생이란 것이 있을 수 있겠어?"

"그것이 사랑의 한계라는 거지. 사랑이 완벽한 것이 아니라는 거야. 사랑은 없어서도 안되지만 그렇다고 사랑이 전부일 수도 없다는 거야. 바울의 말이 완벽한 것이 못된다는 거라."

"글쎄, 그렇더라도 13장이 잘못된 것이라고 말하는 것은 옳은 태도가 아니지 않을까?"

"맞아. 그렇지만 성경도 좀 객관적으로 볼 필요는 있어. 고린도전서는 바울의 말일뿐이야. 우리보다 조금 더 신앙심이 깊고 초대 교회 기틀을 쌓는데 공이 많은 사람의 말일뿐이야. 그걸 그렇게 받아들여야지 그래 그것을 마치 신의 말처럼, 예수의 말처럼 받아들인다는 데서 문제가 있다고 보거든."

"하긴, 조용기 목사를 좀 보아 이슬람 자본이 우리나라에 들어오는 것을 극단적으로 반대하고 있거든. 이명막 대통령 퇴진 운동을 벌이겠다는데 무슨 말이 필요해. 그러면서 사랑 어쩌구 저쩌구 하는 것도 우스운 것 아니겠어."

"차범근이는 또 어때? 자기가 상대편을 이기는 것이 주님의 뜻이라고 기도하는 모습은 사랑이란 것이 얼마나 맹랑한 것인가를 보여주는 것 아니겠어."

"인간의 말로 사랑을 정의定義 내린 것이 얼마나 가겠어. 처음에는 그럴듯하다가도 바로 부닥치는 것이 한두 가지가 아닐 텐데 그냥 좋은 말이라 생각하는 거지. 그것을 마치 신의 말처럼 여긴다면 그 얼마나 우스울까?"

"그럼 고린도전서 13장을 어떻게 해야 할까? 지금 우리의 생각대로라면 왕창 뒤집어 엎어버려야 할 것 같은데."

"맞아. 다른 장은 몰라도 13장만큼은 오늘날 다시 바꾸어야 할 것이 아닐까? 사랑은 온유한 것이 아니고 잔인한 것이며 사랑은 양보나 믿음으로 또는 신뢰로 이루어지는 것이 아니라 투쟁해 획득해야 하는 것이고 맺고 끊는 것이 분명해야지 이것도 저것도 아닌 것이 사랑이 아니라는 것으로 다시 기록해야 할 거라."

"그런데 왜 여기서 그런 이야기가 나오지?"

"이 프로에서 사랑이 여자에게 무엇인지 한번 생각해보게 하지 않아?"

우리는 그날 여자에게 사랑이란 것이 무엇일까라는 것과 여자와 엄마라는 이중성에서 여자에게 엄마로서의 삶과 여자로서의 삶 중 어느 것이 더 우선일까 하는 것에 대해서 다시 한번 생각해보게 했다. 사랑에 대한 바울의 말은 옳지 않다는 것에도 동의를 했다. 사랑은 잔인한 것이지 결코 온유한 것이 아니었다.

그 일이 있고 우리는 이 세상의 모든 사랑에 대한 올바른 정의는 없다고 생각했다. 사랑에 관해 큰소리 칠 필요가 없고 그렇다고 작은소리도 없다는 것을 알았다. 세상에 올바른 정의가 어디 있다는 말인가? 가장 탁월하고 가장 명확한 판단이라 할지라도 어느 순간 가만히 있지 못하고 변하는 것이 사람의 일이었다. 당시에는 정당하고 생각했던 것이 상황이 변하자 그 정당성은 더 이상 유지될 수 없는 것을 우리는 지금 보고 있었다.

그 프로그램을 방영한 후 우리는 좀 우쭐대었다. 시청률을 배로 끌어 올렸기 때문이었다. 그런데 문제는 그 다음에 있었다. 이번 주의 시청률이 높았기 때문에 이 프로에 대한 시청자의 관심을 끌기 위해서는 후속편의 내용도 획기적이고 혁명적이어야 했기 때문이었다. 그래서 우리는 다음 프로그램을 조심스러워하고 있었던 것이었다. 앞의 프로그램과 비교해 형편이 없어 시청률이 떨어지면 어떻게 하나?

더군다나 우리보다 한발 앞선 A종편에서는 앞서 발행한 주말 저널에서 바로 우리와 같은 컨셉으로 내보낼 것이라는 것을 시사하고 있었다. 밀릴 수 없었다. 우리는 시청률을 고민해 미리 정했던 비장의 무기인 혁명 이전과 혁명 이후라는 컨셉을 사용하기로 하였다. 그 혁명 이전과 이후의 컨셉은 김 선배의 너무도 유명한 혁명스토리였기 때문이었다. 잘만하면 역시 히트를 칠 것 같았다.

그 형이 누구인가? 그 형의 로맨스는 당시 학교를 다닌 사람이라면 모르는 사람이 없었고 어찌나 유명했던지 다시 최근 신문에도 날 정도였다. 우리 후배들에게 그의 만용에 가까운 용기는 늘 회자의 대상이었고 그가 같은

과 미인 선배를 아내로 택할 수 있었던 것에는 다 그럴만한 노력이 있었기 때문이라고 생각하고 있었다. 그래서 그런 용기를 갖지 못한 우리에게 그는 우상이었고 모델이었다. 더욱이 그가 결혼할 무렵 그 선배는 간신히 대학을 졸업한 처지였기 때문에 아직 취직을 못한 상태였다. 게다가 가난, 전형적 촌부인 아버지, 많은 가족 그의 집은 배경이 그렇게 풍족한 것이 아니었다. 오로지 그 하나에 의지하고 있는 터이었고 그랬던 것이니만치 당시 그가 잘 나가는 선배인 그녀를 취할 수 있었던 것은 일종의 기적과도 같은 것이었다.

사실 그 여자 선배는 선배보다 나이가 한 살 많았기 때문에 결혼에 쫓기고 있었다. 그러니만치 그녀를 아내로 삼고 싶은 선배는 급박했고 절체절명의 순간이었다. 어쨌거나 선배는 그녀를 아내로 삼아야 했고 아무런 결혼 준비가 없었던 그는 그녀를 놓칠 수 없다는 생각으로 무조건 장인을 찾아갔다.

"경이 누나와 결혼하고 싶습니다. 결혼을 허락해주십시오."

"직장도 없구 백수인데 무얼 보고 결혼하려고 그러나? 아직 나이도 어린데 더 생각해 보는 것이 좋지 않겠나?"

"그까짓 나이가 무엇이겠습니까? 경이 누나를 놓칠 수 없습니다. 꼭 경이 누나와 결혼하고 싶습니다."

"그래, 결혼해서는 어떻게 하려구?"

"워낙 다급한 일이라 아직 계획을 세우지 못했습니다. 그렇지만 어떻게 해서든 누나를 먹여 살릴 자신 있습니다."

그렇지만 아무것도 없는 그에게 쉽게 허락이 떨어질 리 만무였다. 그는 누나가 다른 사람과 결혼이라도 할까 싶어 애가 탔다. 그래서 그날 이후부터는 매일 찾아가 시위를 했다. 어느 날은 장인 어른이 하도 '백수 주제'에라는 말을 달고 대했기 때문에 자신의 미래백서를 써서 보여주기로 했다. 거기에는 벤처기업을 차려 얼만큼 돈을 벌고 어떻게 사람을 운용하고 월수입, 연수입 앞으로 자신의 위치까지 상세히 적어 보여주었다. 그런 노력 덕택인지 김형은 마침내 연상인 그녀를 아내로 얻었다. 그것은 그에게 마치 혁명과 같은 것이었다.

이런 내용은 그 시대 같은 학교를 다닌 사람이라면 다 아는 유명한 사실이었다.

그 이후의 김 형에 대한 내용은 장인에게 보인 백서대로 계획을 이루었는지 아니면 그가 자신한 대로 누나를 굶기지 않고 잘 먹여 살리고 있는지는 모른다. 그러나 그 뒤 그에 대한 어떤 소식도 들려오지 않는 것을 보면 그가 백서에 있는 대로 벤처사업가로 성공한 것 같지는 않았다. 성공을 했다면 경제지나 동문들에게 소식이 들려올 텐데 그런 것이 없는 것을 보면 그도 이 거대한 서울의 한 구석에서 살아가고 있겠구나 하는 생각을 하였지만 그래도 우리는 열정적인 결혼 이후의 아름다운 삶, 애틋한 사랑을 기대하고 있었다.

어쨌거나 우리는 그가 지신이 그토록 열망해 마지않았던 아무것도 없는 상태에서 그가 말한 대로 가히 그의 생애에 혁명이라 할 정도의 경이 누나와의 결혼 이후의 생활이 궁금했다.

벌써 이십여 년 전의 일이니만치 그에게도 세월이 흘러갔을 것이고 어쩌면 그 처음의 열정과는 달리 평범한 일상을 보내고 있는지도 모르겠다. 열정 이후의 삶, 그렇게 뜨겁게 구애한 이후의 삶, 그런 삶 이후의 삶은 어쩌면 우리가 동경해 마지않는 그런 삶이지 않았을까? 여하튼 그의 그런 열렬한 사랑 이후의 삶의 모습이 궁금하였다.

우리는 우선 각각 선배와 미녀 아내가 결혼한 지 수십 년이 지난 후 지금 어떻게 살고 있는가에 대해 따로따로 인터뷰를 진행했고, 그들의 삶의 만족도와 그리고 일반 평범한 이를테면 뜨겁지도 차지도 않는 일반적으로 하는 결혼의 만족도 차이를 비교하기로 했다.

뜨거운 열정적인 결혼 이후의 삶이 과연 혁명적 목표를 완성하고 있는가? 그러나 우리는 곧 그런 계획을 접어야 했다. 왜냐하면 혁명 같은 결혼 이후에 어떤 변화가 있을 것이라 예상했는데 실제로는 혁명 이전에 비해 못하면 못했지 나아진 것이 아무것도 없었던 것이다. 오히려 두 사람 모두가 지금 이혼을 생각하고 있다고 한다면 어땠을까? 난감했다. 무언가 있을 것 같았는데 불현듯 껍질을 까보니 인생 사는 거 별거 아니라는 생각만이 들어와 있을 뿐 결론이 뻔해서 방송에 나와서도 별 의미가 없다고 생각했다. 고민이 아닐 수 없었다. 예고와는 달리 접을 수밖에 없는 지경에 이르렀다.

결국은 김 선배 건은 무시하고 프로그램을 바꾸자고 했다. 시청률을 위해서는 어찌할 수 없었다. 그리고 대신 여러 생각 끝에 속편으로 생각한 것이 바로 앞서 방영한 숙모와 딸의 수십 년 후의 지금의 모습을 보여주기로 한 것이었다. 그 사건 이후 가족들은 어떻게 지내고 있는지 가족들을 생각하면 좀 잔인한 일이었지만 그러나 시청률을 위해서는 어쩔 수가 없다고 생각했다. 그것은 우리 방송인에게 다른 무엇보다 우선되는 조건이었다. 우리 팀은 곧 그 작업에 들어갔다. 그러나 이들에 관한 근황은 그 어느 것도 모르고 있었다. 이들이 어디에 사는지 어떻게 지내는지 알지 못하고 있었다. 다만 우리가 알고 있는 것은 그 사건이 있은 후 딸은 집을 나갔고 사위 될 사람은 그 숙모와 같이 부부로 살고 있었다는 것뿐이었다.

문제의 주인공인 숙모와 숙모의 딸 정은이, 그리고 문제의 중심인물인 그 사위, 아니 숙모가 사랑한 사내가 어떻게 되었는지 찾아야 했다.

수소문 끝에 놀라웠던 것은 이들이 서로 그리 멀지 않은 곳에 살고 있다는 것이었다. 서울이 넓은 것 같아도 좁았다. 여전히 정은이도 낳은 자식을 데리고 효창동에서 미술학원을 운영하며 살고 있었고 숙모와 그 사위가 될 뻔한 그 녀석은 그 많은 나이 차이에도 불구하고 얄미울 정도로 숙모와 알콩달콩 재미있게 살고 있었다. 몇 번이나 트라이 끝에 딸과 엄마를 인터뷰하는데 성공했다. 다만 이번에는 드라마 형식이 아니라 인터뷰 녹화편집방식을 전제로 한 것이었다.

우리가 가자, 정은이가 먼저 알아보고 학원에서 가르치다 말고 나왔다.

"이제 다 끝났는데 뭘 더 찾을 게 있다고 오세요?"

우리는 우리가 온 목적을 말하고 그녀가 잘 협조할 수 있도록 정중히 요청하였다. 그녀의 말 한마디 한마디가 중요했다. 그렇게 엄마와 싸우고 나간 이후 십수 년이 지난 지금의 상황이 어떤 것인지 알아보는 것이 방송의 목표였다. 직설적으로 말하자면 시청률을 올리는 것이었다. 그것은 어쩌면 우리가 기획했던 5월의 '여자의 일생이라는 컨셉, 여자로서의 삶과 엄마로서의 삶'과도 어긋나지 않는 것이었고 김 선배의 경우보다 더 확실한 혁명 같은 것이라고 생각했던 것이었다.

"보다시피 결혼은 하지 않았어요. 엄마와는 두 번 다시 볼 생각을 않고 살 생각으로 뛰쳐 나왔어요. 다행히 장학금을 받아둔 것이 있어 그걸로 원룸을 얻고 아이를 낳고 이제껏 살아왔어요. 아이가 고3인데 여간 똑똑한 것이 아니에요. 주변에서 결혼하라는 소리도 있지만 제가 거절했어요. 아이가 없었더라면 생각을 달리해볼 수도 있었지만 아이를 보니 차마 이 아이를 두고 결혼할 수가 없었어요. 어린 나이에 임신을 해 모든 것이 엉망인 인생이었지만 그래도 아이를 보노라면 결코 후회 같은 건 안해요. 뭐 뻔한 스토리일텐데 이게 무어 대단하다고 방송에 내보내려고 한단 말이에요. 흔한 드라마에 있을 듯한, 있을, 아니 현재 있는 그런 이야기일 텐데 방송거리가 되겠어요."

"그런데 지금도 미인이셔요. 어떻게 보면 이십 대 처녀로 보이는데."

"아마 일찍 아이를 낳고 그 이후로 어떤 사람과의 관계를 생각해보지 않고 혼자 살아왔기 때문일 거에요."

"엄마에 대한 감정은?"

"나이 지나고 보니까 엄마 인생도 이해안되는 것은 아니에요. 엄마도 엄마 나름의 삶을 즐기고 여자로서의 삶을 살아가고 싶은 거겠지요. 그것은 여자가 엄마보다 강하다는 것이겠지요. 한 번밖에 없는 인생, 엄마는 딸인 나보다 여자의 삶을 살고 싶은 것이 아니었을까요? 그리고 나에겐 나쁘지만 엄마에게는 옛날 자기에게 고백했던 자기 제자를 보는 순간 불 같은 욕망이 솟구치는 것을 느꼈을 수도 있겠지요. 이해해요. 다만 용서할 수는 없어요. 나의 엄마지만. 그리고 그날 이후 엄마의 인생이 어떻게 변했는지는 알 수 없어요. 알고 싶지도 않아요. 설령 알았다 하더라도 모른 척 했을 거에요. 그래도 한 번밖에 없는 삶, 여자로 평범한 생을 누리고 싶어하는 저 속 깊은 곳에 숨겨져 있는 엄마의 감정이 솟구쳐 올랐을 테니까요. 여자로 살고 싶어하는 마음, 그것은 모든 불행한 삶을 살았던 여자들이 늘 가지고 싶어하는 로망이니까요. 비록 엄마로서의 역할에는 부족했지만 여자로서의 삶을 살아보고 싶은 그 욕망은 실현했으니까요. 엄마가 여자의 길을 택했으니 여자로서의 생이 행복하기를 빌어요. 그러나 어떻게 지내는지는 알지 못해요. 여자로서 이해는 가지요. 그렇지만 엄마로서는 아무리 그래도 미워요."

"생활은 어떻게 하고 있어요?"

"네, 다행히 그림에 소질이 있어 학원을 운영하고 있어요. 딸 아이 또한 저를 닮아서인지 그림에 소질이 있는 것 같아서 미대로 진학시킬 생각을 하고 있어요."

"엄마로서의 소원은?"

"딸 아이가 미대에 진학해서 나 같은 잡스런 미술쟁이가 되는 것이 아니라 한국 미술사에 남을 만한 큰 작가가 되는 것이 소원이지요. 그럴 때까지 주욱 밀어줄 생각이어요. 그리고 좋은 남자 만나서 나 같은 불행한 일생을 산 여자는 되지 말고 여자로서의 삶도, 엄마로서의 삶도 성공한 인생 훌륭한 인생을 살면 좋겠어요. 물론 이건 어렵고 또 어려운 일이라는 것을 알지만 그게 엄마로서의 소원입니다."

"그렇다면 본인의 여자로서의 인생은 원하는 대로 이루어진 것이 아닌 것 같은데."

"네, 맞아요. 저 스스로 여자로서의 삶은 부족했다고 보아요. 아니 포기한 것인지도 모르지요. 처음 임신했다는 사실을 알았을 때 두렵기도 했지만, 한편으로는 엄마로서의 행복한 삶도 있을 거란 생각이 들었어요. 그러나 한 남자를 두고 엄마와의 갈등이 있은 후로는 내 인생은 여자라기보다는 엄마로서의 인생을 살아야 한다는 생각이 들더라구요. 더욱이 소복소복 눈이 쌓이듯이 뭉쳐가는 아이를 볼 때마다 그런 생각은 더하더라구요."

우리는 일단은 여기까지 촬영을 하고 떠났다. 딴은 정은이가 이야기할수록 울지도 모른다는 생각을 했기 때문이었다. 그것은 엄마의 인생은 중요하지만 여자로서 제대로 인생을 살아내지 못한 자신을 향해 한탄하고 있을지도 모른다는 생각 때문이었다. 그러나 이런 것은 우리 생각이 잘못된 것이었는데 그 딸이 아직 40을 넘기지 않았을 뿐만 아니라 그녀의 빼어난 미모와 몸매, 고른 치열, 이런 것을 보았을 때 잘못된 것이 아니라 아직 기회가 오지 않은 것이라고 생각했기 때문이었다.

이번에는 우리는 그녀의 어머니를 찾았다. 놀랍게도 그녀의 어머니는 딸과 그리 멀리 떨어진 곳이 아닌 공덕동에서 살고 있었다. 물론 제자인 그 젊은 남편과 함께 말이다. 사위가 될 뻔한 사내와 교사였던 그녀의 엄마를 흠모해 왔던 한 학생, 결국은 그는 사위를 넘어서서 그 당시 흠모하던 선생님을 택해 남편으로서 함께 살고 있었던 것이다.

우리의 엄마에 대한 면담은 간신히 여러 번 구애 끝에 녹화여서 편집이 가능하다는 것과 직접 딸을 마주치지 않는다는 전제하에 이루어졌다.

"딸을 만나고 싶은 생각은 없는지?"

"만나고는 싶지만 서로가 좋지 않게 헤어졌는데 조금 더 시간을 가져야 할 거 같아요. 더욱이 딸의 입장에서 보면 상간녀일 텐데 엄마와 딸이 상간녀로 만난다는 것이 아무래도 좋지 않잖아요."

"딸의 소식은 듣고 있는지?"

"아니, 일부러 들으려고 하지 않아요. 누구와 결혼해서 잘살고 있으면 좋겠어요."

우리는 순간 딸의 소식을 알려줄까 싶었지만 애써 그만 두었다. 딸의 소식을 들음으로써 그녀가 자책감에서 벗어나지 못하게 되지는 않을까 하는 염려가 있었기 때문이었다.

"여자로서의 지금의 삶은 어떤지 행복하신가요?"

"행복해요. 아니 행복하려고 노력하고 있어요."

엄마는 여전히 예뻤다. 젊은 남편과 살다 보니 자연 자신을 가꾸지 않을 수 없는가 보다. 60에 가까운 여인이 처음 보는 순간 30으로 접어든 여인으로 보였다면 우리 시각이 잘못된 것이었을까?

"만일 딸을 우연이든 아니든 만난다면 어떻게 하시겠어요?"

"글쎄요. 지금 상황으로는 아마 몰라볼 거에요 얼굴도 많이 가꾸고 몸매도 많이 가꾸고 패션도 많이 바꾸고 성격도 습관도 취미도 많이 달라졌어요. 그렇기도 하고 더 많이는 저 스스로 이 세상에 태어나 내가 하고 싶은 인생을 살아보고 있거든요."

"그렇다면 이전 딸과 함께 살았던 생활과 지금의 생활을 비교해보신다면 다른 무엇이 있나요?"

"아니요. 그때는 내가 여자로서의 삶이 어떤 것인지 몰랐다는 말이겠지요. 여자로서의 제대로 된 삶, 전 남편도 좋은 남자였고 그 사이에 난 딸도 좋은 아이였어요. 하지만 그때는 엄마와 아내일 뿐 내가 여자라는 사실을 깨닫지 못했어요. 그러나 지금의 남편을 만나고서 저는 새로운 삶을 살고 있다는 생각을 했어요. 그것은 여자로서 사랑이라는 것이 무엇인지를 알고 살고 있으니까요."

"지금의 가족관계는?"

"지금 남편과의 사이에 딸 하나를 두었어요. 40 중반에 낳은 아이였지요. 남자가 건강하니까 제가 좀 나이가 있어도 충분히 임신이 가능했어요. 그 딸 아이를 잘 키우고 있어요. 지금 딸 아이가 곧 고등학교 올라가는데 먼저 집 나간 딸 아이보다 조금 못미치는 나이이지요. 그러나 현재가 중요해요. 현재의 행복을 지키고 싶어요. 딸 아이는 딸 아이대로 자기 인생을 살아가면 되는 것이구요. 환경이 어떻든 한 번밖에 없는 인생, 결국은 자기 인생 자기가 사는 것이 아니겠어요."

"마지막으로 딸에 대한 미안한 감정은 없으신지?"

"지금 생각해보면 부끄러운 일이기도 하지요. 딸아이와 머리채를 잡고 싸웠다는 것이, 그리고 이런 사실이 방송에 나갔다는 것이 부끄럽기도 하지요. 그러나 당당히 인터뷰에 응했던 것은 여자의 인생으로서 사랑을 앞에 두고는 결코 양보할 수 없다는 생각을 했어요. 아니 질 수 없다는 생각마저 했어요. 사랑은 하나의 투쟁이고 그 투쟁 대상은 결국 얻어야 하는 것이라고 생각했거든요. 더욱이 남편과는 교사와 제자로 만나 남편과의 나이 차가 딸과의 나이차 만큼이나 되다 보니 이루어질 수 없는 사랑이 이루어진 것이기에 애틋한 사랑을 이어가고 있어요. 딸 아이에 대한 미안한 감정이 없느냐고 물으셨지요? 미안한 마음 많아요. 그러나 딸 아이는 잊기로 했어요. 딸은 저를 잊기를 원하나요? 거듭 말하지만 어차피 자기 인생 자기가 살아가는 것이잖아요."

우리는 인터뷰를 마쳤다.


"인터뷰를 하면서 무엇을 생각했어?"

"이미자의 '여자의 일생'이 주는 의미와는 다른 여자의 일생을 생각해 보게 하는데."

"세익스피어의 말을 바꾸어놓을 때가 되지 않았을까? 여자는 엄마보다 강하다."

"그래도 여자가 아이를 낳았을 때 그것보다 자신을 먼저 생각한다는 게 말이 되나?"

"우리가 위의 예를 본 것은 특별한 경우가 아닐까? 많은 경우 여자는 약하지만 엄마는 강하다하든 말을 얼마든지 증명할 수 있거든."

"맞아, 정은이와 정은이 엄마의 경우는 특별한 경우겠지."

"막장이지, 막장. 저게 실제라는 사실이 그냥 놀라울 뿐이야."

"막장이긴? 나는 얼마든지 있을 수 있다고 여겨지는데, 앞으로는 더할 거야. 왜 여자는 엄마보다 강하니까. 그리고 내 인생은 그 어느 누구의 인생보다 소중하니까. 이것은 내 이야기가 아니라 한 저명한 여성 인사가 한 말이야. 불경에도 유아독존이란 말이 있잖아. 그러니까 막장이 아니라 충분히 있을 수 있다고 믿어지거든."

"그런데 우리가 방송에 설명을 곁들어도 좀 될까? 엄마와 딸의 생각, 엄마와 여자의 본능과 사랑, 이런 것을 멘트에 넣어도 될까?"

"글쎄, 내 생각엔 그냥 있는 그대로 시청자들이 느끼게 하는 것이 낫지 않을까? 거기에 대해 설명을 가하면 또 그대로 전이되어 그 설명대로, 논평대로 되는 경우가 많잖아. 그냥 그대로 두고 시청자의 판단에 맡겨버려. 그런데 다소 흥미롭기는 해. 여자로서의 사랑을 꿈꾸는 것이 무엇일까? 여자의 행복은 무엇일까? 어쩌면 여자의 행복은 이분법적인 것이 아닌지도 모르지. 여자로서 엄마로서 구분하는 것이 무의미한 것이 아닐까?"

"그것도 그냥 내버려 두어. 판단은 미루어둔 채로. 낫고 낫지 않다의 문제는 아무래도 그 기준이 모호하잖아."

우리는 이 모든 것을 편집전문인 유 기자에게 넘겼고 우리는 그의 편집 실력을 믿기로 했다. 이만하면 도전해오는 종편에 못지 않다고 여겼지만 그보다 방송내용을 찍으면서 생각 들었던 것은 결코 여자는 엄마보다 약하지 않다는 것이었고 나이 8, 90이 되어도 여자는 여자, 죽어가면서도 여자는 여자라던 말이 그냥 괜히 있는 말이 아니라는 것을 생각했다. 이번 주 우리는 여자의 일생이라는 컨셉을 세웠지만 이것이 시청자에게 어떤 영향을 줄 것인지는 알 수 없었다. 늘 하는 것이 다음에는 시청률을 생각지 말고 오로지 우리가 생각하기에 찍고 싶은 작품, 우리 본 방송의 목적에 맞는 좋은 작품을 만들자는 생각을 하지만 이번에도 어쩔 수 없이 시청률에 쫓겨 방송을 찍고 있는 우리의 모습에 조금은 비애스런 생각도 들었다.

우리는 다음 방송계획을 짰다.

두 개의 절망

양잡이 파티는 여행의 둘째 날에 있었다. 여행 첫째 날, 우리는 아침 비행기로 울란바토르 행을 탔고 3시간 반 후 몽골 국제공항인 징기스칸 국제공항에 내렸다. 부산에도 울란바토르 행 비행기가 없는 것은 아니었지만 인천공항을 이용해 외국을 나간 것은 최근에 없었기 때문에 자칫 잘못하다가는 인천 공항 이용하는 방법도 잊어버리겠다 싶어 기꺼이 인천공항을 통한 몽골 패키지 상품을 구입한 것이었다.

첫날, 우리는 묵직한 여자 가이드의 안내에 따라 몽골 울란바토르 시내의 유적지를 구경하였다. 자이산 승전전망대와 이태준 선생 기념관, 간둥사원, 몽골 역사박물관 등을 구경하였다. 우리는 석식 후 울란바토르 시내의 한국어에 능통한 한 몽골인이 운영하는 호텔에 묵었다. 나와 함께 묵은 사람은 영국 유학을 다녀온 목사였는데 그는 지금은 교인이 자신과 자신의 애인(그는 결혼을 하지 않았다)밖에 없지만 언젠가는 많은 수의 교인을 모으겠다는 것이 그의 꿈이라고 하였다. 나이 60이 가까워 그런 생각을 했다는 것이 우스웠다.

그는 원래 박사과정을 밟아 대학 강단에 서겠다는 꿈을 가졌는데 그가 박사과정을 위해 트라이했던 두 곳의 대학에서 거부당하였다고 하였다. 그는 그 이유로 그가 정통의 역사학이 아닌 교회사였다는 데서 그것을 전공한 교수가 그가 지원한 대학에 없을 뿐만 아니라 그가 영국인이 아닌 한국인이었다는 것이 대학에서 부담스러웠던 것이 아닌가 하고 말하였다.

박사과정 지원서를 제출하고 그는 기도를 했다고 하였다. '이것이 하나님의 뜻이면 합격하게 하여주시고 목회의 길을 걸어가게 하시기를 원하면 그냥 떨어지게 해주십시오' 그 결과는 낙방이었고 그래서 그는 목회의 길을 택했다고 하였다. 그러나 이것은 너무도 쉬운 답을 얻는 것이었다. 왜냐하면 그가 지원했던 옥스포드나 맨체스터 대학은 영국뿐만 아니라 세계적인 대학으로 그가 나온 신학대학이나 외국어로서 영어를 해야 했던 그에게는 서로가 부담이 되는 상황이었기 때문이었다. 너무나 뻔한 예상 결과를 마치 하나님의 응답처럼 생각하는 그도 참 우스웠지만 그가 단순히 신학 플러스 역사학은 교회사라고 생각하는 것도 우스웠다. 그리고 그런 것은 이미 수없이 많은 연구가 되어있는 것이었다. 그가 변명한 교회사를 전공한 교수가 없었기 때문이었다는 것은 잘못 짚은 것 같았다. 오히려 나이가 많은 탓 때문이라면 보다 설득력이 있었을 것이었다. 그 나이에 특별한 무엇을 가지고 있었던 것도 아니고 그냥 모든 것을 하나님의 뜻에 맡긴다는 것은 내가 보기에도 좀 세계적 대학의 박사과정에 도전하는 사람으로서 적절한 태도는 아니었다.

그렇게 첫날 일정을 소화하는 가운데 차가 울란바토르 시내에서 밀려 가다 서다를 반복하고 있었다. 가이드가 그때를 이용해 내일 테즐리 국립공원에 가서 있을 내용을 소개했다.

"밤하늘 별을 보며 양꼬치를 먹는 것은 몽골 게르에 사는 유목민들의 축복입니다. 뿐만 아니라 몽골의 전통적 축제는 나담인데 이때 가족당 한 마리의 양을 먹는 것이 한국에서 추석에 송편을 해서 먹는 것과 다름없습니다. 그만큼 양은 몽골인에게 없어서는 안될 소중한 가축이라 아니할 수 없습니다. 몽골인이 370만인데 무려 가축의 수는 6700만 마리, 그러니까 몽골 인구의 17배가 넘는 수의 가축이 있습니다. 양, 염소, 말, 소, 야크가 5대 가축인데 그중 가장 귀하게 쓰이는 것이 염소이고 그 이유는 염소 가죽이 무척 중요하기 때문입니다. 그 다음이 양인데 양은 고기로서 이용이 아주 많습니다."

"그럼 내일 몽골의 밤 별보기를 하면서 양 한 마리 잡는 것은 어떨까요? 양은 제사용 제물이기도 했어요. 모세가 아들 대신 양을 잡아 바치는 것으로 하나님 계시를 받았다는 것도 성경에 나와 있어요."

목사가 재빨리 가이드의 말을 받아 말하였다. 사람들은 그 말을 듣자 함성을 질렀다. 그것은 독특한 발상이었다. 또한 그것은 새로운 경험이었다. 몽골이라는 나라로의 여행이라는 것이 원래 그런 것, 즉 자연 체험적인 게르 숙박, 밤 별보기, 말 타기, 초원의 맑은 공기 마시기 같은 것이었기 때문에 양을 잡는 것을 구경하며 그 잡은 양을 밤하늘 별을 보면서 유목민족의 체험을 한다는 것은 몽골 여행 중 가장 여행다운 것이었다. 코로나로 한동안 가이드 일을 하지 못해 돈이 발랐던 가이드는 관광객이 원하는 것을 해주면서 자기 실속도 차리고, 그것은 가이드에게도 좋은 꿩 먹고 알 먹고 였다.

이튿날 테를지 가는 버스에 오르자 가이드는 우리에게 말했다. 양 1마리 잡는데 양과 양잡이 수고비와, 약간의 술과 다과비 포함해 모두 25만 원 정도 든다고 그랬다. 18명의 사람들 중 나서기를 좋아하던 이런 일에 익숙한 한 사람이 나서서 '제가 5만 원을 내겠습니다' 하고 말하자 여기저기 박수가 나왔고 나도 5만 원, 나도 5만 원 하면서 기분 좋게 지갑을 풀었고 채 5분도 되지 않아 원하는 25만 원이 모아졌다. 그리고 가이드가 수고한다고 누군가가 또 5만 원을 내었다. 그렇게 순식간에 밤하늘 별 보기와 양 잡는 행사는 동시에 이루어지게 되었다. 오늘 밤은 테를리의 한 게르 리조트에서 몽골인처럼 양고기를 먹으면서 숙박하게 될 것이었다.

테를리는 몽골의 국립공원이었다. 세계 최대의 징기스칸 동상이 있고 동상을 떠받치고 있는 받침대 공간은 징기스칸의 박물관을 만들어 놓고 있었다. 우리는 동상 머리 부분과 박물관을 돌아보았다. 예정보다 시간이 늦었던 것은 울란바토르 시내의 난삽하고 체계 없고 오직 복잡하다는 것만 있다고 느껴지는 도로 때문이었다. 좁은 도로에 웬 차들은 그렇게 많은지, 차라도 좋으면 몰랐다. 일본 도요타의 낡은 중고차를 수입해와 파는 그런 차들이 울란바토르 시내를 낡은 기관 냄새와 매연을 품어내면서 달리고 있었다. 한번 밀리기 시작하면 하수상한 세월이 되었다. 어쨌거나 그럭저럭 저녁이 되어 우리는 국립공원 내의 우리가 묵기로 한 게르에 도착했다.

게르 배정을 받고 석식을 먹고 그리고 예정대로 별보기 축제는 시작되었는데 의외의 복병 날씨가 방해를 하였다. 한국은 더위에 지쳐 헉헉대는데 몽골에서는 오히려 추워 옷을 껴입지 않으면 아니되었다. 드디어 양을 잡는 시간이 되었다. 우리 모두는 양을 잡는 모습을 기대하고 있었다. 어떤 모습일까?

"동물들은 자기가 죽는다는 것을 알고 있을까?"

"사람들이 자기가 죽는 순간을 생각하듯이 동물들도 자기가 죽는 순간을 알고 있어. 모든 살아있는 것은 감정을 지니고 있어. 심지어 나무조차 표현을 못해서 그렇지 아니 표현을 해도 우리가 알아들을 수 없어서 그렇지 감정이 없을 수 있을까?"

"도살장으로 끌려갈 때의 소 모습을 본 적이 있어. 마장동에서 보았던 건데 도살되기 위해 가는 소에서 흐르는 눈물을 본 적이 있어. 죽음을 앞에 두고 흘리는 소의 눈물, 죽음 불과 몇 발자국 앞에서 그 소는 자기의 죽음을 예견하고 눈물을 흘렸던 것이야. 그리고 우리는 그 소고기를 먹고 있는 것이지. 큰 눈에 어린 큰 눈물을 보며 문득 아버지의 죽음을 생각했어. 아버지 죄송합니다."

그러면서 그는 눈물을 흘렸다. 60이 넘은 사람이 눈물을 흘리니 모두가 숙연해졌다. 그때 식당 쪽에서 이쪽 우리가 있는 테라스(주인이 테라스라고 부르는)쪽으로 양 한 마리가 질질 끌려오고 있었다. 게르 리조트를 운영하는 부사장이 섭외한 양 잡는 사람은 그냥 몽골 유목촌의 평범한 사람이었다. 그는 양을 전문적으로 잡는 사람도 아니었다. 몽고 사람은 누구나 그 정도의 양은 잡을 수 있다는 것을 보여주는 사람이었다. 마음이 복잡해졌다. 양에게는 자신의 목숨이 절체절명의 왔다 갔다 하는 것이었는데 그것을 빤히 바라보는 사람이란 것이 참 …….

이것을 유투브에 올리겠다고 어떤 사람은 아예 처음부터 카메라를 고정시킨 채 이 모습을 찍으려고 하고 있었고 또 그 역시 유투버인 어떤 사람은 드론을 띄워 양의 죽음을 샅샅이 드러낼 준비를 하고 있었다. 사람들에게서 웃음소리가 들렸고 사람들 얼굴에는 번들한 개기름이 흘렸다.

문득 하늘에서 무슨 소리가 들렸다. 문 선생은 무엇인가 싶어 하늘을 올려다 보았다. 양 잡는 그 자세한 표정 하나하나를 공중에서 드론이 담고 있었다. 양 잡는 모습을 구경하는 문 선생의 모습을 비롯 사람들의 적나라한 모습이 찍혔을 것을 생각하니 부끄러웠다. 나중에 그 유투버에게 제발 나오지 말게 편집해달라고 부탁하였다. 우스운 것은 오랫동안 이 리조트를 지켜왔다는 누렁이 한 마리가 양 잡는 모습을 사람들 사이에 끼어서 바라보고 있는 것이었다. 개는 그런 것을 많이 보아서인지 아무 감흥 없이 바라보고 있었다. 그러다가 저 혼자 슬그머니 빠져나와 양을 바비큐하기 위해 만들어 놓은 꺼진 화덕의 재를 이리저리 헤집어 놓고 있었다.

이상했다. 양을 잡는 것은 문 선생이 예상한 것과는 전혀 달랐다. 전혀 달랐다는 것은 사람이 양을 잡는 것이 달랐다는 것이 아니라 죽임을 당하는 양의 모습이 달랐다는 것이다. 적어도 내가 생각했던 것은 그 단말마의 발악, 몸부림, 마지막 저항, 양을 잡기가 쉽지 않을 것이라는 생각과는 달리 눈앞에서 벌어지는 양의 모습은 너무 얌전했고 순순히 자신의 앞날을 예견한 듯 체념한 모습은 문 선생이 여지껏 상상한 것과는 전혀 다른 것이었다.

동물들이라고 감정이 없겠는가? 식물이라고 감정이 없겠는가? 우리가 하찮다고 이해하고 느끼는 모든 생명 있는 것들은 자신의 목숨과 관련 있는 것을 모르고 있지 않을 것이었다.

문 선생은 아주 오래전 돼지가 도살당하기 직전 돼지가 두려움에 떨며 오줌을 지리던 모습을 보았던 때를 떠올렸다. 집에서 6개월간 기른 돼지를 팔 때였다. 돼지 장수가 나타나자 갑자기 돼지는 어찌할 줄 모르고 두려움이 가득한 눈동자와 함께 황망하게 얼굴이 사색으로 변하며 오줌을 흘리는 것이었다. 처음에는 옴쭉도 않았다. 조금 있더니 마치 미친 돼지처럼 꿀꿀거리며 이리저리 왔다갔다 하는데 문 선생은 그것을 보며 지금 돼지가 어떤 감정인가를 확실하고 분명하게 느낄 수 있었다. 아, 돼지도 자신이 어떻게 되리라는 것을 알고 있구나. 또 한번은 개가 도살되는 장면을 보았다. 그것도 벌건 대낮에, 그것도 사람들이 오가는 저자 거리에서, 그것도 다른 가축들이 그 도살하는 장면을 다 보고 있는 가운데서 개를 잡는 것이었다. 동료가 죽어 나가는 것을 빤히 바라보는 그들의 공포는 어떠했을까? 자신들도 머지 않아 저리 될 것이라는 운명을 미리 보는 그 감정은 어떠했을까?

그러나 더욱 문 선생의 뇌리에서 떠나지 않았던 것은 그 양의 눈이었다.

그 양은 자신이 죽는다는 것을 알았는지 끌려올 때는 끌려오지 않으려고 억지를 부렸지만 인간의 압도적인 힘에 어쩌지 못해 끌려왔고 배를 가르고 죽을 때까지 어떤 저항 한번 하지 못하고 죽어갔다. 그러나 정작 문 선생을 충격스럽게까지 했던 것은 양의 눈이었다. 양의 떨리던 눈빛이 이내 체념한 듯한 눈으로 바뀌고, 그 체념한 눈은 이 세상의 온갖 슬픔을 다 담고 있는 모습이었다. 동물들은 죽을 때 눈을 감는다. 그러나 그 양은 눈을 감지 않았다. 끌려올 때부터 죽을 때까지 눈을 똑바로 뜬 채 그 양은 죽어갔던 것이었다. 양의 눈이 푸르다는 것을 그때 알았다. 그 모습이 문 선생의 뇌리에서 떠나지 않았다. 그것은 한 마디로 절망이었다. 양이 죽음에 이를수록 문 선생도 점점 절망해 갔고 그와 함께 또 다른 절망이 떠오르고 있었다.

"반장, 이거 학교 앞 가게 있지. 그 가게 주인 정욱이 아버지한테 이것 좀 갔다 주고 오그라. 약에 쓴다고 언젠가 말하더라고."

초등학교 4학년 때의 서학술 선생님은 나에게 이제 갓 낳은 토끼 새끼 12마리를 주며 심부름을 시키는 것이었다. 나는 선생님 심부름으로 학교 앞 가게 정욱이 아버지에게 토끼 새끼 12마리를 가져다 주면 되는 것이었다. 토끼 새끼는 가벼웠고 몸집이 작아서 오물조물거리는 것이 귀엽기도 했지만 한편으로는 털이 없는 것이 징그럽기도 했다. 아직 눈을 뜨지 못한 채 추워 엉겨 붙어 있는 것도 그랬고 그것이 꼭 쥐새끼처럼 보여 아무리 어렸지만 소름이 돋기도 하였다. 그것들을 들고 200여 미터나 되는 정욱이네 가게까지 가는데 나는 생명에 대한 어떤 감정, 소름 이런 것은 결코 생각하지 않았다. 설사 그렇더라 해도 나는 선생님의 심부름이라는 생각 이외에는 거의 어떤 생각도 하지 않았다.

"우리 담임 선생님이 이 토까이 새끼 아저씨께 갖다 드리라고 해서 가져

왔시요."

그 정욱이네 아버지는 내 말을 듣자 무슨 뜻인지 모르겠다는 듯 내 얼굴을 빤히 처다보자 나는 다시 한번 더 말했다.

"우리 선생님이 아저씨가 약으로 쓴다고 토까이 새끼 있으믄 달라고 했다믄서요. 그래서 선생님이 이 토까이 새끼 가져다주라고 해서 가져 왔시요. 저는 선생님 심부름 왔심니더."

"니 담임이 누꼬?"

"서학술 선생님임니더."

"글쎄, 내는 그런 부탁한 적 없는데 그리고 토까이 새끼가 무슨 약이 되겠노, 도로 가지 가거라."

거기까지는 괜찮았다. 나는 최 씨 아저씨로부터 다시 이제 갓 낳은 토끼 새끼를 비닐 봉투에 있는 그대로 담임인 서학술 선생님에게로 도로 가져다주면 되는 것이었다. 다시 비닐봉지에 든 그것을 들고 가는데 날씨가 추워서 그런지 토끼 새끼들이 파르르 떠는 것 같다는 생각이 들었다. 나는 불쌍해서 가슴에 품고 다시 학교로 가 선생님한테 들고 갔다.

"선생님, 최 씨 아저씨가 이거 필요없다고 카데요. 그냥 들고 가라고 카데요. 그래 다시 가져왔심더."

내가 가슴에 품은 그것을 선생님에게 내밀자 선생님은,

"그라믄 그거 니가 알아서 처리하거라. 적절한 곳에다가 묻어버려."

선생님은 아무렇지도 않게 말하면서 나를 돌려보냈다. 나의 절망은 그때부터였다. 나는 사실 동물들을 근본적으로 싫어했다. 동물들에게서 나는 냄새와 그들의 동물성이 정말 나와는 맞지 않았다. 그렇게 나쁜 점만을 생각하며 걷고 있는데 순간 12마리의 토끼 새끼가 내 품에서 꼼지락거리는 것이었다. 발딱 놀라 소름마저 돋는 것을 느꼈다. 어서 이 작은 것들을 내다

버리고 교실로 들어가야지. 나는 그것을 처리할 장소로 학교 앞 도랑을 생각했다. 조금 큰 도랑은 비가 내리면 홍건했지만 겨울처럼 비가 오지 않을 때는 조금만 고여있거나 고여있는 물이 얼음이 되어 있는 때가 많았다. 한쪽에는 모래와 마른 풀이 조금 있었는데 그 모래에다 파묻을 생각을 한 것이었다.

　나는 도랑까지 그것을 들고 나왔다. 약간의 모래를 파고 묻으려는 순간 비닐 봉지 안에서 꿈틀거림이 또다시 느껴졌다. 나는 화들짝 놀랐다. 생전 이렇게 무섭게 느껴진 적은 없었다. 토끼 새끼 12마리를 죽이려는데 쉽게 그것을 할 수가 없었다.

　처음 구덩이를 파고 그것을 묻으려고 했을 때 나는 심히 양심의 가책을 느끼지 않을 수 없었다. 저것들도 생명인데…… 그리고 더 견딜 수 없게 한 것은 여지껏 작은 생명체 하나 죽이지 못했던 내가 갑자기 토끼 새끼 12마리를 죽이라는 임무를 받은 것에 대한 충격이었다. 처음엔 몰랐는데 토끼 새끼를 두고 막상 그런 생명을 앗는 일을 하려니 여러 가지 복잡한 생각이 들기 시작하는 것이었다. 내가 이 토끼 새끼를 죽인다면 나는 토끼 새끼들에게는 사형집행인이 되는 것이고 그것은 주일 학교에서 배운 예수님을 십자가에 못박혀 죽게 하는 로마 병사들과 다르지 않다고 생각들었다. 땅을 파고 막상 묻으려니 그 12마리의 눈도 뜨지 못한 토끼 새끼들이 눈에 밟혔고 그것은 더욱이 생명을 앗는 것이라는 데에서 망설이지 않을 수 없었다. 그것을 묻기 전까지 나는 온갖 생각들이 들었고 묻어야 하는데, 묻어야 하는데 하면서도 나는 정작 묻지 못하고 있었다. 저것도 생명인데 저 조그만 것들도 살려고 태어났는데 태어난 지 채 하루도 되지 않아 죽는다면 그 얼마나 원통할까? 나는 그 토끼를 죽인 사람이 되고.

　종이 칠 시간은 다가오고 차마 내 손으로 토끼를 묻지는 못하겠고 그렇게 변비 잃는 소년처럼 끙끙 앓다가 시작 종소리가 나자 나는 종래 묻지 못하고 그냥 옆에다 토끼를 내버려두고 교실로 들어가 버렸다. 교실에서도 내내 토끼 생각으로 제대로 공부가 되지 않았다. 1교시 마치는 종소리가 들리자마자 나는 쏜살같이 도랑까지 달려가서 비닐 용지를 들쳐 보았다. 죽었는가? 작은 생명체는 한데 뭉쳐 오들오들 떨고 있었지만 아직 죽지 않았다. 나는 어떻게 할까 생각하다가 수수깡대를 이용해 급히 조그만 공간을 만들고 그곳에다 토끼를 옮겨 놓았다. 토끼가 죽을까 싶어 두텁게 마른 풀과 수숫대를 모아 아늑한 공간을 만들었다. 그러나 그것이 어미 품보다 나으랴? 나중에는 토끼 엄마 생각까지 나는 것이었다. 새끼를 낳자마자 잃은 토끼 엄마는 얼마나 상심했을까? 울고 있을 토끼 엄마 생각도 났고 여하간 그 토끼 새끼를 죽이는 문제에 대해서도 하나도 쉬운 것이 없었다. 나는 수업 시간 내내 토끼 새끼가 가여워 수업이 제대로 들어오지 않았다. 마치는 종이 칠 때마다 부리나케 뛰쳐나와 학교 앞 도랑을 달려나갔다.

'살았구나.'

안심이 되었다. 그리고 이내 종이 칠까 봐 빨리 교실로 들어갔다. 그리고 넷째 시간이 끝났다. 점심시간이었다.

나는 밥 먹는 것도 잊어버리고 그 도랑가로 달려갔다. 죽었으면 어쩌나? 그러나 토끼는 이 추위에 오들오들 떨고 있을 뿐 아직 움직이고 있었다. 토끼 새끼들을 생각하며 나는 다녀갈 때마다 그 12마리 토끼 새끼들이 추위를 느끼지 않도록 마른 풀들을 모아 두텁게 쌓았고 행여나 그 엉겨있는 토끼들이 죽었는지 살폈다. 그러나 토끼는 그때마다 죽지 않았다.

점심 시간은 점심도 못먹고 그 토끼들 곁에서 토끼를 바라보며 살펴보는 것으로 끝났다. 눈도 뜨지 못한 채 엉겨붙어 있는 토끼 새끼들은 보기에도 불쌍했다. 애가 탔지만 함부로 어떻게 할 수 없었다. 그날 하루종일 토끼 생각으로 신경이 쓰였다. 그냥 토끼를 위해서 파묻어버리는 것이 좋았던 것이 아닐까? 괜히 동정심만 많아 가지고 이것도 저것도 안되게 만들고 있잖아.

나는 온갖 상상이 떠올랐다. 거기에는 나에 대한 자책감도 있었다. 저 어린 것들이 엄마 없이 어떻게 살 수 있을까? 또 배는 얼마나 고플까? 그렇다고 내가 어떻게 해줄 수 있는 것도 아니었다. 저대로 두면 불과 하루 이틀 새 죽어버릴 것이 뻔했다. 어떻게 하나? 젖을 먹여야 하는데, 어미 토끼가 있는 토기장에 가야 있는데 그 사육장은 선생님만이 열쇠를 가지고 있었다. 선생님은 토끼들이 자꾸 죽어 나가고 훔쳐 가기도 하고 병든 토끼가 점점 많아지기도 해서 풀을 뜯어오는 것부터 시작해 꼼꼼하게 토기장을 관리할 필요가 있다고 생각해서 그런지 전과 달리 함부로 우리에게 열쇠를 맡기지 않았다.

그날은 그렇게 지나갔다. 이튿날이 되자 나는 아침 일찍 책보를 둘러메고 학교 앞 도랑가까지 갔다. 살아 있을까? 두텁게 쌓아둔 마른 풀더미를 들추고 살짝 안을 보았다. 토끼들은 어제보다 더 초라해 있었다. 추위에 엉겨붙어 옴짝도 않은 채 있었다. 살아 있다는 것은 그들의 몸뚱이들이 조금씩 움직이는 것을 보아 알 수 있었다. 배가 고파서 어쩌지, 그러다가 생각한 것이 동네에 있는 실권이 형의 어미 토끼를 생각했다. 그래 그 어미 토끼라면 젖이 나올 줄 모르겠다. 저 새끼들을 어미 토끼에게 데려다 주는 거다. 그러면 설사 어미가 자기 새끼가 아니라고 어쩌지 않겠지. 나는 쾌재를 불렀다. 빨리 수업이 끝나길 기다렸다. 저 배고픈 토끼에게 어미의 젖을 물려주어야 한다. 그날 학교 수업이 파하자마자 나는 토끼를 품고 실권이 형한테 갈 생각으로 선생님이 반장인 나를 불러 심부름시킬까 봐 부리나케 교실을 빠져나왔다.

나는 도랑가로 달려가서 안을 들췄다. 내가 도랑에 가서 토끼 새끼를 담으려고 들추자 그러나 아뿔싸 토끼는 이미 여섯 마리나 죽어 있었다. 나는 누군가의 총에 맞은 것처럼 가슴이 쿵 내려앉으면서 그래도 산 놈만을 골라 비닐봉지에 담았다. 그리고 죽은 놈은 급한 마음에 그냥 흙더미를 발로 차서 묻어버렸다. 급했다. 남은 놈들만이라도 살려야지.

실권이 형이 살고 있는 가촌리까지는 학교에서 비교적 가까웠다. 서둘러 달려가 보았지만 실권이 형은 집에 없었다. 조금 기다렸지만 형이 오지 않았기 때문에 나는 할 수 없이 실권이 형이 아끼는 토끼장으로 직접 갔다. 토끼장을 열고 그 여섯 마리의 새끼 토끼를 어미 토끼가 있는 토끼장에 집어 넣었다. 그리고 어떻게 하려나 잠시 어미 토끼를 바라보았지만 어미 토끼는 새끼들이 왔는데도 아무런 반응이 없었다. 그 붉은 눈의 토끼는 그냥 새끼들에게 혀로 핥아주거나 젖을 물려주거나 하는 행동을 하지 않았다. 다만 집어넣은 토끼 새끼들은 평소의 냄새와 다른 것을 알았는지 꼬물꼬물 움직이며 젖을 찾으려고 하는 것 같았다. 그러나 어미 토끼는 젖을 내주지 않았다. 그냥 내 눈만을 빤히 바라보고 있었다. 저녁이 다 되어 어스름해질 때까지 나는 토끼장을 바라보았지만 별다른 이상은 발견되지 않았다. 다만 토끼 새끼들이 추워 몰려있던 모습이 토끼의 품이 따뜻했던지 그쪽으로 점점 옮겨가 뭉쳐 있었다.

실권이 형은 그날 늦도록 돌아오지 않았다. 돌아오면 사정을 이야기하고 어떻게든 남은 6마리의 토끼를 살리려고 했지만 그날 따라 마실 나간 실권이 형은 돌아오지 않았다. 나는 하는 수 없이 그대로 두고 집으로 돌아왔지만 다른 6마리의 토끼가 죽었다는 것이 떠올라 맘이 편치 않았다. 그리고 그 죽은 사체를 땅에 아무렇게나 묻는 내 행동, 그 여리여리한 속이 숭숭 드러나 뵈는 그 연약한 모습이 눈 앞에 아른거려 속을 출렁이게 하였다. 밤에 죽은 토끼의 영혼이 내 머리카락을 쥐어 잡으며 '내 목숨 살려내라 내 목숨 살려내라' 하고 꿈 속에서 시위하는 장면과 맞닥뜨리다가 그만 잠을 깼다. 이튿날 날이 밝자 나는 부리나케 다시 실권이네 형님 집의 토끼장으로 달려가 보았다. 얼마나 빨리 뛰어갔던지 중간에 한번 넘어졌지만 아픔을 느끼지 못하였다. 나는 뒤뜰에 있는 토끼장으로 달려갔다.

새끼를 두었던 토끼장을 열어보았다. 이상했다. 토끼장에서 큰 어미 토끼는 보였지만 새끼들은 보이지 않았다. 이상한 마음에 나는 토끼장 안까지 이리저리 들쳐 보았다. 그래도 보이지 않아 이번에는 아예 토끼장 문을 열고 이리저리 토끼장을 둘러보았지만 여전히 새끼 토끼가 보이지 않아 아예 고개를 들어 토끼장 안에 목을 넣었다. 그러다가 나는 토끼의 이단옆차기 공격을 받았다. 그 바람에 안쪽에 숨겨놓은 토끼 새끼를 보았는데 이상한 느낌이 들어 어미 토끼를 밀치고 새끼를 꺼내 보았다. 놀랍게도 새끼들은 모두 죽어 있었다. 그것도 목 쪽에 이빨에 물린 듯한, 아니면 몸무게에 목이 눌린 듯한 토끼 새끼들이 나란히 포개져 있는 것이었다. 나는 비로소 어미 토끼가 자기 새끼가 아니면 물어 죽인다는 사실을 떠올렸다. 거기에는 자비도 인정도 없었다. 오직 자연법칙만이 존재할 뿐이었다.

나는 문득 내가 아무 저항할 힘도 없는 새끼 토끼를 대상으로 죽음과 삶의 두 가지 형상을 관찰하고 있는 실험실의 학생 같다는 생각을 하였다. 그 어미 토끼가 그 어린 새끼를 물어 죽일 때의 모습과 그때의 그 심정은 어떤 것이었을까? 어떤 심정으로 어미 토끼는 새끼 토끼를 물어죽였을까? 그리고 죽어갈 때의 새끼 토끼 모습을 바라보는 토끼에게 연민은 없었던 것일까? 물어 죽일 때 서서히 고통을 느끼게 해주면서 죽일까? 아니면 단번에 물어 죽일까? 아니 왜 토끼는 자기 새끼 아닌 새끼 토끼를 물어 죽이는 것일까? 모든 것이 궁금했다. 그러나 토끼의 심정이 아니고서는 알지 못하는 것이다.

나는 실권이 형님이 와서 새끼 토끼가 죽어 있는 것을 보고 혼을 낼까 싶어서 얼른 여섯 마리의 죽은 토끼 새끼들을 꺼내어 비닐 봉투에 담았다. 지난번과는 달리 이번에는 토끼 새끼 6마리를 원래의 고향인 산 쪽 길에다 곱게 두고 흙으로 덮어버렸다. 처음 6마리를 묻을 때는 남은 토끼를 살려야 한다는 절박감에 아무런 생각 없이 묻었지만 이번에는 불쌍한 마음도 들고 죄책감도 들고 그래서 정성껏 묻은 것이었다. 한편으로는 내가 이게 무슨 꼴인가 싶은 마음도 들어 아무튼 복잡한 마음이 든 채로 학교로 왔다.

이상했다. 그날부터 토끼의 죽음이 머리에서 떠나지 않는 것이었다. 나는 그냥 선생님의 심부름을 한 것뿐인데 이상하게 내가 토끼를 죽인 죄인처럼 느껴지는 것이었다. 밤마다 토끼가 살아나서 나를 향해 울부짖는 꿈을 꾸었다. 그 꿈은 새끼 토끼들의 살고 싶다는 아우성이었다. 나를 왜 죽였느냐는 시위에서 나중에는 성장한 어른 토끼가 되어 나를 공격하는 것이었다. 심지어는 토끼가 나를 죽일 공모를 하다가 발각되어 내가 그 토끼들을 심하게 꾸짖는 단계의 꿈까지 이르게 되었다. 그런 꿈은 내가 중학교에 올라가기 전까지 간간 나타나 나를 괴롭혔다. 토끼를 죽였다는 것에 대한 죄책감, 남은 토끼를 어미 토끼의 성질을 알지도 못하면서 가져가 목 졸려 죽게 한 것에 대한 미안함, 그리고 이렇게 시험에 들게 한 선생님에 대한 분노, 이런 일이 벌어지게 된 것이 내가 아님에도 온갖 죄를 내가 뒤집어 쓰는 것 같은 데에 대한 나자신에 대한 노여움, 이런 복잡한 감정이 나를 줄곧 괴롭혔다. 중학교에 올라와서는 이런 꿈이나 토끼에 대한 두려움 같은 것이 줄어 들었으나 사라진 것은 아니었다. 이런 감정들은 때때로 은연중에 나타나 나를 괴롭혔는데 비단 꿈 속에서만은 아니었다. 특히 토끼는 내가 외롭거나 슬플 때 또는 내가 스스로 불행하다고 여길 때 언뜻언뜻 떠올라 나를 더욱 괴롭게 하였다.

거참 이상한 일이었다. 그 토끼에 대한 연상은 꼭 내가 비참할 때 나타나 아주 나를 야코죽게 하고는 하였다. 어찌 불행하다고 여길 때 나타나 나를 이렇게 괴롭힌단 말인가? 그런 일은 예순이 넘어 칠십에 가까운 지금도 과거처럼 그렇게 충격적으로 와닿지는 않았지만 내가 꼭 비참한 지경에 처하면 또는 누군가의 도움을 절실히 필요할 때면 나타나 나를 한동안 악감정에 사로잡히게 하곤 하였다.

처음엔 몰랐는데 아무런 저항 없이 죽음을 맞는 양의 모습을 지켜보고 있던 문 선생은 어느 순간 그 토끼의 죽음의 순간이 떠오르는 것이었다 그 여리디 여린, 태어난 지 하루 이틀밖에 되지 않았을 그 새끼 토끼가 모질게 생명을 유지한 채 숨을 할딱이고 있는 그 모습은 자신에게 생명의 소중함과 이 세상을 어떤 이유도 모른 채 태어났지만 태어난 이상 누군가의 간섭도 없이 살아야 할 권리가 있다고 외치는 것 같았다.

문 선생은 양의 죽음의 적나라한 모습을 보았다. 양은 양잡이가 카터 칼로 찢은 양 가슴에 손을 깊숙이 넣어 심장을 흔들 때까지 어떤 반항을 하지 못하고 있었다. 자신의 죽음을 알고 있는 고통보다 더 큰 고통이 어디 있을까? 동물이라고 해서 감정이 없겠는가? 그들도 웃을 줄 알고 울 줄 아는 것이다. 눈물도 흘리고 웃음도 흘리는 것이다. 그런데 양의 죽음에 임하는 모습은 처음부터 체념 그것이었다. 다만 끌려올 때 그 옮기는 발걸음이 끌려가지 않으려고 하였지만 인간 앞에 양의 반항은 너무도 순진한 것이었다. 그리고 사람들이 비잉 둘러싼 가운데 양잡이의 빈틈 없는 손놀림으로 양은 제대로 된 반항 한 번 하지 못하고 얌전히 죽어가고 있는 것이었다.

처음 양잡이가 예리한 칼로 양의 가슴을 찢어 그 안으로 손을 넣어 이리저리 휘저을 때마다 양은 움찔거렸지만 이내 그런 모습은 나타나지 않았다. 웬만큼 반항할 법도 하건만 양잡이가 양의 내부에 손을 어떻게 흔들고 있는 것인지 양은 꼼짝을 못하였다. 눈도 제대로 굴리지 못하였다. 비명 한 번 지르지 못한 채 어느 순간 그냥 숨을 쉬지 않는 것이었다. 눈을 감았다면 또 모른다. 눈을 똑바로 뜨고 있었기 때문에 양이 죽은 것인지도 몰랐다. 그러나 양은 이미 숨 쉬지 않고 있었다.

비잉 둘러싼 사람들은 웃고 떠들고 자기가 아는 만큼의 구순 본능을 즐겼다. 문 선생은 그 꼴이 예수를 사형시키라며 성안에서 외치는 유대인들 같아 보여 한참 동안 외면해 있었다. 세상에 저런 악랄 무도한 인간도 있을까? 인간은 원래 잔인한 존재였다는 것을 증명하는 것 같았다. 문 선생은 둘러싼 사람들의 모습이 마치 그들처럼 여겨졌다.

"너무 불쌍해 하지 말아요. 양은 이 세상에 온 자신의 생을 완성한 것입니다."

빙 둘러선 사람들 앞에서 목사는 그렇게 말하였다. 그리고는 죽은 양의 머리에 손을 대고 기도를 했다.

"하나님 아버지, 이 작은 생명이 이제 자신의 몫을 다하고 하늘나라로 돌아 갑니다. 부디 하늘에 가서는 행복한 집에서 따뜻한 가족을 이루어 그 생명이 하나님과 함께 영원히 이어지기를 기도합니다."

그러나 문 선생은 그런 양이 사람들에 의해 제물이 아니라 입을 즐기는 먹잇감이 되고 있는 모습이 안타까웠다.

하나님 앞에 바치는 것도 아니고 더욱이 자신들이 입을 즐기기 위해 죽임을 당하는 양을 보고 하늘나라에 가거든 잘 살라고 하는 것은 보기에도 딱한 기도였다. 이내 양잡이는 가죽을 카터 칼로 죽 그은 다음 그냥 양의 껍질을 주욱 벗겨내기 시작하였다. 양가죽은 그대로 껍질이었다. 돌아온 황구도 사람들 틈에 끼어 어쩌면 자기가 될지도 모를 그 모습을 멀뚱히 바라보고 있었다.

참 사람이란 존재가 이렇듯 잔인할 수가 있단 말인가? 아무리 축생일지라도 엄연히 생명이 있는 것이거늘 그 생명이 죽어가는 모습을 뻔히 바라보며 즐기고 있는 꼴이라니?

양잡이가 가죽을 벗겨내자 살점이 드러나며 양에게서 동글동글한 똥이 나왔다.

"수놈이네."

누군가 말했고 그 일을 받아 또 다른 사람이 아는 척 떠들었다.

"여기 봐, 이 밑이 나온 것 좀 봐. 하하."

그것은 죽은 사체에 있는 그냥 아무런 느낌도 없이 달려 있는 그것에 불과했다.

"등 껍데기는 몽고인, 터어키인은 머리를, 우리나라는 골을 으뜸으로 치지."

누군가 또 아는 체 했다. 양잡이는 마지막으로 목 부분의 가죽마저 벗겼다. 그때 양잡이의 핸드폰이 울렸다 양잡이는 일단 양 껍질을 벗기는 일을 잠시 중단하고 핸드폰을 받았다. 그리고 담배 한 대를 피워물었다. 그 모습이 너무도 능숙해 양잡이 경력이 보통이 아님을 알게 하였다. 배를 가르자,

"위 보인다. 심장도 보이네. 어, 내장이 마구 쏟아지네."

"저기 저것 봐, 저게 횡경막이고 아래 이쪽은 십자 인대."

사람들은 양잡이가 능숙하게 처리해갈 때마다 보이는 대로 아는 체 했다. 양잡이는 쓸개, 간, 심장을 따로 모았다. 피도 따로 모았다. 여자들은 이 모습을 보지 않으려고 게르 속으로 들어가기도 했고 눈을 감기도 하였다. 심장을 꺼낼 때는 외면하기라도 하련만 사람들은 이 잔인한 광경을 눈을 고정한 채 즐기고 있었다. 그것을 바라보는 문 선생은 고통이 적지 않았다. 그

럼에도 끝까지 그 모습을 지켜보았던 것은 어쩌면 자신도 그것을 즐기고 싶은 본능이 있을지 모른다는 생각을 했고 또 양 잡는 모습의 모든 것이 궁금하기도 하였던 것이다. 문 선생은 지금껏 살아오면서 죽음을 직접 목격한 적이 없었다. 집안의 노모 역시 아흔이 넘도록 살아계셨다. 자식들도 또 손자들도 고맙게도 잘 자라주어 이 나이 이르도록 죽음과 직접 맞닥트린 적이 없었기 때문에 죽음이 실제적 어떤 것인지 와닿지가 않았다. 그래서 죽음의 과정이 어떠한지 알고 싶은 마음이 없지 않아 있었던 것이었다. 그러나 사람이든 짐승이든 죽음이란 고통스런 것이었다. 더욱이 사람에 의해 죽임을 당하는 양의 모습을 본다는 것은 곱게 살아왔던 문 선생이 받아들이기에는 끔찍한 것이었다.

양잡이는 따로 모아둔 간, 심장과 피를 조금씩 끊어서 사람들에 먹으라고 주었다. 몸에 좋다는 것이었다. 사람들은 그것을 넙쑥 받아먹고 입술을 닦는다. 손에 피가 묻어났지만 대수롭잖게 옷에 쓰윽 문지른다. 몽고 보드카를 '카악' 거리면서 한잔 마신다. 양잡이는 다시 축 늘어져 허연 살덩이의 양의 목을 최후의 일격으로 끊어버린다. 기술일까? 몇 번 칼을 왔다 갔다 하더니 목이 금방 잘려 나갔다. 텔레비전 사극에서 본 참수하는 장면이 생각났다.

"이쪽으로 오세요."

가이드가 테라스라고 하는 작은 정자에 음식을 차려놓고 오라고 했다. 참기름, 소금, 키스골드보드카 40, 물, 콜라, 수박, 자두, 사과가 차례로 적절하게 차려져 있었다.

사람들은 양을 굽는 동안 테라스에 모여 저마다 아는 만큼 이야기를 쏟아내었다. 몽골의 깊고 푸른 밤은 깊어 갔고 하늘의 별은 총총 빛났다. 그 별을 보며 엉뚱한 상상을 했다. 몽골 여행의 압권은 초원에서의 별보기였는데 누가 아는가? 이 넓은 초원에서 어디선가 어린 왕자가 나타나 나와 말을 걸지? 그러나 6월의 몽골의 밤은 추웠다. 몽골 여행은 6월에서 9월까지가 적기라 하니 6월에 온 우리가 몽골의 추위를 얕보고 있기도 한 것이었지만 어쨌든 몽골 여행은 이제껏 여행이 그랬던 것처럼 새로운 경험이었다. 이윽고 구운 양꼬치를 가이드가 날라 왔다. 양고기 꼬치가 등장하자 사람들은 흥분되어 술잔을 연신 주고 받았고 이 분위기를 이용해 역시 목사 자격증만을 가졌지 목회를 하지 않았다는 또 한 사람의 선창으로 분위기가 한층 달아올랐다. 그러나 문 선생은 자기 앞에 놓인 양꼬치를 먹을 수 없었다. 그 양꼬치가 바로 조금 전에 슬픈 얼굴로 죽어갔던 양이라 생각하니 꼬치를 차마 받아들 수 없었다. 보지 않았으면 모를까, 직접 눈앞에서 벌어진 양의 사체를 먹는다고 생각하니 꼬치에 손이 가지 않는 것이었다.

문 선생은 동료들과 떨어져서 춥다는 핑계로 혼자 게르에 돌아와 누웠다. 그러나 그 슬픈 양의 눈이 눈앞을 아른거리며 떠나지 않았다. 잠이 오지 않아 밖으로 나왔다. 게르 주변을 돌기도 하였고 밤하늘 별을 보기도 하였다. 그러나 그럴수록 윤 선생은 양의 슬픈 눈이 그리고 옛날 토끼를 산 채로 묻어야 했던 기억이 한꺼번에 떠올라 쉽게 그 총총한 별이 제대로 보이지 않았다. 멀리 테라스에서 여행객들의 노래 가락 소리가 들려왔다. 그 노래 가락 소리가 이내 환청이 되어 문 선생을 괴롭혔다. 토끼들의 살려달라는 애원과 이번에는 양의 측은한 눈빛이 교차로 문 선생의 앞을 막으면서 놓아주지 않았다. 그렇고 그렇게 몽골의 맑고 총총한 밤은 깊어갔다.

어두운 시간

내가 그 사내에게서 그 이야기를 들었던 것은 청량리 역을 출발한 중앙
선 기차가 원주를 지나 제천을 향해 몸부림치며 가고 있을 때였다. 그때 가
을 추수가 막 끝난 밭을 지나가고 있었는데 이런 산속에서도 추수는 있기는
있구나 하고 속으로 생각하고 있었다.

"글쎄요, 잘 모르겠는데요, 그해 9월이라……."

얼굴이 좀 긴 색안경의 맞은편 사내는 앞의 사내가 무엇을 물었는지 연
신 생각이 나지 않는다는 듯이 고개를 갸우뚱거렸다. 그들은 아까부터 무엇
인가 진지하게 이야기를 나누고 있었던 것 같았다. 다만 내가 바깥 경치에
눈이 팔려 듣지 못하고 있었을 뿐이었다.

"글쎄, 한번 더 잘 생각해 보십시오. 모를 리가 없는 것입니다. 왜 당신은
당신 자신을 속이려고 드십니까? 절대로 당신은 모를 리가 없습니다."

내 옆의 넥타이를 맨 사내는 상대의 시큰둥한 태도에 발끈한 사람처럼
약간 소리를 높여 말했다.

"글쎄요, 잘 모르겠는데요. 도대체 그 해 9월이 어떻다는 것입니까?"

짙은 색안경을 낀 맞은 편 사내는 역시 모르겠다는 듯 상대편 사내와는

달리 아무렇지도 않게 말하고 있었다.

"아닙니다. 당신은 바로 그때의 일을 잊을 수 없을 것입니다. 내가 당신을 처음 보는 순간 나는 바로 당신이 그때, 그 끔찍한 9월을 모를 거라는 대답이 나올 줄을 알고 있었습니다. 그러나 결코 제 눈은 속일 수가 없습니다. 당신은 분명 그때를 잊을 수가 없을 것이고 저 역시 그 일을 잊지 못하고 있습니다."

내 옆의 넥타이를 맨 사나이는 역시 조금도 자신의 확신을 지우려 들지 않았고 흥분했는지 얼굴이 점점 붉게 변해가고 있었다. 그가 맞은 편 사내를 보며 쏘아 부치듯 말하자 색안경의 사내는 무슨 말을 하고 있냐는 듯이 뚱한 표정이었다. 맞은편 사내의 진지하고 도전적인 말투에 비해 그는 너무도 태연자약한 표정이었다.

"글쎄요, 저는 잘 모르겠는걸요. 나는 그해 어떤 일이 있었는지 하여튼 모릅니다. 잠을 청할까 싶은데 선생님께서 좀 조용히 해주셔야 겠군요."

남자는 맞은 편 사내에게 정중하게 말을 그쳐 달라고 말했다. 그리고는 이내 모로 고개를 기울며 눈을 감는 것 같았다.

내 옆 사내는 모로 기울며 그를 외면하고 있는 색안경의 사내를 한참동안 노려보다가 할 수 없는지 내게로 시선을 돌려버렸다. 그의 이마에는 선명한 두 개의 주름살이 그어져 있었고 그의 나이에 어울리지 않게 짙은 눈썹과 구레나룻이 턱밑까지 내려와 있었다. 만화 속 사무라이처럼 보여 나는 그를 잠시 바라보았다. 그는 내게 담배불을 요청해왔다. 나는 얼른 닭 쫓던 개처럼 허망해 있는 그에게 불을 붙여 주며 한번 더 그의 빨간 넥타이를 바라보았다. 그는 내게 고맙다는 말과 함께 담배 연기를 길게 들이마셨다가 내쉬었다. 그는 반추하기 싫은 어떤 일을 회상하는 것 같았다. 잠시 동안 눈을 감았다가 떴다. 어느새 담배는 끝까지 바짝 타들어가고 있었다.

그러다가 그는 심기일전이라도 한 듯 다시 맞은편 사람에게 이야기를 하기 시작했다. 앞의 사내가 자든, 자지 않든 그에게는 상관없는 것 같았다. 그의 목소리는 진한 허스키였고 그 바람에 나는 문득 후두암으로 죽은 아내의 목소리가 허스키라는 사실을 떠올렸다. 그는 잠시라도 말을 하지 않으면 불안해 견딜 수 없는 것처럼 쉴 새 없이 말을 했다.

"당신은 틀림없이 저와 같이 있었습니다. 그리고 당신은 생면부지의 그 베트남 소녀를 죽였고 그 소녀를 죽인 죄책감으로 당신은 미쳐 의가사 제대를 하게 되었습니다. 선임 하사님, 그 때 옆에서 자해를 했던 김 일병을 모르시겠습니까? 그 김 일병, 여릿하고 보잘 것 없는 늘 막내 노릇만 하던 그 김 일병을 모르시겠습니까? 분대원들은 소녀의 사살을 막내인 저에게 미루었고 압박을 받은 저 김 일병은 차마 소녀를 죽이지 못해 스스로 제 왼 다리를 쏨으로써 자해를 했습니다. 그런데 당신은 그 사실을 외면하고 있습니다. 설마 그 사건을 모른다고 하지는 않겠지요. 그 선명했던 그 사건을 왜 당신은 모른다고 하십니까?"

그 앞의 사내는 그를 바라보며 거의 악을 쓰듯 말하였다. 눈물을 보이기까지 했다. 그렇지만 맞은편에 앉은 사내는 여전히 그 친구를 모르겠는지 아니면 자는 것인지 아무 말도 하지 않고 있었다.

"왜, 왜 외면하려고 하십니까? 이것이 외면한다고 될 일입니까? 당신은 모르는 척 해도 나는 속일 수 없습니다. 당신의 귀에 있는 검은 사마귀와 목덜미의 그 흉터가 바로 그것을 증명하고 있습니다. 그런데도 왜 당신은 그것을 외면하려고만 하십니까?"

나는 사내가 말한 대로 그냥 맞은 편 사내의 귀와 목덜미를 살펴보았다. 과연 거기에는 검은 사마귀와 흉터가 선명히 드러나 있었다. 사마귀는 그렇다 치더라도 목에 난 상처는 깊고 선명했다. 그래도 사내는 여전히 자는 것인지 아니면 도대체 사내가 무슨 말을 하는지 모르겠다는 듯 짙은 안경 너머에 숨어 있었다. 그것이 꼭 소 닭 보듯, 닭 소 보듯 하는 표정이어서 나는 남자가 괜히 헛다리를 짚고 이야기하는 것은 아닌가 하는 인상조차 받았다. 그런데도 사내는 정말로 집요하게 자신이 단정한 그 사내가 틀림없다는 듯 노려보며 말을 하고 있었다. 그 노려보는 가운데 상대의 표정을 놓치지 않겠다는 결의가 보였고 거듭 보아도 당신은 틀림없이 그 9월을 알고 있으며 당신의 표정은 바로 그때 그 사람이 틀림없다는 것을 말하고 있다고 단정짓고 있었다. 그것은 상대가 부정하거나 인정하거나 상관없이 바로 당신이라는 것을 확신하는 듯한 표정이었다. 열차는 방금 제천을 지나왔고 굴을 지날 때 언뜻 차창 편으로 보이는 남자의 얼굴은 슬픔에 가득 차 금방이라도 울 것 같은 얼굴을 하고 있었다. 여하튼 그가 아무 반응이 없는 바람에 사내는 더 이상 앞에 앉은 사내를 두고 말을 할 수 없게 되었다. 앞의 사내는 이내 가벼운 코마저 골아 깊은 잠이 든 것 같았다. 아니면 일부러 앞의 사내의 집요한 질문을 피하기 위해 잠이 든 것처럼 코를 골고 있는지도 몰랐다.

그러다가 나는 흘깃 고개를 돌렸는데 내 옆의 사내가 울고 있는 것을 보았다. 열차는 이내 단양으로 들어섰고 일대의 사람들이 내리고 타는 바람에 그의 눈물은 잠시 멈추는 것 같았다. 그러나 열차가 단양을 출발하자 그의 눈에서는 다시 눈물이 흘렀고 나중에는 가벼운 흐느낌으로 변해가고 있었다. 나와 그, 그리고 그가 그 9월을 잊지 못할 것이라고 단정된 맞은편 사내, 그 옆에 딸인 듯한 소녀, 맞은편 색안경의 사내가 잠을 자고 있었기 때문에 그를 온전히 이해하고 있는 것은 나뿐이었다. 그의 흐느낌이 길어지자 다른 자리에 앉아 있는 사람들도 그 울음소리 나는 곳으로 힐끗 그를 쳐다보았다가 이내 별것 아니라는 듯 제자리를 찾아갔다.

열차의 소란함 속에서도 그의 흐느낌은 연줄처럼 끊어지지 않았고 그 흐느낌은 영주를 지나서야 잦아지는 것 같았다. 그러다가 그는 울음을 그치고 맞은 편 사내에게 해야 할 말을 내게 하기 시작하였다. 자지 않고 있다는 이유만으로 나는 그의 말을 들어주지 않으면 안되었다. 정말 조금만 들어주다가 이내 잠을 들리라. 그러나 나는 갈수록 그의 이야기에 빠져들지 않으면 안되었다. 그리고 그것은 종점인 부전에 다 도착될 때까지 추리소설처럼 내 흥미를 끌었다. 나는 그의 이야기를 들어가면서 그가 겪었을 고통과 그가 그 사건 이후 얼마나 죄책감에 시달리며 살아왔는지를 이해할 수 있었다. 더욱이 그것이 벗어나려고 몸부림치면 칠수록 더 깊게 빠져드는 수렁이었음을 알고는 참으로 사내의 불행을 가슴 아파했다. 정녕 그에게 구원의 길은 없는가?

　"벌써 수십 년 전의 일이었지요. 나는 맹호부대 제2대대 3중대 소속으로 그 때 우리 분대는 퀴논 전방의 제3소대에 소속해 있었습니다. 때는 우기로 오전과 오후 비가 2차례 쏟아졌습니다. 우거진 숲속에는 산안개가 끼어서 전날 근처에서 한 차례 전투가 있고 빠져나가지 못한 화약 냄새가 숲속을 우리우리하게 하고 있었습니다. 우리 3분대원들은 전날 있었던 vc들과의 전투에서 남은 잔당을 소탕하기 위해 아우깡 마을을 수색하기로 되어 있었습니다. 날씨 탓인지 도마뱀 울음소리가 청승맞았고 이따금 긴장을 가르는 총소리만 들려왔습니다. 아무 기척이 없는 마을은 공포스럽기까지 했습니다. 분대가 독립적으로 수색을 하는 일은 처음이었기 때문에 우리 분대원들은 저마다 두려움을 가지고 있었습니다. 어디선가 부스럭거리는 소리가 들리기라도 하면 그쪽을 향해서 수십 발의 총탄을 휘둘러 댈 정도로 동료들은 예민해 있었습니다.

　아우깡 마을은 바닷가가 아닌 산악지대에 있는 마을이었고 마을 초입에 들어서자 우리들은 몇 개의 기둥과 널빤지로 엉성하게 지어진 낮으막한 집들을 볼 수 있었습니다. 우리 산촌의 독가촌이나 다름없는 마을은 간밤의 전투 때문인지 사람의 그림자라고는 보이지 않았고 적막감이 드리워져 있었습니다. 거개가 산의 약초를 캐거나 화전을 일군 듯한 밭에서 나는 산물로 살아가는 마을은 전쟁이 무엇인지 모르는 것 같았고 그냥 내버려 두면 그렇게 살아갈 순박한 사람들이 살고 있는 약 삼십여 호의 마을이었습니다. 우리는 제일 끝에 있는 집부터 차례차례 수색해 나가기 시작했습니다. 차마 떨어지지 않는 발길을 내딛으며 우리는 전쟁 영화에서처럼 그렇게 수색작업을 펼쳤습니다. 한 집을 점령하고 두 번째 집을 점령하고 세 번째 집을 점령했을 때 우리는 텅 빈 집들을 보며 이 동네는 이미 다들 피난 갔을 거라는 생각이 들었고 넷째 집마저 아무런 베트콩 흔적을 찾을 수 없자 조금은 걸음이 빨라지기도 했는데 다섯째 집에서 우리는 작은 굴을 하나 발견하고는 이것이 바로 그 vc들의 은신처일지도 모른다는 생각에 그 땅굴을 향해 깊숙이 수류탄을 던져 폭파시키기도 하였습니다.

그런데 다섯 번째 집을 지나 여섯 번째 집을 수색할 때였습니다. 우리는 갑자기 사람이 뛰는 모습을 발견했고 그쪽을 향해 수십 발의 총탄을 휘둘러 대었습니다. 깡마른 사내는 쓰러졌고 우리가 경계를 하며 그 사내에게로 다가갔을 때 피투성이의 갈기갈기 찢겨진 몸뚱이는 차마 보기가 비극적이었습니다. 분대원 모두가 외면하지 않는 이가 없었습니다. 터진 가슴에서 피가 콸콸 솟구치는 모습은 아직도 산사람처럼 보이게 했지만 그러나 그는 그렇게 가버렸던 것이었습니다. 그런데 말입니다. 흑흑."

그는 여기까지 말하고 갑자기 두 손으로 얼굴을 가리며 흐느꼈다. 더 이상의 기억을 끄집어내기 싫어하는 것 같았다. 그의 그런 행동은 안동을 지날 때까지 계속 되었고 그가 다시 고개를 든 것은 의성역에 잠시 머물 때였다.

"그때였습니다. 어디선가 휘파람 소리와 함께 일제히 이쪽을 향해 총탄이 쏟아졌는데 총소리가 난 곳을 향해 우리는 저돌적으로 난사했고 vc들이 고꾸라지는 비명 소리를 여러 번 들을 수 있었습니다. 그리고 잠잠해졌을 때 우리는 박 상병이 부상당했다는 것을 알았습니다. 우리는 급히 헬리콥터를 불렀고 헬리콥터가 올 때까지 주변의 경계를 늦추지 않았습니다. 동료의 부상을 본 우리는 정상이 아니었고 조금이라도 움직이는 것이 보인다면 그대로 갈겨버릴 만큼 격앙되어 있었습니다. 그때 총격이 끝난 저 멀리서 낯선 여인이 나타났습니다. 우리는 그 여자를 향해서도 총탄을 때렸습니다. 여자는 비명 한 마디 못하고 그 자리에서 나자빠졌습니다. 그러자 저 멀리서 또다시 사람이 나타났는데 한 눈에 보아도 아이들이라는 것을 알았지만 우리는 그 아이들을 향해서도 쏘아버렸습니다. 우리가 박 상병을 헬리콥터로 실어 보내고 귀대를 서두르자 그때 한 떼의 마을 사람들이 나타났습니다. 그들의 숫자가 많았기 때문에 우리는 차마 사격을 할 수가 없었는데 이유는 간단했습니다. 앞의 사내는 베트콩들과는 아무런 상관이 없고 우리의 총탄에 쓰러진 여인과 아이들은 그 남자의 가족이라는 것이었습니다. 이를 항의하기 위해 떼를 지어 나타난 것이었습니다. 순간 우리들은 우리가 동료의 부상을 통해서 너무 흥분해 있었다는 것을 알았고 상당히 난처해지지 않을 수 없었습니다. 분대장님은 노련하게 마을을 빠져나가려고 했지만 그들은 틈을 주지 않았고 우리는 그들에 밀려 한쪽이 절벽인 마을 끝까지 오지 않으면 안되었습니다. 피할 곳이 없는 막다른 곳이었습니다. 할 수 없이 돌아설 수밖에 없었던 우리는 성난 마을 사람들을 의식하지 않을 수 없었고 우리들은 그들의 위협에 가진 총에 힘을 주었는데 여차하면 휘갈길 듯이 그들을 노려보았습니다.

우리 분대원과 그들 사이에는 팽팽한 긴장감이 흘렀고 우리는 그들에게 비켜 줄 것을 요구하였습니다. 그러나 그들은 vc와는 관련이 없는 민간인이며 그것도 일가족이 몰사한 것에 대한 분노로 결코 용서치 않을 것이라는 의지를 내비쳤습니다. 순간적으로 우리는 총을 겨누었지만 그들은 무섭지 않다는 듯 우리를 비잉 둘러쌓았습니다. 게 중에는 어린 아이와 할머니 심지어 임부도 있었습니다. 그들은 우리의 사과와 보상을 해주지 않는 한 길을 비켜 줄 것 같지 않았습니다. 그들의 솟는 분노를 보자 자못 두렵기조차 하였습니다. 그들은 족히 30여 명은 되어 보였고 시간이 지나자 어디에 숨어 있었는지 갈수록 점점 더 모여드는 것이었습니다. 우리는 그들을 보며 다시 한번 총을 잡은 손에 힘이 가지 않을 수 없었는데 그들의 위협적인 태도 때문이었습니다. '왜 죄없는 사람을 죽였느냐 우리는 vc가 아니다. 우리는 정부에 협조하는 사람들이다' 이런 표정이었습니다. 정말 팽팽한 긴장의 순간이었습니다. 우리는 당신들도 보았듯이 우리 동료가 부상당한 상황을 설명하고 그렇게 밖에 할 수 없음을 설명했지만 마을 사람들은 죽은 사람만을 이야기할 뿐 좀처럼 길을 터주지 않았습니다. 앞의 남자는 왜 밀림 쪽으로 달려간 걸까? 그가 움직이지만 않았더라도 그렇게 우리의 총격의 대상이 되지는 않았을 것입니다. 그가 사살되자 예상대로 우리는 vc들의 공격을 받았고 적의 갑작스러운 공격으로 우리 동료가 부상당한 것이었습니다. 우리는 그 vc로 보이는 첩자를 사살한 것 뿐이었습니다. 그러나 그들은 그것을 인정하려 들지 않았습니다. 그들 마을이 쑥대밭이 된 것과 그들 사람들이 죽은 것에 대해 용서할 수 없다는 표정이었습니다.
 더구나 그들과의 사이가 너무도 팽팽하였기 때문에 우리는 어느 순간 그들에게 길을 내라며 총부리를 겨누었고 그래도 비켜주지 않는 그들을 향해 누가 먼저인지도 모르게 총을 난사하기 시작하였습니다. 그리고 순간 벌어진 사이로 우리는 급히 빠져나갔습니다. 이후 그 사건은 아무도 모른 채로 그냥 흘러가는 것 같았습니다. 워낙 깊은 골짜기인데다 기자가 들어와 취재할 수도 있는 곳도 아니었기에 그대로 묻혀가누나 생각했습니다. 그런데 일주일쯤 지나 어느 날 지역신문에 그 사건이 올라왔고 그것은 vc들의 소행인 것 같다는 지역군의 발표가 있었습니다. 마을의 vc들이 들어와 만행을 부린 것 같다는 것이었습니다. 그런데 말입니다. 그런데 말입니다. 그와 함께 신문에 올려진 드러난 사진 속의 한 소녀를 보는 순간 우리는 깜짝 놀라지 않을 수 없었습니다. 앞서 말은 하지 않았지만 그 소녀는 바로 우리가 마을 곳곳을 수색할 때 우리가 세 번째 집에서 만난 아파 누워있던 소녀였습니다. 여기가 아우깡이 맞냐고 마을 이름을 물었을 때 맞다고 소녀가 누워 고개를 끄덕여주던 소녀였습니다. 단지 마을 이름만을 물었을 뿐인데. 그 아이는 우리에게 마을 이름을 알려주었다는 이유로 vc들의 인민 재판에 부쳐졌고 놀랍게도 불태워졌던 것이었습니다. 그 소녀가 알아야 얼마나 알았겠습니까? 그 소녀에게 무슨 이념이나 의식이 있었겠습니까? 그러나 단지 우리를 도왔다는 이유로 vc들은 소녀를 불태우고 있었던 것이었습니다. 세상에, 세상에.

그것을 보는 순간 우리의 눈에서는 모두 살기가 돌았습니다. 말이사 살기지, 그깟 이념이 무어길래 소녀가 이토록 고통을 당하며 죽어야 했던가에 대한 분노였습니다."

그는 말해놓고는 한참 동안 말없이 울었다. 그것은 영천을 지날 때까지 계속되었다. 한동안 앞의 잠을 자던 사내의 얼굴을 말끄러미 바라보던 그는 자신의 확신이 틀림없다는 듯 또다시 말하기 시작했다.

"그리고 반 달쯤 지난 무렵, 우리가 관할하는 또다른 마을에 vc들이 잠입했다는 첩보를 얻어 다시 인근 마을을 수색하게 되었는데 우리는 일부러 우리가 소탕 작전을 벌였던 그 마을을 들러 가기로 하였습니다. 궁금했던 것입니다. 그런데 놀랍게도 그 마을에 아직 그 불에 태워진 소녀가 그대로 놓여 있는 것이 아니겠습니까? 누구 하나 vc들의 보복이 두려워 치우지 않은 채 그냥 두고 있었던 것이었습니다. 우리는 곧 소녀를 양지바른 곳에 묻어주고 수색을 계속하였습니다. 우리들의 분노는 소녀의 처참한 모습을 보자 차오르는 분노를 금할 수 없었고 죽기 아니면 살기라는 생각마저 들었습니다. 사람이 분노하면 앞이 보이지 않는다는 것을 그때 처음 알았습니다.

우리들이 심어놓은 정보통에 의할 것 같으면 vc들은 지난번 소탕이 된 이후로 나타나지 않고 있다는 것이었는데 그날은 어찌된 셈인지 vc들로 보이는 첩자들이 마을로 들어왔다는 것이었습니다. vc라고 하지만 사실 이들 마을 사람들에게는 구분이 없었습니다. 같은 집안 사람들도 누가 vc이고 누가 공화국 사람인지 알지 못했습니다. 때에 따라서 이랬다 저랬다 순박하다고 밖에 할 수 없는 사람들, 전쟁이 아니었다면 밭농사나 지으면서 세월을 보냈을 사람들이 전쟁으로 인해 이쪽 저쪽 눈치를 보게 되는 것이 안타깝기도 했지만 어쨌거나 우리는 vc들을 소탕해서 vc들이 장악하고 있는 지역을 해방시키는 것이 목표였습니다.

우리가 소탕 나온다는 비밀이 이미 새어나간 건지 우리가 도착했을 때에는 마을에 사람들이라고는 보이지 않았고 뜨거운 햇볕만이 내리고 있었습니다. 예상대로 하나씩 집을 수색해 나가자 사람들은 없었고 정적만이 가득했습니다. 부스럭거리는 소리라도 들리면 그곳을 향해 난사할 정도로 긴장이 돌았고 그런 수색 활동은 거의 집이 끝나는 무렵까지 계속되었습니다. 그때 가장 끝 집에서 우리는 알 수 없는 소리를 들었고 다음 순간 공기놀이를 하며 놀고 있는 소녀를 보았습니다. 소녀는 누워있는 할머니 옆에서 이야기를 들려주기도 하였는데 그것은 무어라 그럴까, 우리들이 이제까지 감추어놓고 꺼내지 못하고 있었던 아련한 그리움 같은 것이었습니다. 우리들은 순간이나마 어린 시절 고향에서 공기놀이 했던 때를 떠올렸고 손녀와 할머니에 대한 아련한 향수를 느꼈습니다. 서로 눈웃음을 지으며 손까지 흔들고 우리가 바깥으로 나왔을 때 눈 부신 태양은 우리의 눈을 시리게 했지만 모처럼만에 맛본 깊은 향수에 약간의 긴장을 놓은 순간 우리는 아까 우리가 지나왔던 끝 집에서 나는 요란한 깡통 소리를 들었습니다. 이미 내통되어진 소녀와 할머니는 우리들이 오자 우리가 왔다는 신호를 vc들에게 알리기 위해 깡통을 흔들었던 것이었습니다. 그 소리를 듣자 어디선가 날아오는 총소리와 함께 우리들 제일 뒤에서 경계를 하던 이 병장과 김 상병이 비명을 지르며 고꾸라지는 것을 보았습니다. 우리는 본대에 지원 사격을 요청했습니다. 그리고 총탄이 날아온 곳을 행해 우리의 전 화력을 쏟아부었습니다. 어찌된 셈인지 전투는 시간이 지나지 않아 끝났고 우리는 이 병장과 김 상병의 죽음이라는 비참한 전과를 맛보아야 했습니다. 우리의 눈에는 아무것도 보이지 않았습니다. 당장 그 집을 찾아 할머니와 소녀를 끌어내어 사살하고 싶을 정도로 우리의 감정은 더욱 격앙되어 있었습니다. 우리는 소녀와 할머니를 이용한 적의 작전에 꼼짝없이 말려든 것이었습니다. 우리는 그 할머니와 소녀를 그냥 둘 수가 없었습니다. 그러나 우리가 다시 그 집을 찾아갔을 때 그 구김살이 거미줄을 이룬 할머니는 곧 숨이 넘어갔고 그 할머니를 부둥켜 안고 울고 있는 소녀를 우리는 우왁스럽게 공터로 끌어내어 총부리를 겨누었습니다. 베트남의 여름, 뜨거운 태양이 작열하고 있었고 가만 서 있으면 쓰러질 것 같은 열기에 우리들은 미쳐 있었습니다. 분대장인 선임하사의 명령은 즉결처분이었고 우리는 처음엔 악에 받혀 누구라도 그 소녀를 사살할 것처럼 그랬지만 막상 그것이 자기 일이 되자 아무도 선뜻 나서지 못했습니다. 점점 우리들은 서로의 눈을 피하기 시작했고 소녀는 뜨거운 태양 빛을 받으며 울고 있었습니다. 소녀는 그녀가 한 짓이 무엇인지도 몰랐을 것입니다. 그냥 vc들이 시키니까 또는 아저씨들이 시키니까 그런대로 행동했을 뿐일 것입니다. 그 아이가 무엇을 알았겠습니까? 그러나 그 소녀로 인해 우리의 대원 2명을 잃은 우리들은 다시 생각해보아도 소녀를 그냥 둘수가 없었습니다. 우리의 인형 뽑기 같은 시선들은 점점 좁혀들었고 드디어 그 낙점이 내가 되었을 때 저는 그 자리에서 울어버리고 말았습니다. 동료들의 압박과 격려 속에서 더 이상 미룰 수가 없었을 때 저는 차라리 제 다리에 총을 쏘았습니다. 흘러내리는 피, 동료들의 당황해 하는 표정들, 그리고 헬리콥터를 부르는 소리, 그리고 내가 헬리콥터에 옮겨타기 전 보았던 선임하사의 소녀에 대한 사살, 아아, 아아, 나는 더 이상 말할 수가 없습니다. 더이상 말할 수가 없습니다.

본대로 돌아온 저는 의가사 제대를 했고 그 후 동료들의 소식을 간간 들었습니다만 동료들은 죽은 이병장과 김 상병를 제외하고는 월남전에서 돌아와서는 잘 살고 있다는 소식을 들었습니다. 다만 선임하사님에 대한 소식은 여지껏 한번도 듣지 못했습니다. 더러 동료들을 통해 소식을 접하려고 했지만 동료들도 한결같이 선임하사님에 대해서는 아는 바가 전혀 없다고 하였습니다.

제대 후 저는 양평군 서종면에서 닭을 기르고 있습니다. 다리 하나가 불편하여 큰 일을 벌일 순 없었지만 다행히 먹고 살 수는 있었습니다. 제 다리에 제가 총상을 입혔으니 누구한테나 하소연할 데가 없었습니다."

그는 병신인 자신의 발 하나를 바라보면서 그때 자기가 소녀를 죽이지 않았다는 것에 안도를 하는 것 같았다. 그때 그냥 소녀를 무시하고 가도 되었을 텐데 왜 소녀를 그대로 둘 수 없다고 생각을 한 것인지 몰랐다고 했다. 지난 번 우리가 마을 이름을 물었던 소녀가 불태워진 모습을 보면서 보복심리라도 작용했던 것인지도 몰랐다. 우리는 그 소녀를 죽여야 했고 그렇게 함으로써 전의 소녀에 대한 원혼을 풀어주는 것이라고 생각했는지도 모른다. 그러다가 그는 갑자기 생각났다는 듯 앞의 사내를 향해 대들 듯이 말했다.

"당신은 틀림없습니다. 당신은 선임하사님임에 틀림없습니다. 다른 사람은 속일 수 있을지 모르지만 저는 속일 수 없습니다. 그때 선임하사님은 저를 대신해 그 소녀를 향해 총을 쏘았고 저는 그 광경을 헬리콥터로 이송당하면서 보았습니다. 당신은 울고 있었고 그리고 당신은 정신이상이 되었습니다. 자신이 어린 소녀를 죽였다는 죄책감으로 더 이상의 군 생활을 하지 못했다는 소식을 들었습니다. 당신은 아직도 그 고통속에서 벗어나지 못하고 있습니다. 그러나 잊으십시오. 그것은 시대가 낳은 불운일 뿐 당신은 아무런 죄가 없습니다. 괴로워할 필요도, 그것이 자신의 책임이라고 생각할 필요도 없습니다. 당신은 군인으로서 의무를 다한 것일 뿐 저 같은 무지랭이 같은 부하 대신 짊어진 시대의 충복일 뿐이었습니다. 잊으십시오. 어서, 그 죄의식 속에서 빠져 나오십시오. 당신은 죄의식을 느낄 어떤 이유도 없습니다."

그러자 앞에 앉았던 사내가 안경을 벗더니 갑자기 눈물을 흘리기 시작했다. 점점 그 눈물은 펑펑 쏟아지는 울음으로 변해갔다. 어떤 것으로 두드려도 흔들리지 않을 것 같은 앞의 사내는 이내 가슴을 치며 우는 것이었다. 그 사내는 자는 체 하고 있었지만 여지껏 내 옆의 사내가 하는 소리를 다 듣고 있었고 쏟아내려고 했던 눈물을 억지로 참으며 있다가 결국은 참지 못하고 있다가 쏟아낸 것이었다. 그 울음소리는 모두의 심금을 울리는 애절함이 있었기 때문에 잠을 자던 사람들도 웬일인가 싶어 우리 쪽을 쳐다보고 있었다. 중앙선 열차는 소란스러웠지만 그 울음소리가 너무 마음을 울렸기 때문에 주위의 사람들은 자주 우리 쪽을 향해 힐끔거렸다.

"잊으십시오, 선임하사님은 죄가 없습니다."

그는 울고 있는 사내의 두 손을 마주 잡았다. 처음부터 두 사람의 모습을 지켜 보고 있던 나는 월남전의 비극이란 생각에 가슴이 아팠다. 지나도 근 30여 년이 지난 일을 가지고 아직도 고통 속에 지내는 사람이 있구나 싶었다.

"반갑네. 김 일병, 나 이선우 선임하사야, 자네를 모른 척한 것 용서하게나."

눈물을 그친 짙은 안경의 사내는 구레나룻의 사내의 두 손을 잡으면서 간신히 말하는 것 같은 목소리로 말하였다. 그러면서 두 사람은 다른 사람들 시선을 의식지 않고 다시 손을 잡고 울었다. 중앙선 기차는 경주에서 정지하고 있었다. 일단의 사람들이 오르고 내릴 때까지도 그들은 두 손을 놓지 않고 있었다. 그러다가 열차가 출발하자 이야기를 풀기 시작했다.

"나는 미쳤다네, 나는 미쳤어. 그 어린 소녀가 무얼 안다고, vc들이 시키는 대로 했을 터인데 우리가 월남 소녀에게 마을 이름을 물은 것처럼 그 소녀도 vc들이 시키는 대로 했을 뿐인데 어쩌면 그렇게 해야 살 수 있다고 생각했던 것인지도 모르는데 말이야. 여하튼 나는 그 소녀를 죽였고 그 죄책감으로 인해 아직도 세상을 나서지 못하고 이렇게 짙은 색안경을 쓴 채 세상과 단절한 채 지내고 있다네."

"그런데 선임하사님, 그 동안 어디에 계셨습니까? 아무리 찾으려고 해도 찾을 수가 없었습니다."

그러나 이제껏보다 나를 더 경악하게 했던 것은 바로 그 선임하사가 들려주었던 이야기였다. 그것은 지금껏 사내가 들려주었던 못지않은 가슴 아픈 이야기였기 때문이었다.

"그런 일이 있고 나서 나는 더 이상 군에 있을 정신이 아니었다네. 밤마다 소녀의 울멍한 눈이 생각나서 몸부림치고 잘못했다고 자책하고 용서를 빌고, 그러나 그런 것이 자책하고 몸부림친다고 해결이 될 수 있었겠나? 보는 것마다, 듣는 것마다, 밥 먹을 때마다 아이가 생각나서 미쳐버릴 지경이었다네. 내 자신 아무 데나 대고 총질을 해댈 것 같아서 일찍 조기 제대했다네. 그래도 군대에 있을 땐 죽기 아니면 살기로 죽지 않기 위한 생각에 몰두할 수 있었지만 사회에 나와서는 그것이 아니잖는가? 쉴 때마다 일할 때마다 생각이란 것이 끝이 없어서 나는 그때마다 죄책감에 시달렸다네. 무엇 그까짓 전쟁터에서 일어난 일을 가지고 괴로워하는가? 시간이 지나면 잊혀지는 일인데 하고 쉽게 말들 하지만 아니라네, 나는 아직도 그 소녀가 내 총에 맞고 비명에 쓰러져가는 모습을 보며 내가 총 맞은 것처럼 괴로워하지 않으면 안되었다네. 결국에 나는 술에 의지를 하게 되었고 술에 절어 있는 동안은 모든 것을 잊을 수 있었다네. 내가 정신을 차릴 수 있었던 것은 지금의 아내 덕분이었다네. 지금 마산 결핵원에 아내가 있네. 실은 어제 원장으로부터 이번 주를 넘기기 어렵다는 연락을 받았네."

사내는 그렇게 말해놓고 모든 것이 자신의 탓인 양 흐느꼈다. 그러면서 그는 자신이 언제나 이렇게 재수 없는 사내라는 것을 말하였다. 그는 자신이 수색분대장으로 분대원들을 그런 곳으로 이끌었다는 것을 자책했고 분대원들을 부상시키고 2명을 잃은 것을 자책했고 또 두 명의 소녀를 그렇게 보낸 것을 자책했다. 그때 자기가 좀 운이 있고 재수가 있는 사내였더라면 그런 일은 결코 자기 분대 내에서는 일어나지 않았을 터인데 재수없는 자신을 만나 그렇게 되었다며 자책했다. 그는 제대를 한 후 한동안 전쟁 후유증으로 시달리다가 지금의 아내를 만났고 아내는 그를 대신해 생활전선에 뛰어들며 집안을 일구었다고 했다. 그런데 그 아내가 지금 죽어가고 있다는 것이었다. 그것도 일제시대 때나 있을 법한 결핵으로 말이다. 그는 말을 마치자 한참 흐느꼈다. 자신의 치부를 드러내고 싶지 않았는데 밝혀졌다는 것에 대한 심한 자괴감과 잊었던 그 옛날의 기억들이 새삼 떠올라 자신이 한없이 위축해가는 듯한 느낌을 받은 것 같았다. 그의 흐느낌은 너무 애처로워 그 주변의 사람들의 심금을 바늘로 콕콕 찍는 듯한 고통마저 느끼게 했다. 그 흐느낌은 한 정거장에서 다른 한 정거장으로 이어갈 때까지도 계속되었다. 그를 바라보는 내 옆의 김 일병이라는 사람은 더욱 난감해하고 있었다.

그러나 나는 그들을 바라보면서 무언가 이상하다는 느낌이 들었다. 그것은 우리가 생각하는 월남전의 상식과는 많이 달라 있었기 때문이었다. 이것이 사실일까? 이런 내용의 이야기는 언론에 드러나지도 않았고 또 우리가 알고 있는 월남전의 내용과도 많이 다른 것이었다. 사람을 태워죽이다니, 그것도 어린 소녀를, 또 그에 대한 반대급부로 어린 소녀를 사살하다니, 아무리 인간성이 무시된 전장터라도 내가 이해하기에는 좀 무리인 것이었다.

더우기 그런 일들이 월남전에서 있었다는 이야기를 듣지 못했을 뿐만 아니라 언론에서도 드러난 적이 없었다. 불편한 진실을 가리고 싶어하는 우리 정부의 억제 탓이라고 백번 양보하더라도 외국 언론에조차 그런 기사가 뜨지 않았다는 것은 더욱 이상한 것이었기 때문이었다. 하긴 깊은 산골에 밝게 드러나서는 되지 않을 아주 어두운 사건이었기 때문이었는지도 모른다. 그러나 그렇다치더라도 소문은 나기 마련인데 수십 년이 지나도 그런 일이 있는지는 드러나지 않고 있으니 월남전 사내들의 이야기에 나는 실감을 느끼지 못하고 있었다. 그러나 나의 이런 환상은 부산 가까운 월내라는 곳을 지났을 때 완전 어긋나고 말았다.

"바로 저 바다입니다. 저 바다, 그 큰 군함을 타고 중학생들의 환송을 받으며 떠난 배가 하루쯤 지나 남중국해를 접어들자 일시에 떠오르는 외로움에 나는 나도 모르게 울음을 펑펑 쏟았습니다. 더군다나 내가 이 전쟁에서 살아 돌아올 수 없을지도 모른다는 생각마저 들자 나는 스스로 월남전을 자원했다는 것을 후회하기 시작하였습니다. 드디어 여러 날 걸려 월남 땅에 도착했을 때, 내가 문득 느낀 것은 이 땅이 고향 같다는 느낌이었습니다. 내가 언제부터인지 자랐던 나자레 마을은 늘 바다가 보였고 눈 뜨면 파도소리가 들렸습니다. 그곳에서 아버지라고 부르는 신부님과 수녀님 밑에서 자랐습니다. 그러다가 문득 돈을 버는 것만이 내가 할 수 있는 일이다. 어디를 가도 그 생각이 떠나지 않았습니다. 어쩌면 월남전마저 자원했던 것은 바로 그런 생각 때문이었는지 모르겠습니다. 그 바다, 저 바다를 보십시오. 저는 실로 1년 만에 바다를 보게 됩니다. 제가 지금 부산으로 내려가고 있는 이유도 따지고 보면 바다가 그 이유인지도 모르겠습니다. 아, 바다, 선임하사님은 생각나지 않으십니까? 그때 학생들의 환송을 받으며 부산항을 떠나던 때가 생각나지 않습니까?"

사내는 열심히 떠들었고 바다를 새삼 본다는 듯이 흥분해 있었다. 이런 완행열차를 타는 사람들은 많이 없었다. 사람들은 지루한 중앙선 열차를 타지 않았고 기차 안은 많은 부분이 비어 있었다. 그렇게 떠들어도 그렇게 남에게 피해를 줄 상황은 아니었다. 사내는 거듭 바다에 감격하면서 이제껏 앞에 있는 사내에 대한 관심에서 벗어나 그때 처음 월남으로 떠났을 무렵 그 부산의 앞바다를 생각하는 것 같았다. 나 역시 그때 이들을 환송하기 위해 부산의 제2 부두까지 가서 환송하던 때를 생각하였다. 그것이 중학교 2학년 때 일이었다.

사내는 바다를 보자 그리고 멀리서 오륙도마저 보이자 사뭇 떠오르는 아련한 그 옛날 일을 잊지 못하는 것인지 더욱 흥분되어서 떠들었다.

"저기 저 섬, 그때는 저것이 무엇인지 몰랐지만 지금 저 섬이 오륙도라는 것을 알게 되었습니다. 저는 병이 깊어 올해를 넘길 수 없다는 진단을 받았습니다. 그래서 부산이 그립습니다. 옛날 일을 기억하러 부산으로 내려가는 길입니다. 내려가서는 그때 그 부두도 가보고 정말 오랜만에 내 고향인 나자레 마을도 가 볼 생각입니다. 그렇지만 이미 제 몸은 이렇게 말하는 것 말고는 몸과 마음이 제대로 되는 것이 없습니다. 그때 그 자해했던 총상이 이즈음 이 나이 들어 더욱 나를 괴롭힙니다."

그때 앞에 앉았던 색안경의 사내가 갑자기 화장실에라도 가려는 듯 일어 났다. 그렇지만 달리는 기차 때문인지 몸을 제대로 가누지 못하고 다시 앉 았다. 그때 옆에 앉았던 소녀가 일어나 늙수구레한 사내를 잡으며,

"화장실에 가려구?"

하고 말했다.

"응."

소녀는 그 말 같은 사내를 부축하며 화장실을 향해 걸어갔다. 그게 좀 이 상했다. 정상적인 사내의 걸음걸이가 아니었다. 그는 방향 감각을 잡지 못 하고 매우 불안하게 비틀거렸다. 차가 덜컹거릴 때마다 이쪽 저쪽으로 휘둘 렸다. 마치 앞이 보이지 않는 사람처럼. 나는 그를 유심히 바라보았다. 그는 문이 어디 있는지조차도 몰랐고 일일이 소녀의 안내를 받아 행동했다.

나는 그가 다시 자리에 앉을 때까지 유심히 그를 관찰했다. 그때 동백섬 과 해운대 해수욕장이 보였다.

"야, 해운대야, 해운대."

예의 그 사내가 떠들자 선글라스를 낀 사내는,

"어디, 어디?"

했다. 그러면서 손으로 공중을 휘저었다. 그 모습이 이상하게 와닿았다.

"어디 불편하십니까?"

내가 물었다.

"아니요, 내가 좀 앞이 어두워서."

나는 그 말을 듣자 소스라쳤다. 그의 말인즉은 월남전 파병 후 돌아와서 그는 베트남 소녀를 죽였다는 죄책감으로 생활을 제대로 할 수 없었다고 했다.

"눕거나 말할 때마다 두 소녀의 영상이 눈에서 아른거리고 두 동료가 떠올랐습니다. 특히 제가 미쳐서 사살한 소녀가 죽어가면서 나를 바라보던 그 눈동자를 나는 잊을 수 없습니다. 때때로 그 눈동자가 살아나서 나를 바라보며 '살려주세요' 하고 외치는 그 이지러진 얼굴, 아아."

그는 말해놓고 두 손을 머리에 대고 쥐어뜯었다. 이런 일이 한두 번이 아닌 듯 유독 그의 옆머리가 숱이 많이 빠져있었다.

"그렇게 그렇게 속을 끓이며 고통 속에 지냈는데 어느 순간부터는 앞이 보이지 않게 되는 것이었습니다. 몇 군데 병원에 다녀 보았지만 한결같이 알 수 없다고 말할 뿐 기능적으로는 눈이 보이지 않을 수 있는 어느 의학적 원인에도 제가 포함되어 있지 않다고 하더군요. 정신적 충격이나 스트레스로 인한 실명일 수 있다고 해요. 무서운 것은 이런 원인으로 실명하는 것은 눈을 찾을 확률이 희박다는 것이었습니다. 그때부터 앞이 보이지 않던 것이 지금까지 보이지 않고 있습니다. 아주 어두운 시간을 보내고 있습니다."

그는 내가 짐작한 대로 정상적이지 않았다. 그 옆에 앉은 소녀는 나이로 보아 막내딸쯤으로 보였다. 눈망울이 초롱초롱한 것이 그녀의 눈 속에 가득 바다가 담겨있는 것처럼 느껴졌다. 그의 말을 가만히 듣고 있던 내 옆의 사내는 그가 모셨던 선임하사의 불행에 눈물을 흘렸다.

어느새 차는 종착역인 부전역에 도착하였고 그들은 플랫폼에서 오랫동안 부둥켜 안고 서 있었다. 나는 그들을 한동안 바라보다가 이내 어두워지는 플랫홈을 빠르게 빠져나갔다.

여자의 마음

남편과 함께 국립극장에서 베르디의 '리골레토'를 보았다 우리 나라 성악가들이 주축이 된 오페라였지만 간혹 등장인물 중에는 서양 얼굴을 한 여자의 모습도 보였다. 이번이 세번째 였기 때문에 아리아를 비롯 알 만큼 알고 있는 내용의 오페라였다. 남편과 함께 본 것은 처음이었다. 그것도 남편이 내 생일선물로 티켓을 거금 삼십여 만 원을 주고 끊어온 것이었다. 두 시간 넘어 계속된 3막짜리 오페라를 보면서 아리아 중 유명한 것은 조금씩 흥얼거리기도 했다.

　처음 음악을 하는 친구를 따라갔을 때는 뭐 저런 것을 돈을 주고 보나 하는 생각도 했지만 성악가들이 아리아를 열정적으로 부르는 모습을 보면서 차츰 음악에 빠져 들어가게 되었다. 특히 1악장과 3악장에 나오는 아리아는 방송에서 자주 나오는 것이기도 해서 한결 이해하기가 쉬웠다. 그로부터 시작된 음악 사랑이 지금까지 이어져 음악감상이라는 취미를 가지게 했다. 그러나 오늘 남편과 함께 내 마흔다섯 번째 생일선물로 오페라 '리골레토'를 보고 들으면서 나는 큭큭 웃음을 지었다. 3악장 아리아인 '여자의 마음'을 들으면서이다. 내가 소리 없이 계속 큭큭 웃자 남편은 연신 옆 사람들에 신경이 쓰이는지 나를 쳐다보았다. 남편은 오늘 이 여자가 왜 이러는가 싶기도 한 모양이었다. 그러나 나는 상관없이 계속 큭큭거렸다.

> 여자의 마음은 바람에 날리는 깃털 같이
> 말하는 것도 바뀌고 마음도 바뀐다네.
> 항상 사랑스럽고 매력적인 얼굴로
> 눈물을 흘리고 활짝 웃어 남자를 속인다네.
> 여자의 마음은 바람에 날리는 깃털같이
> 말도 바뀌고 마음도 바뀐다네.
> 마음도 바뀌어 아 마음도 바뀌어.

> 그녀에게 자신의 모든 마음을 준 자여,
> 그래도 비밀만은 털어놓지 말아야 한다네.
> 그녀의 마음에서 사랑을 찾아낼 때까진
> 그 누구도 완전한 행복을 느낄 순 없기 때문
> 여자의 마음은 바람에 날리는 깃털같이
> 말도 바뀌고 마음도 바뀐다네.
> 마음도 바뀌어 아 마음도 바뀌어

옛날 책에는 '바람에 날리는 갈대와 같이 항상 변하는 여자의 마음'이라고 번역되어 있다. 이탈리아 원어로는 Ladonna emobile qual piuma al vento(여자란 변하기 쉬운 것 바람에 날리는 깃털 같이)로 '여자의 마음'이아니라 '여자'이고 '갈대'가 아니라 '깃털'이다.

가만 보면 이 노래는 여자를 변덕스러운 것으로 타자화 하고 이에 희생당하는 남성이 불쌍하다고 연민하는 그런 내용이다. 반복적 기법을 통해 홍

겨운 분위기를 한껏 북돋우고 있다. 그러나 내가 관심을 갖고 큭큭 웃었던 것은 처음 Ladonna emobile qual piuma al vento 부분이다. 정말 변덕스러운 것은 여자일까. 그리고 남자는 자신의 행복을 위해 마음을 모두 털어놓지 말아야 하는 것일까? 옛일이 생각났다.

남편이 나랑 사는 것이 너무 불행하다며 내 앞에서 서럽게 울었다. 난감했다. 나와 함께 사는 것이 불행하다니? 남편은 평소엔 술을 하지 않는 사람이었지만 그날은 술에 진탕 취했고 취해서는 시간을 되돌리고 싶다고 울었다. 나는 그 소리를 듣고 한동안 멍했다. 남편은 곧 그 말을 하고 옆에 쓰러져 자버렸다. 남편에게 무슨 일이 있었던 것일까? 아니면 나에게 평소의 불만을 이런 식으로 나타낸 것일까? 나와 함께 사는 것이 그토록 남편에게 불행이었다니? 평소엔 그런 일이 없었던 차라 나는 남편의 말을 듣는 순간 충격을 받았고 한동안 멍하니 쓰러져 자는 남편을 바라보았다. 내가 그렇게 남편을 모질게 대했던 것인가? 내가 남편의 행복을 방해했던 존재였을까? 남편은 나의 어떤 면이 불만이었던 것일까?

남편은 좋은 사람이었다. 남편의 집은 서울 근교 중도시에 있었다. 서울에서 대학을 나와 대기업에 입사하여 십여 년을 아무 탈 없이 다니고 있었다. 승진도 해서 지금은 과장을 달고 있지만 곧 또 승진을 앞두고 있는 사람이었다. 나와는 그가 입사를 하자마자 선을 보아 반년 연애 끝에 그해 가을 결혼을 하였고 아들 딸 하나씩을 두고 있었다.

나는 결혼하기 전까지는 회사를 다니고 있었지만 결혼과 함께 전업주부로 돌아섰다. 남편과 시댁에서 자식을 보기를 원했기 때문이었다. 그 소원대로 나는 아들 딸을 낳았고 그것은 우리의 가정이 행복하다는 것을 의미하는 것이었다. 나는 우리 가정의 행복을 위해 내 노력을 아끼지 않았다. 전업주부는 일을 하지 않는 것만큼 가정을 행복하게 만드는 것은 의무라고 생각했다. 그리고 나는 나름대로 행복하게 가정을 가꾸었다고 생각했다. 그런데 알고 보니 남편은 그런 것이 아닌 것이었다.

남편을 바르게 자리에 누이고서도 나는 남편의 그 충격적인 한마디에 지금껏 내가 생각해왔던 모든 것이 뒤죽박죽이 된 느낌이었다. 남편이 그냥 술 취해 한 소리였을까? 아니면 술 취한 그 속에 진심이 담겨있는 것일까? 나는 잠을 이룰 수가 없었다. 지난날을 곰곰이 더듬어 보았다. 혹 내가 남편에게 싫은 소리를 한 적은 없었는가? 혹 내가 전업주부로 있음으로 해서 경제적으로 도움을 주지 못한 것에 대한 불만이었을까? 아니면 남편에게 피치 못할 사정 이를테면 남편에게 나보다 훨씬 좋은 여자가 나타나 비로소 행복을 찾았는데 가정이라는 굴레 때문에 어쩌지 못해 그렇게라도 하소연했던 것일까?

나는 그날 밤을 별별 생각을 하며 보냈다. 이튿날 남편은 제때 일어났고 아무런 일도 없다는 듯

"여보, 밥, 그리고 오늘 출장 있는데 밤늦을 것 같으니까 기다리지 마. 아이구 머리야, 내가 지난 밤에 술이 좀 과했나?"

하고 말했다. 아이들도 학교 보내기 위해 서둘러 식탁에 앉혔다. 나 역시 아무런 일도 없다는 듯 밥을 차리고 남편을 챙기고 아이들을 챙겼다. 남편은 너무도 떳떳했다. 간밤에 자기가 어떤 짓을 했는지 모르고 아무런 일도 없다는 듯 행동하는 남편이 얄밉기도 했지만 그러나 술 취한 가운데 하던 말이 그냥 하는 소리 같지 않아서 기분을 우울하게 하였다.

남편과 이이들이 나가고 나 혼자 있게 되었을 때까지도 우울한 감정은 벗겨질 줄 몰랐다. 남편이 술 취해 한 말 그냥 아무런 생각 없이 지나쳐야 하는 것일까? 아니면 쉽게 벗어버려서는 안되는 것일까?

컴퓨터를 켰다. 이런 경우 어떻게 하는 것이 좋을까 비슷한 사례가 있는가 싶어 살펴보았다. 미즈넷에 비슷한 사례가 있었다. 댓글이 달려있었다. '남편에게 휴식시간을 주어라' '남편의 고유영역을 인정해 주어라' '간섭하지 말아라' '남편에게 기회를 주어라' '마음이 떠났으니 이혼해라' '결혼은 풍선 같아서 당신이 행복할수록 남편은 불행해진다' 그런 내용들이 올라 있었지만 나에게 와 닿는 것은 하나도 없었다. 결코 그런 일로 남편이 내 앞에서 울면서 나와 사는 것이 불행하다고 할 것 같지 않았기 때문이었다.

남편은 아침 그의 말대로 밤 늦게 들어왔다. 어제 그런 이야기를 들어서 그런지 남편에게 살갑게 대해지지 않았다. 남편은 아무 말이 없었다. 갑작스런 나의 이런 쌀쌀함에 내게 기분 나쁜 일이 있었나 하는 정도로 생각하고 더 이상 말을 걸지 않고 씻고 일찍 자리에 누웠다. 그가 침실로 들어갔으나 나는 그냥 거실에서 텔레비전을 보다가 그냥 소파에서 잠을 잤다. 이튿날 아침이 되어 나는 밥을 했고 아이들을 깨웠고 그리고 상을 차렸다. 평소처럼 행동했지만 남편에게는 이상하게 평소처럼 대해지지 않았다. 남편은 회사로 아이들은 학교로 가고 또 나 혼자만이 있는 시간이 되었다.

하루가 지나도 남편의 말이 지워지지 않았다. 나와 함께 사는 것이 불행이라니? 또다시 잊었던 옛날 일이 떠올랐다. 남편의 말이 아무렇지도 않다고 생각하면 아무런 것도 아닌 것이었지만 그러나 트라우마가 있었던 나는 쉽게 지울 수가 없었다.

"너는 불행을 몰고 다니는 여자야. 너와 함께 했던 것이 불행이었어."

결별을 선언하고 떠났던 옛 남자친구가 생각났다. 좋게 헤어졌더라면 몰랐을 터인데 남자 친구가 그런 말을 하며 떠나자 나는 속으로 복잡해졌다. 왜 내가 불행을 가져온다고 생각했던 것일까? 남편의 말 한마디에 내가 쉽게 넘기지 못한 것도 옛 남자 친구와의 트라우마 때문일까?

"너를 만나고부터 모든 일이 되지 않았어. 집안이 몰락하고 나 역시 피폐해지고 앞으로 어떻게 살아가야 할지 모르겠어. 그만 만나는 것이 좋겠어."

무엇이 불행인지 왜 불행인지 따지지 못한 채 그 친구와는 영영 이별이었다.

남편과는 지난 10여 년간 이런 일이 한 번도 없었기 때문에 더 크게 상처를 입었고 상심했다. 지난 10여 년 간의 생활이 남편에게 불행이었다니 이유야 어떻든 간에 나는 내가 불행을 몰고 다니는 여자는 아닌가 끊임없이 자책이 몰려왔다.

물어 보아야 하는 것일까 무엇이 불행한지 왜 불행한지 그냥 남편이 아무 생각없이 해버린 소리일까 그러나 그렇게 보이기엔 너무도 진심이 담겨있었다. 만일 물어보았다가 남편이 이혼하자고 하면 어떻게 해야 하나 이혼이라고는 전혀 생각해본 적이 없어서 남편이 그런 말을 할까 보아 두렵기조차 했다. 이 행복, 이 가정, 이 아이들, 이런 상황이 싫지 않았다. 소중히 가꾸고 싶은 가정이었다.

남편은 그날도 회사에 갔다 왔지만 아무 말이 없었다. 전혀 자신이 한 일이 무엇인지 까맣게 잊은 듯 했다. 평소와는 조금도 다름없는 모습을 보면서 나는 저으기 안심이 되기는 했지만 남편이 불행하다고 한 말이 계속 가슴에 남아 나를 답답하게 하고 있었다. 남편은 다음날도 평소처럼 회사에 나갔다.

이상했다 자꾸만 이런 생각을 하다 보니 정말 여기에서 한치도 벗어나지 않는 것이었다. 나에 대한 자책 그리고 이런 상황을 불러온 남편에 대한 원망이 점점 커졌다. 처음엔 남편에 대한 측은함, 남편이 얼마나 나에 대한 불만이 많았으면 이런 생각을 했을까 하는 남편을 살피지 못한 나의 죄책감에 보다 많은 생각을 했지만 갈수록 그것은 남편에 대한 원망으로 바뀌었고 내가 뭘 그렇게 잘못했나 하는 반발마저 생겼다. 그래 전업주부라는 것 말고 그래 내가 가정에 경제적인 보탬을 주지 못했다는 것 말고 내가 뭘 그리 잘못했다는 말인가 아니 잘 다니고 있는 직장 그만두라고 한 것이 누군데, 전업주부인 대신 알뜰하게 집안 살림을 해주었으면 되는 것 아닌가 당신은 무어가 그리 잘났는가 무어 잘났기에 그리 불행하다고 말하는가 아무리 그래도 그렇지 가장이 아내 앞에서 눈물을 질질 짜고 불행하단 소리를 하는 것이 정신이 제대로 박힌 사람이 할 짓인가 그러다가 여자라도 생긴 것일까 하는 생각으로 비약하게 되었다. 너무나 그런 생각이 나를 괴롭히는 바람에 나는 보복심리로 이 모든 것 벗어버리고 하루쯤 나갔다 오리라 생각했다.

그래 내가 없는 집에서 한번 견디어 봐라. 여지껏 남편과 아이들 때문에 내 행복을 누리지 못했던 나만의 시간을 가져보고 싶었다. 남편에 대한 원망이 생각할수록 풀리지 않았다. 흥 누군 뭐 불행한 줄 모르고 살았나 그까짓 얼마 안되는 월급 벌어다주는 것 가지고 꽤나 고급스럽고 사치스런 생각을 하고 있네. 그래 이혼 요구하면 해 주마. 누군 뭐 살고 싶어 사나 애만 아니었더라면 나도 당신 앞에 실컷 울고 싶다 당신하고 사는 것이 너무너무 불행하다고.

그러나 생각은 그랬지만 한편으로 이 가정이 깨지면 어쩌나 하는 생각으로 불안했다. 가정은 나의 가장 소중한 것이었다. 한편으로 남편에게 진지하게 물어볼까 하는 생각도 들었다 '여보 어저께 당신이 술 먹고 들어와 나하고 사는 것이 불행하다고 말했는데 그것이 너무 진지해서 그냥 넘어갈 수 없었어. 나는 당신과 함께 있어서 행복한데 혹 어떤 부분이 나하고 사는 것이 불행했는지 말해줄 수 없겠어. 무엇이 불행한지 내가 고칠 게 혹 회사가 어려운 것 아니야'

그러다 남편이 덜컥 이혼을 요구하면? 그것은 내가 생각한 가정을 제1로 두고 있는 나의 목표와 반하는 것이었다. 그래서 물어볼 수가 없었다. 그러다 나는 이내 고개를 돌렸다. 이혼이고 뭐고 하나도 준비된 것이 없었지만 '그래 이혼을 원한다면 해주지 그까짓 거 뭐' 하는 생각에까지 이르게 되었다. 그래 나 때문에 불행하다는데 그래 한번 나 없는 세상 견디어봐라.

나는 가방을 들고 웃옷만 갈아입고 밖으로 나왔다. 아이들에게도, 남편에게도 아무런 메시지를 남기지 않았다. 나오니 막상 갈 곳이 없었다. 이래서 주부들은 나와서도 멀리 가지 못하고 하루쯤 떠돌다가 다시 들어가는 것이구나.

먼저 나는 전철을 탔다. 1호선인 것은 알겠는데 어디로 가는 것인지 몰랐다. 끝까지 가버리다가 내리리라 생각했다. 어둠과 사람 말고는 볼 수 없는 지하에 있다가 사방이 탁 트인 곳에 이르자 내 갑갑하고 미움이 가득 찬 마음도 조금은 풀리는 것 같았다. 들판과 하늘이 그렇게 아름다울 수가 없었다. 그러면서도 한편으로는 내 자신이 처량하기도 했다. 처녀 때는 여행도 잘 다니고 스케치북을 들고 다니면서 눈에 들어오는 풍경이 있을 때마다 그림을 그리고 소녀적 감성에 놀라 깔깔 웃기도 잘하고 친구와 맛있는 것도 잘 사 먹고 그랬는데 결혼을 하고 나서는 한번도 그런 적이 없었다. 결혼을 하고 나서 주위의 압박으로 직장을 그만 둔 것도 나와보고 나니 후회가 되었다. 저 넓은 들판, 맑은 하늘, 오랜만에 느끼는 감정이었다.

온양에 내린 것은 11시쯤이었다. 고등학교 때 읽은 박완서朴婉緒 선생님의 소설 중에 온양溫陽을 배경으로 한 소설이 생각나서 였다.[1] 그러나 막상 온양에 내렸지만 갈 곳이 없었다. 온양 시내를 이리저리 거닐다가 얼마 다니지 못하고 이내 다시 온양 역 쪽으로 들어왔다. 역사 주변에 유난히 온천이 밀집해있다는 것을 알았다. 이곳저곳을 돌아보다가 호텔 안에 있는 온천

---

1 박완서의 '겨울 나들이'

으로 들어갔다.

내가 가자 탕에는 여름이어서 그런지 손님 둘이 있을 뿐 아무도 없었다. 두 여자는 나이가 있는 여자들이었다.

"어서 와요. 온천이 처음인가요?"

내가 들어서자 얼굴이 부처님처럼 둥그렇게 생긴 여자가 말을 건네왔다.

"네, 온양은 처음이라서."

"말투를 보니 서울 손님이네그랴."

"네 1호선을 탔어요. 끝까지 가다 보니 여기서 내려주네요."

"젊은 부인이 왜 끝까지 가본 거야 집은 어쩌구?"

"그냥 욕심 좀 내 보았어요. 모든 것 내려놓고 하루쯤 바람 쐴 겸 나왔어요. 나와 보니 참 좋더군요. 바람과 들, 낯선 풍경들, 집에만 있다 보니 이런 것을 느끼지 못했는데."

나는 찔끔했지만 되도록 자연스럽게 말했다.

"우리는 광주廣州에서 왔어. 여기 딸네 집이 있거든. 딸네 집에 왔다가 들른 거야. 얼굴 보니 새댁 같은 데 참 피부가 곱네."

"아, 아니에요. 결혼한 지 10년이 넘었어요. 좋게 봐주셔서 그렇지 곱지 않아요."

"아니야, 새댁 같아. 어쩌면 이렇게 피부가 고울까?"

옆의 풍만한 여인이 또 받아주며 내 팔을 살짝 건드렸다.

순간적으로 나는 남편의 비뚤어진 눈을 생각했다. 남들은 이렇게 곱다는데 남편은 내가 싫은 것인가 언제나 퉁명했다. 여자 셋이 모이니 수다가 끊이지 않았다. 나이 든 여인들이라 못하는 소리가 없었다. 젊은 날 남편에게 속 썩은 일이며 안살겠다고 반년을 따로 살다가 남편이 무릎 꿇고 빌어 다시 돌아왔다는 것 하며 심지어 부부 간의 잠자리 이야기까지 서슴지 않았다. 나는 그냥 묵묵히 들을 뿐이었지만 그냥 듣는 것만으로도 속이 풀리는 것 같았다. 그러나 여전히 남편에 대한 미움은 그치지 않았다.

"남편이 뭐 하는 사람이야?"

뚱뚱한 여자가 호탕하게 물었다. 그는 마치 모든 것을 안다는 듯, 이해한다는 듯 그런 표정을 지었다. 여자가 무얼 알고 있다는 말인가? 넘겨짚는 것은 아닌지 내가 남편과 사이가 틀어져 가출이라도 한 여인쯤으로 생각하는 모양이었다.

"그냥 회사원이에요."

"결혼 10년이 넘었다고 했지. 남편 바람 필 때도 됐네."

풍만한 여자는 또 아무렇지도 않게 말해버렸다. 남자 심리를 다 안다는 듯이. 나는 역시 아무 말도 않았다.

"남편 바람 나는 거 한 순간이야. 집에서 감시를 잘 해야 해. 남자란 들개야, 들개. 길을 잘 들여놓았지만 언제 본성이 폭발할지 모르는……"

그러자 옆에 있는 그만한 나이 또래의 여자가 받았다.

"아이구 언니두 여자도 마찬가지여. 요즘 커피숍에 가봐요. 전부 아줌마들이 자리를 차지하고 하는 얘기들 꼬락서니라고는 전부 남편 욕하거나 어디 남자 애인 만들 클럽 같은 데 없나 소개받을 궁리나 허구, 여자도 잘 길들여야지 남자 바람은 잠 재울 수 있어도 여자 바람은 잡을 수도 없어요. 젊은 여자들 집에 있지 않고 싸돌아다니는 걸 보면 십 중 팔구 바람난 거에요."

나를 힐끔힐끔 쳐다보면서 하는 것이 꼭 나를 두고 하는 말 같았다. 나는 애써 물만 콸콸 소리 내며 틀었다.

"아침밥은 챙겨주고 왔어?"

나를 흘끔흘끔 쳐다보던 여자는 나를 아예 남편의 밥도 챙겨주지 않고 다니는 전형적인 그녀가 생각하는 그 커피숍에 모여 수다 떠는 여자로 생각하고 있는 것 같았다.

나는 대꾸를 안하려다,

"네."

하고 말했다. 아직 남편과 아이들에게 아침밥을 해주지 않은 적은 없었다.

"요즘 젊은 것들은 자기 주장이 너무 강하다니까 남편이 있고 가정이 있는데 기분이 틀리면 거들떠 보지도 않아."

여자는 나를 계속 바람난 여자로만 생각하는 모양이었다. 얼른 헹구고 탕 밖으로 나왔다. 내가 나오자 여자들은 내 흉을 보았는지 자기들끼리 깔깔거리며 웃었다. 이래서도 여자들은 쉽게 밖으로 나가지 못하는구나.

온천 맞은 편에 있는 식당에 가서 점심을 먹었다. 최대한으로 비싼 것을 골랐다. 그동안 내 마음대로 외식 한번 해보지 못했다는 생각을 했다. 누굴 위해서? 그 잘난 남편을 위해서? 내 앞에서 나와 함께 사는 것이 너무너무 불행하다고 우는 남편을 위해서? 이혼을 원하면 오냐 해주마. 내가 싫다는 사람 그까짓 것 잡으면 무얼 하나. 밖에 나오니 집에서 고민하던 일이 쉽게 풀리는 것 같았다. 마음도 갑갑함에서 벗어나는 것 같았다. 그냥 할 일도 없고 해서 다시 역으로 와 서울행 전철을 탔다. 참 집안에만 있다 보니 밖에 나와서도 별 갈 곳이 없었다. 아는 곳도 없었고 나와서 어떻게 해야 할지도 몰랐다. 옆자리에 웬 남자가 앉았다. 들과 산과 하늘이 내 눈에 들어왔다. 늙은 여자들이 했던 말이 하찮게 여겨졌다.

"아름답습니다. 세상에 이렇게 내 마음을 사로잡는 여자가 있다니?"

내 옆에 앉은 남자가 말하는 바람에 나는 화들짝 놀랐다. 혹 내 옆에 다른 누군가가 앉았는가 싶어서 둘러보았다 남자는 내게 말하고 있었다.

"저, 저를 두고 하시는 말씀이십니까?"

"그럼 제 옆에 누구 앉아 있는 사람 있습니까?"

"고맙습니다. 그렇게 보아주시니."

"아닙니다. 진심입니다. 중후하고 누구나 용서할 것 같은 그런 모습이 겉에 드러납니다."

"네? 저는 지금 저 자신의 작은 갈등 때문에 혼란을 겪고 있는데."

"그건 누구나 가지는 것이고 곱고 아름다운 심성을 가지고 있다는 것이 얼굴에 드러납니다."

"고맙습니다. 그렇게 봐주셔서."

나는 거듭 사례했다. 서울까지 가는 동안 그와 이런저런 이야기를 나누었다. 그는 이혼하고 딸 하나와 함께 살고 있다고 했다. 온양에는 어머니가 살고 있어서 일주일에 한 번씩 보러 간다고 했다. 자신을 미술관 직원으로 소개했다.

"아, 작가님이시군요?"

"네, 그림도 하고 그림만으로 먹고 살 수 없으니까 미술관 일을 보아주고 있습니다."

"하고 싶은 일을 하니 퍽으나 좋으시겠어요?"

"나야 좋지만 내가 좋은 만큼 아내는 불행했던 모양입니다. 전혀 꿈에도 생각 않았는데 어느 날 아내가 울면서 저와 사는 것이 너무나 불행하다고 이혼을 요구하더군요. 나는 몰랐는데 아내는 불행했던 모양입니다. 나는 행복하고 아내는 불행하고 꼭 치킨게임 같다는 생각이 들었습니다. 너무도 간절히 이혼을 요구하길래 그렇게 아무 말 없이 이혼을 해주었습니다. 요즘 이혼이 그렇게 크게 흠이 되는 일도 아닌 것 같기도 해서 또 나 때문에 불행하다는 여자 구태여 잡고 싶지 않아서 놓아주었지요."

나는 여자가 먼저 불행하다는 말을 했다는 사실과 그리고 또 남자가 쉽게 아내를 놓아주었다는 말에 놀라워서 그의 얼굴을 다시 한번 쳐다보았다. 한편 그 말을 듣자 나는 흠칫하기도 했다. 혹 내가 행복하다고 생각하는 만큼 남편은 불행했던 것은 아닐까?

"알고 보았더니 남자가 있었더군요. 나도 알 만큼 아는 남자였어요. 결혼 전에 아내에게 무척 관심을 가진 남자였는데 아내 마음이 어느새 그 남자에게로 가 있었더라구요. 결혼 10년 차였는데 애 딸린 여자가 애조차 버리고 그 남자에게로 가버리다니 이게 말이나 되는 일이겠어요. 애를 데리고 가겠다는 것이 아니라 오히려 애를 버리고 가겠다니 하긴 친권과 양육권을 달라고 해도 주지 않을 것이겠지만."

"행복하게 잘 살고 있던가요?"

"그래서 더욱 화가 납니다. 그러나 한편으론 연민의 생각도 듭니다. 나 때문에 불행했던 거 사랑하는 사람 만나 남은 인생 행복하게 살아야지 하는"

"만일 아내가 아니라 남편이 그랬다면 아내는 어떻게 반응했을까요?"

"글쎄요. 저는 나름대로 행복해서 그런 것을 전혀 생각해보지 않았습니다만 그렇지만 내가 아내와 사는 것이 불행하다면 …… 음, 저도 이혼을 요구했겠지요. 그리고 남은 인생 내 나름의 행복을 찾아서 떠났을 것입니다. 그런데 그 경우 내가 아내의 입장이었다면 음 그래도 남편을 놓아주었을 것입니다. 저 싫다는 사람 구태여 잡아두어야 무얼 하겠어요."

남편이 술 취한 채 했던 말은 진심일까. 이튿날 아무렇지도 않게 나가는 모습을 보면 그냥 하는 소리인 것 같기도 하고 그러나 그것이 진심이라면 나는 남편을 어떻게 해야 할까? 남편을 놓아 주어야 하는 것일까? 나는 아무런 준비도 되어있지 않았다. 당장 이혼을 하면 먹고 살 일부터 걱정이다.

당장 남편을 놓아주고 싶어도 남편을 놓고 난 다음은? 내가 준비가 되어 있지 않으니 남편과 이혼하는 것이 두려웠다. 혹 내가 아이를 볼모로 남편을 잡고 있는 것은 아닐까?

"집은 어느 쪽이십니까?"

남자가 그런 이야기를 하고 서로가 말이 없다가 오산鳥山을 지날 무렵 남자가 물어왔다.

"수색水色입니다. 남편 직장이 그 근처라서 일부러 그쪽으로 옮겼습니다."

나는 내가 남편 있는 여자라는 것을 강조하기 위해 애써 남편 직장을 댔다.

"남편과 행복하십니까?"

내가 약간 남편을 의지하자 남자가 노골적으로 물어왔다.

"……"

나는 섣불리 답할 수가 없었다. 행복하다는 것이 나만의 행복이라면 행복하지만 그러나 남편은 오히려 불행하다면 그것이 진정 행복한 것인지 알 수 없었기 때문이었다.

"사람은 누구나 그런 말을 했을 때 섣불리 대답을 못하더군요. 자신이 지금 행복한 것인가 아닌가. 그래서 사람들은 조건을 따지는 것 같아요. 그런데 아내를 놓아주고 나서야 깨달았지요. 행복이란 불행할 때 과감하게 불행하다는 것을 인정하는 것이 행복이라는 것을. 그것을 깨닫고 나서야 저도 행복해질 수가 있었지요. 아내가 미워 복수하는 마음으로 가득찼었지만 지금은 행복합니다. 모든 여건이 불리해도 마음은 행복하거든요."

그의 행복론을 들으면서 나는 지금의 결혼생활이 행복한 것인지 아닌 것인지 생각해보았다. 내가 행복한 것일까 나만 행복하다면 그것이 행복이라

할 수 있는 것일까?

여름 해가 '해지기 한참' 중에 서울에 들어섰다. 그와 나는 영등포역에 내려 커피 한잔을 했다. 그가 내게 명함을 주었다. 불행한 생각이 들거든 만나서 서로의 외로움을 달래자고 했다. 남자는 일어나서 5번 출구를 향해서 걸어갔다. 그가 나간 쪽을 멍하니 바라보며 나는 한동안 축 처진 채로 커피숍에 앉아 있었다. 남자의 명함을 일부러 쓰레기통에 버렸다. 여름은 길었다. 나는 커피숍에 앉아 있는 여러 사람들을 이리저리 둘러보았다. 혹 나를 알아보는 사람은 없는가. 모두가 끼리끼리 모여앉아 웃으며 이야기하고 있었다. 나 같이 고민에 빠져 수심에 젖어있는 여자들은 없었다. 교인이 와서 전도지를 나누어주었다.

'당신의 나이는 얼마나 되었습니까? 인생은 죽음을 향해 쏜살같이 날아가고 있습니다. 당신은 지금 무슨 일을 하고 계십니까? 그 일을 위해 태어났으며 그 일에 당신의 일생을 걸어볼 만합니까?'

뜬금없이 속이 화끈거렸다. 조금 있자 다시 웬 낯선 사람이 다가오며 사주를 보잔다 만원이란다. 거절하다가 하도 권하는 바람에 못이기는 척 생년월일시를 말해주었다. 내 사주에 대해서는 남편과 궁합을 보면서 어느 정도 알고는 있었으나 호기심에 만원을 건넸다. 지금 이 불행이 내 사주에 있는 것일까. 주위에 누가 있는가 싶어 쭈뼛했다.

예상한 대로 내가 알고 있는 것 이상은 아니었다. 복 받은 여자라나, 남편에게 대접을 받고 산다나, 쓰잘 데 없는 것이라고 생각했다. 이렇게 내가 속을 끓이고 있는데 대접을 받는다니?

날이 어둑해져서야 커피숍을 나왔다. 마땅히 갈 곳도 없었다. 이제 막 드는 네온사인 불빛을 받으며 그냥 길 따라 걸었다. 남편이 미우면서도 한편으로는 내가 이게 뭐지 하는 생각이 떠올랐다. 남편이 울며 나와 사는 것이 너무너무 불행하다며 말하기 전과 지금의 나는 엄청나게 달라 있었다. 이게 뭐람, 내가 지금 무얼하는 것일까? 괜히 옷깃을 스치며 걷는 사람들에게까지 짜증이 났다. 생각할수록 남편이 미웠다. 불행하면 됐지 뭐 너무너무 불행하다고? 내가 어떻게 했는데, 눈물이 났다. 벌써 집에 와있을 아이들 생각도 났지만 남편에 대한 미움 때문에 선뜻 집으로 갈 생각이 나지 않았다.

점점 걸을수록 어둠이 짙어지면서 네온사인 불빛도 선정적이 되어갔다. 걷다 보니 어느덧 백화점 있는 데까지 왔다. 모바일 벨 소리가 들려 보았다 아들 녀석이었다. 그냥 모른 척 했다. 오늘 하루 그냥 내 마음대로 하리라. 아들의 전화가 또 왔다. 받지 않았다. 조금 있자 아들에게 연락을 받았음인지 이번엔 남편에게서도 전화가 왔다. 모른 척 했다. 연거푸 걸려왔으나 또 모른 척 했다. 불빛 따라 길 따라 한없이 걸었다. 그 많은 서울 사람들이 저마다 자신들의 길을 걷고 있는 것이 신기하기만 했다. 참 별일도 다 있다 싶었다. 하찮게 보이던 것들이 눈에 들어오게 될 줄이야.

또다시 남편에게서 전화가 왔다. 받지 않았다. 조금 지나자 이번에는 엄마한테서 전화가 왔다.

"지금 어디 있는 거야. 아이들하고 남서방이 없어졌다고 난리인데."

"음, 좀 나왔어 바람 좀 쐴 겸."

"어서 집에 들어가. 애 있는 여자가 무얼 할 게 있다구 쏘다니긴 쏘다녀 가정이나 잘 챙길 것이지."

엄마는 역시 내가 알고 있는 옛날 그 고루한 엄마에서 한치도 벗어나 있지 않았다.

내가 엄마 전화를 받았으니까 엄마는 이제 집 남편에게 전화를 할 것이다. 남편은 내가 무사히 있다는 것을 알면 좀 안심할 것이다.

한강 쪽으로 나왔다. 친구인 은희에게서 전화가 왔다. 먼저 묻는다.

"지금 어디야?"

"한강이 아름다워서 커피숍에서 한강을 바라보고 있어."

"조금 기다려 내가 갈게."

내가 허락하지도 않았는데 은희는 전화를 먼저 끊는다. 설마 찾아올까 싶었는데 은희는 얼마 되지 않아 귀신같이 찾아왔다. 하긴 집이 마포대교 근처였다.

"서울이 넓은 것 같았는데 마포는 매우 가깝구나. 매일 한강을 보니 행복하지. 한강을 보는 것이 이리 행복한 것인 줄 몰랐어."

"매일 보는 한강 그저 그래. 어쩌다가 한번 보는 것이 행복이지 늘 한강을 본다면야 그게 무에 새롭게 느껴지겠니? 그것도 내가 보는 것이 아니라 늘 보여지는 것이라면 공기에 대한 고마움을 느끼지 못하는 것과 다르지 않지."

그래도 한강의 야경은 아름다웠다. 이제껏 느껴보지 못한 한강이었다. 한강이 이렇게 아름답다니? 창문에 은희와 내 얼굴이 비쳤다. 내 얼굴에 주름이 선명하게 그어져 있었다. 어느 순간 남편의 얼굴이 그 창문에 비쳐져 있었다. 성실한 남편에게서 사랑을 받고 있다고 생각했는데 그런 것이 아닌 것이었다. 그래 나 없이 얼마나 행복한지 지내봐라 뭐 나 때문에 너무너무 불행하다고? 눈물이 핑 돌았다.

아마 내가 전화를 받지 않고 일체 카톡도 끊어버리니 남편은 내 친구인 은희한테도 전화를 한 것 같았다 은희는 자기가 남편의 전화를 받고 나온 것이 아니라는 듯 말을 돌리고 또 돌렸지만 말하는 것으로 보아 남편의 전화를 받고 나온 것이 틀림없었다.

"요즘 성석 씨 회사는 잘 다녀?"

"모르겠어. 알고 싶지도 않구. 꼬박꼬박 생활비 갖다 주니 잘 되는가 보다 하고 생각하고 있지."

"성석 씨 참 주변에서 인기 많았지. 그런데 그 측이 너한테 꽂힐 줄 누가 알았겠니? 너는 안그런 것 같으면서도 은근히 남자를 농락하는 재주가 있더라."

"그런 건 없어. 있다면 그냥 무관심한 척 했지."

"그게 바로 네 재주야."

"너 네 집은 어떻구? 들리는 소문으로는 강남 쪽에 또 가게를 하나 오픈했다구 그러더라."

"구멍가게 수준이야. 직원은 많고 가게 세가 이만 저만이 아니야. 석 달이 지났는데 아직 손익분기점을 넘지 못해. 참 장사가 안되어서 큰일이다."

그러다가 은희는 무슨 생각인지 같이 여행 한 번 다녀오지 않겠느냐고 했고 4박 5일 정도로 요즘 한창 뜨고 있는 구채구九寨溝가 어떻겠느냐고 했다. 조건이 있다고 했다. 남편과 같이 가자는 것이었다. 남편의 사주를 받고 나온 것이 분명했다. 흥 그 꼼수에 내가 속아 넘어갈 줄 알고. 그 바람에 남편에 대한 생각이 더 비틀어졌다. 도저히 내 상식으로는 이해가 되지 않았다. 남편이 어떻게 내게 그런 말을 할 수가 있을까.

"내가 싫어. 옆에 남편이 있다는 것은 정말 질색이야. 나가서까지 남편 시중을 들어야 한다니 너와 나 둘이만 간다면 한번 생각해 볼 게."

"그래 그까짓 남편 벗어버리고 우리 두 사람만 다녀오자. 애들도 자기네들끼리 알아서 할 테지. 엄마 없다고 뭐 먹을 거 못먹겠니?"

의외로 은희가 쉽게 대답을 해주었다. 한강의 야경이 갈수록 빛났다. 외국 여행객들도 이 여행코스를 꼭 밟는다고 한다나. 커피 한 잔을 시켜놓고 종일토록 앉아서 한강을 바라보는 것도 행복이라고 여겼다. 한강은 매일같이 보아도 좋을 것 같았다.

"언제 갈 거니?"

은희가 물었다.

"이 가게 문을 닫을 때쯤 가고 싶어. 한강이 너무 아름다워. 이렇게 한강
이 아름답다고 느껴본 적이 없어."

"그러지 말고 우리 한강변을 걷자. 나도 한강변을 걸어본 지 오래되었어."

은희가 끄는 바람에 나는 커피숍을 나섰다. 많은 사람들이 한강을 걷고
있었다. 오전에 집에서 나와 온양까지 갔다가 온천욕을 하고 탕에서 두 여
자의 수다를 듣고 다시 지하철을 타고 서울로 오는 도중에 전철에서 낯선
남자를 만나 이야기를 나누고 그냥 집에 들어가기 싫어 서울 거리를 걷다가
엄마 전화를 받고 친구인 은희의 전화를 받고 한강이 내려다보이는 커피숍
에서 은희를 만나 수다를 떨다가 지금 이 한강변을 걷고 있는 것이었다. 이
런 내 자신에 짜증이 났다. 여자 꼬락서니가 이 정도밖에 되지 않는다는 말
인가.

"나오니 어때? 기분이 풀리지. 나는 수시로 나오는 편이야. 남편이란 인
간이 좀 배려해주면 어때 이건 돈 좀 벌어온다고 완전 왕이야. 애들도 크니
까 내 말을 듣질 않아. 어떤 때 내 꼴이 이게 무언가 싶을 때가 있다니까. 그
냥 결혼 않고 혼자 살며 그림이나 실컷 그렸더라면 하는 생각이 든다니까.
미정이 있지. 그 애 이번에 또 전시회를 연대. 방향을 잘 잡은 거지. 교수 자
리 얻고 사회적 명성 얻고."

사실 나도 그러고 싶었다. 그러나 솔직히 나는 자신이 없었다. 그것이 결
혼으로 이어진 것인지도 모른다.

"그래서 지금 후회하는 거니?"

"그전엔 안그랬는데 지금은 후회 돼. 그까짓 결혼이 뭐라고 남편 속
썩이지. 자식 속 썩이지 이럴려구 결혼을 했을까 싶은 생각이 들 때가 있다

니까."

　은희의 말을 들으니 참 여자 일생 별거 아니구나 하는 생각이 들었다. 은희는 서울에서 같은 초·중·고·대학을 다닌 유일한 친구였다. 여간해선 우리 사이를 갈라놓지 못할 정도로 친했다. 학교 다닐 때 그렇게 똑똑하고 공부 잘하고 리더십 있는 아이가 지금은 평범한 아이들을 키우는 주부로 변해 있었다. 미정이는 미술부였다. 결혼은 않고 그림만 그리더니 석·박사 과정 밟고 지금은 모교 교수가 되어 있다. 이렇게 내 인생이 끝나는 건가. 천안에서 올라올 때 만났던 남자처럼 남편의 입장에서 나를 한번 생각해 보았다. 그렇다면 남편을 놓아주는 것이 옳겠지.

　"무슨 생각을 하고 있는 거니?"

　"응 아냐. 좀 남편 생각을 했어."

　"왜 불행해?"

　"아니 남편이 나 때문에 너무 불행하대."

　"너도 그 소리를 듣니?"

　"왜 너도 그렇니?"

　"그러더라. 나하고 사는 게 뭐 눈물나도록 싫다나. 언젠가 술 먹고 들어와서 그러더라."

　"그래서 어떻게 했니?"

　"어떻게 하긴 어떻게 해. 코가 납작하도록 한바탕 해주었지. 당장 이혼할 것처럼 대드니까 잘못했다고 무릎 꿇고 싹싹 빌더라. 지금은 편해. 이렇게 마음대로 나올 수 있는 것도 바로 그렇게 역전시켜 놓았기 때문이야."

　은희는 리더십이 있었다. 충분히 남편을 휘어잡을 수 있을 만큼 똑똑했다. 남편이 서울대를 나오고 사업을 하고 있었지만 은희 같은 여자를 만나기 정말 쉽지 않을 것이었다. 아이들 잘 키우지 시부모님한테 잘하지 사업

수완 뛰어나지 무어 부족한 것이 없는 아이였다. 우리는 시간이 다 될 때까지 한강변을 걸었다. 자정이 가까워도 한강에는 사람들로 넘쳐났다. 서울이 밤이 없는 도시라는 거 이제야 알겠다. 우리는 자정이 가까워서야 헤어졌다. 은희는 택시를 탔고 나는 지하철 막차를 탔다.

아무 소리 않고 나는 집으로 들어갔다. 남편과 아이들이 자지 않고 나를 기다리고 있었다. 작은 아이는 내게 와서 어디 갔다 왔느냐며 매달렸다. 남편은 무슨 말을 하려다가 내가 차갑게 훔쳐보자 그냥 아무 말이 없었다. 아무런 일이 없었던 것처럼 그렇게 하루가 지나갔다. 이튿날 나는 주부로서 할 수 있는 최소한의 일만 했다. 남편은 나에게서 냉랭한 한기를 느꼈는지 그냥 밥만 먹고 회사로 나갔다. 남편은 내가 왜 이러는지 아직 모르는 것 같았다.

남편도 회사에 가고 아이들도 학교에 가고 또 나 혼자 있게 되자 또다시 남편이 나와 사는 것이 불행하다고 한 말이 머릿속을 뱅뱅 맴돌았다. 아무리 생각해도 남편이 그냥 헛소리를 한 것 같지가 않았다. 그냥 남편을 놓아줄까 내가 아이들을 무기로 남편을 옥죄고 있는 것은 아닐까 아니라면 남편에게 여자가 생긴 것일까 했던 생각을 하고 또 하고 그래도 결론이 나지 않았다. 그런 한편으로 내가 남편이 술을 먹고 한 헛소리에 너무 민감하게 반응하고 있는 것은 아닐까 하는 생각도 났다.

남편과의 지난날도 생각났다. 남편은 회사에서 매너 좋고 인물 좋고 전도가 양양한 청년이었다. 그런 남편이 그 많은 여자들 중 평범할 수밖에 없는 나를 택함으로써 그의 앞날에 지장이 많았던 것은 아닐까? 나는 나름대로 그를 위해 할 수 있는 일을 다해 왔다고 여겨왔는데 그에겐 평범할 수밖에 없는 내가 불만스러웠던 것인지도 모른다고 생각했다. 남들이 다들 사모하는 남편이 나를 택해주었기 때문에 나는 늘 그에게 순종적이었다. 집안과

시가를 위해 또 아이들을 위해 노력을 마다 않았다. 그런데 그게 이런 배신감으로 돌아오다니? 뭐 나하고 사는 것이 너무너무 불행해? 그런 생각을 하며 돌아누워 울어버렸다. 용서할 수 없다는 생각이 또다시 들었다. 순종적으로 살아주었더니 나를 만만하게 보고 있는 거지.

그러나 이런 생각은 곧 아이한테 걸려온 전화 때문에 금새 헝클어지고 말았다. 전화 속에서 다급한 목소리가 들여왔다.

"엄마, 갑자기 온몸이 떨리고 꼼짝을 못하겠어. 빨리 좀 학교에 와 줘."

아이가 갑자기 전화를 하고 왜 그러는지 알지도 못한 채 전화를 끊었다. 속이 철렁거리고 가슴이 먹먹했다. 학교 선생님한테 먼저 전화를 하고 급히 차를 몰아 학교로 갔다. 아이가 양호실에 누워 있었다. 몸이 불덩이 같았다. 차에 싣고 병원으로 달려갔다. 몸살이라고 했다. 내 전화를 받고 남편이 부리나케 와보고는 한소리 했다.

"뭐 했어? 애가 이 지경이 되도록. 어제는 하루종일 나가 돌더니 밤 12시가 지나 돌아오지를 않나 집안 꼴 참 좋다."

남편은 참 편리했다. 자기가 하고 싶은 말은 마음대로 내뱉고 싶으면 남이야 좋든 싫든 상관없이 마음속에 거리낌이 없었다. 지지 않고 대꾸하려다 아이 얼굴을 보자 말이 나오려다가 쑥 들어갔다. 아이가 큰 눈망울을 하고 나를 바라보고 있었다. 남편에 대한 생각보다 아이에 대한 걱정으로 마음이 휘청거려졌다. 오후에 선생님한테 전화가 왔다. 양호 선생님한테도 전화가 왔다. 아이 아픈 것이 어제 하루종일 나가 쓸데없이 감정을 낭비한 내 탓인 것 같아 후회가 막심했다. 설상가상 남편이 밤 늦게 들어 오더니 아프다며 드러 눕는다. 그리곤 이내 끙끙 앓는다. 낮에 병원으로 올 때까지만 해도 멀쩡하던 사람이 갑자기 그러니 내심 불안했다. 아이와 남편이 똑같이 열병으로 드러누운 것이다. 남편에게 상비약을 건네주고 병원에 갔다 오는 것이 어떻겠냐고 물었다. 병원에 갔다 올 기운이 없다고 한다. 나와 같이 사는 것이 너무 불행하다면서 우는 그 밉던 남편은 보이지 않고 그냥 아파 누워 끙끙대며 내게 매달리는 남편의 측은한 모습만이 보였다. 큰일이었다. 이러다가 내일 회사를 못나가면 어떻게 하지. 아니 너무 아프면 하루쯤 연차 내고 쉬라고 했다. 젊었을 때는 남편이 뒤처질까봐 아파도 그냥 나가라고 다그쳤는데 이제 그렇지 않았다. 참 사람 마음 간사하다더니 이렇게 남편과 아이의 아픈 모습을 보자 그동안 미움은 온데 간데 없고 안쓰러운 모습만 눈에 들어왔다. 그렇게 밉던 남편이 오히려 측은해지고 있는 것이었다. 남편에 대한 감정이 너무도 쉽게 한 방에 무너지고 있었다.

독도를 읽는 시간

내가 중국 계통의 물건을 떼다가 한국에 파는 이른바 보따리상을 하다
보니 만나는 사람이 중국 시장에서 장사를 크게 하거나 아니면 종업원을 두
고 개인 사업을 하는 사람들이 많았다. 그러다 보니 그들과 나의 관계는 서
로 값을 더 주고 더 받으려고 하는 거래 이상의 관계는 될 수 없었다.

　그러나 중국 제남濟南에서 작지 않은 가죽 공방을 운영하는 왕소군王笑
君씨는 달랐다. 내가 가죽제품을 수입하기 위하여 그의 가게를 방문했을 때
그는 제남에서 한국인을 만난 것은 처음이라고 하면서 마치 오랜 친구를 만
난 것처럼 매우 반겼다. 그리고 자기 상회에서 만든 지갑과 가방을 아주 저
렴한 값으로(정말 그대로 원값으로) 주어 앞으로 계속 거래를 트자고 하였
다.

　그 후 나는 이 일을 집어치우고 해산물을 떼다가 파는 건어물상으로
바꾸는 바람에 그와는 좀 소원히 지내게 되었는데 그에 대한 기억이 남달
랐던 것은 그가 중국인이었지만 한국어를 유창하게 잘했고(그의 부인이 조
선족이었다고 했다) 특히 중국인이면서도 독도 문제를 주시하고 있었기 때
문에 그를 기억하고 있었다. 그를 다시 만난 것은 내가 울릉도로 물건을 떼

러 가는 울릉도행 선상에서였다. 오징어가 귀하던 때였기 때문에 이렇게 직접 울릉도까지 가서 마른 오징어를 선점하지 않으면 물건을 마련할 수 없었다.

처음에는 긴가민가했다.

"아니, 왕 사장님 아니십니까?"

내가 왕소군 씨와 너무도 흡사한 모습에 주뼛거리며 갑판에 나와 있는 그를 보며 조심히 물었다. 그때 배 안에서는 독도 연수를 온 모 교육청 소속의 선생님들이 열띤 토론을 벌이고 있었다. 배 안의 사람들은 모두 그들의 모습에 몰두하고 있었는데 그는 그곳에 있지 않고 밖에 나와 있었던 것이었다.

"아유, 김 사장님, 오랜만이우. 아니 여기서 보다니 이게 꿈이 아니지우?"

"아, 맞군요. 왕 사장님 맞군요. 한참 동안 긴가민가 했는데, 그런데 아니 이 울릉도엔 웬일이십니까?"

"울릉도 · 독도 여행이지요. 한번쯤 와보아야 하는 곳이 아닌가 싶었습니다."

"그래, 사업은 여전하시우?"

"사업 접었습니다. 나이가 예순이 넘었는데 이제는 그만 쉬고 여행을 하고 싶었습니다."

그러면서 사실 그는 자기가 사업을 놓은 것은 자신의 의지라기보다는 아내의 의지가 더 강했기 때문이라고 했다. 연전에 세상을 떠난 아내가 이제 그만 고생을 하고 인생을 즐기면서 살라고 죽으면서 남긴 말 때문에 사업을 접었다고 하였다. 아내 말대로 이제는 인생을 즐기고 있다고 하였다. 평소에도 여행을 즐겼기 때문에 중국에서도 아니 가본 곳 없어 이제는 그 눈을 한국과 같은 외국으로 돌렸다고 했다. 그동안 한국에도 몇 번 왔다고 하였다. 제주도를 비롯 서울과 판문점 여행 등을 그는 예로 들었다. 이번에는 울릉도·독도 여행을 오게 되었다고 했다.

그의 말이 고마웠다. 그는 내가 중국 무역을 할 때도 우리나라에 대하여 늘 관심을 가지고 그리고 늘 우리 편에 서서 지지를 주었을 뿐만 아니라 불편한 진실에 대해서도 솔직히 이야기를 해주어 나를 부끄럽게 하기도 하였다. 우리는 자연스럽게 옛날에 해왔던 대로 독도에 대한 이야기를 해나갔다.

"참 중국이나 한국이나 영토 문제를 두고는 불편한 점을 가지고 있는 것이 사실입니다. 일본이 화를 돋굴 때마다 스트레스가 쌓여서 그날 일을 제대로 못한 때가 있습니다."

"한국인의 경우는 그 스트레스를 푸는 것이 쉽지 않겠습니다."

"저뿐만이 아니라 한국 국민 전체가 그럴 것입니다. 저번에 독도를 자국의 영토인데 한국이 무단 점령하고 있다는 내용을 교과서에 실었다는 소리를 들었을 때는 전 국민의 분노가 치솟았습니다. 술을 먹는 사람도 있었고 스스로 목숨을 끊으려고 시도했던 사람도 있었습니다. 분해서 말이지요."

"그럼, 그때 어떻게 대처했나요. 나라에선 대응 방법을 생각하고나 있을까요? 아니, 아니, 독도 도발에 대한 심정적 대처방안을 국민들은 알고 있기나 한 것일까요?"

"없습니다. 그저 분개하고 저주하고 일본을 욕하는 것이 다지요."

"독도 문제를 생각할 때마다 스트레스로 작용한다고 해서 자신을 괴롭히거나 또는 아예 무시하고 감정적 안전 지대에만 머물 수는 없습니다. 현실을 부정하고 외면하는 것은 당장 편할지는 모르겠지만 결코 외면해서는 될 문제가 아닙니다. 더욱이 독도 문제는 한일 간 상처받은 민족 감정이 자리 잡고 있어 이성적으로 해결할 자리가 크지 않고 정치적 폭발력도 매우 큽니다. 그렇다고 마냥 미룰 수만은 없는 것이 한일 간 독도 문제라고 생각합니다. 어렵기도 할 수 있겠습니다만 독도 문제를 두고는 조금 한 박자 죽여가는 것이 실효 지배를 하고 있는 입장에서 필요하다고 봅니다."

"며칠간은 분개하고 분노하고 화를 참지 못해 극단적인 행동을 치닫기도 하지요. 그러다가 이내 식어버려요."

"그래, 한국인의 마음이야말로 이해됩니다만 아마 어느 문제라도 그렇겠지만 일본 도발에 대한 방법은 두 가지라고 생각합니다. 독도를 드러내놓고 한국 땅이라고 하는 정책과 반대로 독도를 분쟁화시키지 않고 조용히 끌고 가려는 정책이 있을 거에요. 아마 보건데 한국 정부는 문제시하기를 원하지 않을 거에요. 이것은 일본이 자기네 땅이라고 하는 다오위다오[釣魚島]의 경우를 보아도 마찬가지지요."

"참, 중국은 일본과 다오위다오 문제가 있겠군요."

"맞아요. 지금 독도와 닮은 꼴이지요. 중국이 예부터 다오위다오가 우리 땅이라는 것은 당연한 건데 근래에 와서 밀리는 바람에 그만 다오위다오를 잃어버리고 말았어요. 언젠가는 회복할 땅이지만 쉽게 이루어질 것 같지도 않습니다. 미지근한 태도, 그냥 두고 보기만 하지 당장 어떻게 할 수가 있는 것이 아니지 않습니까? 일본은 다오위다오가 자기네 섬이라는 것을 확실하게 하기 위해 어떤 중국을 자극하는 조치도 취하고 있지 않습니다. 분쟁화하려고 하지 않기 위해서지요. 지금 한국도 독도를 실효 지배하고 있기 때문에 일본의 이런 방식을 고스란히 모방하고 있지요."

"그런데 국민들은 생각하는 것이 저마다 다릅니다. 적극적으로 일본에 대해 한국 땅으로 대응해야 한다는 사람도 많습니다. 일본이 저렇게 도발해 오는데 가만 있을 수만은 없는 것 아닙니까? 특히 노무현 대통령 같은 경우는 이에 대한 담화를 발표하기까지 하였습니다."

"그것은 일본도 마찬가지일 겁니다. 그러나 독도와는 달리 다오위다오에 관한 한 일본은 분쟁화될 것을 원하지 않지요. 일본이 대응을 잘하고 있어요."

놀라웠다. 중국인 왕소군 씨가 영토 문제를 두고 적이나 다름 없는 일본에 대해 칭찬을 하다니…… 그를 다시 보게 하였다.

마침 그때 독도 연수 선생님들 두엇이 잠깐 갑판에 나와 바람을 쐬고 있기에 그들이 하는 이야기를 옆에서 듣게 되었다. 이 연수를 위해서 그들은 자료를 만들고 '독도는 우리 땅'의 정광태 씨 등 독도와 관련된 인사를 초빙해 강연을 듣기도 하고 독도 관련 노래도 함께 부르고 독도를 살펴오고 온 느낌을 학생들에게 가르치겠다고 오기 전에 단단한 결의도 한 모양이었다.

"애들이 독도를 잘 알 것 같은데 실제 말을 시켜보면 잘 몰라. 그렇게 열심히 독도를 가르쳤는데 독도에 대해 설명해 보라면 그저 하는 소리가 '독도는 우리 땅'이라는 정도지. 우리 교사들이 어떻게 가르쳐야 할지 모르겠어."

"토론을 강화하고 논리 교육을 강화해야 한다는 것은 지침에 나와 있는데 그게 쉽지 않으니."

그들은 갑판 위로 나와 자기들끼리 이야기를 하였다. 그들도 독도를 잘 가르쳐야 한다는 것은 알지만 그것을 아이들이 표현으로 드러내게 하기까지는 쉽지 않은 모양이었다.

우리는 그들 이야기를 듣다가 같이 독도가 있을 법한 곳을 바라보았지만 아직 독도는 보이지 않았다. 대신 울릉도가 점점 보이기 시작하였고 시간이 지나자 그것은 더욱 뚜렷해지고 있었다. 그러나 보인다고 해서, 시간마저 뚜렷한 것은 아니었다. 이런 상태로 시간 이상을 가야 도동항에 도착할 수 있다고 하였다. 포항에서는 3시간 반, 가장 가까이 있다는 후포에서는 2

시간 40분이 걸린다고 하였다. 우리는 선실 안으로 들어와서 맥주 한 캔씩을 샀다. 5월이었고 바다는 평온했지만 때때로 푸른 바다가 넘실거리는 것을 느낄 때도 있었다. 우리는 마주 앉으며 다시 그동안 아껴왔던 이야기를 마저 나누었다.

그는 입지전적인 인물이었다. 자신이 고아였다고 했다. 고아원의 원장 딸을 좋아하였다고 하였다. 고결하고 부자이고 예쁜 그녀를 마음 속으로 그리면서 살았다고 했다. 어떻게 해서든지 그녀를 자기 것으로 만들기 위해서는 출세하는 수밖에 없었다고 했다. 그녀와 결혼하겠다는 한 마음으로 오직 출세를 부르짖으며 노력했다고 했다. 그의 꿈은 멋진 학자가 되어서 그녀 앞에 당당히 서는 것이었지만 우선 돈이 급해 닥치는 대로 돈을 벌어 성공하리라 생각했다. 그러나 너무 무심했던 것일까? 돈 벌기에 바빠 방심한 사이 그녀가 결혼한다는 소식을 친구를 통해 들었을 때 그는 그만 모든 것을 포기하고 말았다. 아니지, 아니지, 너 거짓말 할래, 공무원이 거짓말 해도 되는 거야. 그러나 상대가 자기도 잘 아는, 마을이 생기고 처음 고시에 합격하고 한 인물 할 것이라고 회자되던 선배라는 것을 알았을 때 그는 그만 체념을 하고 말았다고 했다. 그리고 그는 이후로 그녀를 잊기 위해 돈 버는 일에 매달렸다고 했다. 사업을 일으켜 어느 정도 규모의 회사를 일구어내기는 했지만 더 이상 규모를 키울 수는 없었다고 했다. 그가 원하는 바가 아니었기 때문이었다.

배움이 짧았던 그는 어떻게 해서든 모자라는 부분을 채우기 위해서 매일같이 배달되는 신문을 읽었고 그것도 공부처럼 세 가지 이상의 신문을 정독했다고 하였다. 그러다 보니 중국의 문제, 이웃 나라의 문제를 들여다 보게 되었고 그것이 독도를 비롯 세상을 돌아보게 되는 계기가 되었다고 하였다.

"요즘 중국도 문제가 많은 것으로 알고 있는데."

나는 미국의 아프가니스탄 철수를 생각하며 그에게 물었다.

"맞아요. 다오위다오, 타이완, 그렇지만 아프가니스탄이 탈레반으로 넘어가면서 위구르 지역 사람들이 독립운동을 일으키지는 않을까 노심초사하는 편이에요. 어느 것 하나 쉬운 문제가 없지요."

"타이완 문제는 어떻게 생각하고 계시는지요?"

"타이완은 언어도 같고 생각도 같고 그리고 문화도 같고 예부터 중국의 일부였다고 할 수 있지요. 타이완 문제는 크게 걱정하고 있지는 않습니다. 언젠가는 큰 중국에 포함될 수 있을 것입니다. 문제는 다오위다오라고 할 수 있지요. 그것이 일본이 실효적 지배를 하고 있다는 점에서 쉽게 해결될 문제가 아닌 것 같습니다."

"그렇다면 중국의 타이완 관계는 어떻게 진행되고 있습니까. 중국인 입장이 아닌 세계인으로서 왕 사장님의 생각은 어떠신가요?"

"역시 우리 양안 관계도 마찬가지입니다. 중국은 지금의 상황을 계속 유지하려고 들지요. 문제가 생기는 것을 원치 않습니다. 그러나 언제나 타이완은 중국의 일부라는 전제가 바탕입니다. 그런데 타이완은 그렇지가 않아요. 타이완을 들여다보면 세 가지 입장이 있지요. 중국 본토를 빼앗긴 땅이라 여기고 반드시 수복해야 한다는 입장, 타이완의 자치권만 허용된다면 중국의 일국 양제 정책을 수용해도 좋다는 입장, 타이완과 중국은 별개의 주권 국가라는 입장, 지금의 타이완 정권은 중국과는 다르다는 입장을 취하지요. 그러나 사실 따지고 보면 타이완이나 다오위다오나 다 중국 땅이지요."

"최근의 미국의 중국 간섭에 대해서는 어떻게 생각하십니까?"

"저는 중국인입니다만 중국 입장에서 말하고 싶지는 않습니다. 미국이 잘못한 것이지요. 그 바람에 위험하게 된 것은 타이완입니다. 타이완 상공

위로 유도탄이 날아가고 대만 주변이 중국군으로 포위되고 있으니 타이완이 난처해시고 있습니다. 잘못하면 이쪽 동북아에서도 우크라이나 같은 전쟁이 일어날지도 모른다는 위험성만 더 높아지게 되고 말았습니다. 중국은 빠른 시간표로 통일을 추구할 것이지만 그렇다고 절대로 타이완을 공격하지는 않을 것입니다. 위협만을 주고 있을 뿐입니다. 여기에서 타이완의 주민들이 잘 생각해야 할 문제라고 생각합니다. 또 잘 대처할 것이라고 생각합니다."

"잘 대처할 거라는 말은 무슨 뜻인가요?"

"곧 총통선거가 있을 것 아닙니까?"

"그렇지만 그냥 끝없는 긴장이 계속되기만을 고대하고 있을 순 없지 않나요?"

"언젠가는 타이완은 중국에 흡수될 것입니다. 지금의 남북한 관계보다도 훨씬 빨리. 중국의 압도적인 힘을 타이완은 당해낼 수 없기 때문입니다. 그래서 지금은 서로 분쟁 없이 경쟁하며 서로의 발전에 신경 쓰는 것이 좋을 것 같습니다."

나는 그가 우리의 영토 문제를 건드렸기 때문에 또 한 축인 그가 생각하는, 아니 다른 나라에서 생각하는 한국의 통일 방안은 무엇일까 궁금했다. 그래서 그에게 통일에 대해서 물어보았다. 이렇게 해서 독도 문제에 대해서 주고받았던 우리의 관심은 통일 문제에까지 이르게 되었다.

"그동안 통일 문제는 정권마다 나름의 통일정책을 내놓고 있습니다. 단도직입적으로 우리 왕소군 사장님은 세계인이 생각하는 한반도 통일 방안은 무엇인지 말씀해주실 수 있겠습니까?"

내가 묻자 왕소군 씨는 눈웃음 지으며 그럴 줄 알았다는 표정을 지었다. 자기가 만나는 많은 사람들이 통일을 물어오더라는 것이었다.

"그렇다면 먼저 물어볼게요. 우리 사장님은 통일이 이루어진다고 생각하십니까?"

"네, 결단코."

"그렇다면 그 어떤 통일 방안을 가지고 계십니까? 아니 어떻게 하면 통일이 된다고 생각하십니까?"

"없습니다. 그냥 정부의 방침대로 받아들일 뿐이지요."

"그렇다면 지금 통일정책은 무엇이십니까?"

"모르겠습니다. 별로 생각해보지 않았으니까요."

"그렇다면 또 한번 물어봅시다. 정부의 통일정책에 일관성은 있다고 생각하십니까?"

"방향은 있다고 하는데 그 접근방식이 정권이 바뀔 때마다 왔다 갔다 하니 통일정책에 일관성이 없지요. 그러니 쉽게 통일이 이루어지겠습니까?"

"민족공동체통일방안은 알고 계시나요. 하지만 그거와 통일이 실제적으로 무슨 관계가 있었어요? 통일이 되었던가요? 아니 통일에 조금 더 다가갔던가요? 정권마다 통일정책을 내놓았지만 과거부터 지금까지 통일을 위해 다가간 것은 한 번도 없습니다. 결과가 영零이라는 거지요. 그래 놓고 무슨 통일이 이루어진다고 할 수 있겠습니까?"

"그렇다면 어떻게 해야 한다고 생각하는지 세계인 입장에서 생각하고 있는 통일 방안이 있다면 말씀해주시지요."

"먼저 물어보겠습니다. 왜 통일을 해야 한다고 생각하십니까?"

"글쎄요. 아무래도 경제적 목적이 가장 크겠지요. 남북 긴장 완화, 이산가족 상봉, 고향 방문 같은 것은 차후의 문제겠지요."

"정확히 보셨네요. 그러니 그게 가능하겠습니까? 북쪽은 무슨 허수아비 정권이란 말입니까? 누구 좋으라고 통일하겠습니까? 남쪽이 잘 되기를 원하겠습니까? 또 중국이 완충지대인 북한을 남쪽이 통일하도록 내버려두겠습니까? 설령 통일을 이룰 수 있는 순간이 오더라도 오히려 반발심에 북쪽은 남쪽보다 중국을 택할 가능성도 있습니다. 그때 남북연합, 한민족공동체 같은 말은 공허할 뿐입니다."

"그렇다면 지금 현재 상황에서 왕 사장님께서 생각하고 있는 통일 방안이 있다면?"

"경제발전통일론을 말하고 싶습니다. 인간 문제의 90퍼센트 이상은 경제입니다. 그것은 본능입니다. 이 본능은 몇몇 사람을 제외하고는 만족할 수 있는 사람은 없습니다. 그렇지만 그 만족하는 사람들의 층을 두텁게 할 수는 있습니다. 통일은 이 만족의 정도가 두터울수록 쉽게 이루어질 수 있다고 봅니다. 그러니까 통일의 목표를 경제에 둔다면 통일이 이루어질 수 있다고도 봅니다. 뿐만 아니라 경제력 향상은 독도 문제도 쉽게 해결할 수 있어요. 일본보다 경제력이 약하니까 늘 끌려다니는 협정을 하는 것 아닙니까. 설사 10년이 지나 두 문제가 해결이 되지 않아도 경제발전은 이룰 수가 있으니까요."

"거, 독특한 발상인데요. 설사 통일이 이루어지지 않아도 경제발전은 남겠네요."

"그래서 하는 말인데 통일 쉽지 않아요. 그게 이질적인 세력 간의 문제인데 쉽게 이루어질까요? 통일, 어렵습니다. 아니 되지 않을 수도 있습니다."

"그럼, 통일은 경제가 발전하면 자연적으로 이루어진다는 말이겠군요?"

"맞아요. 지금보다 한국이 10배쯤 잘살아 세계 1, 2위 정도의 국가가 된다면, 그런데 독도 문제나 통일 문제에 늘 걸리는 대통령들이 있어요. 김영삼, 김대중 두 대통령인데 한국에서는 이들이 어떤 대통령인지는 몰라도 세계인의 시각에서 보았을 때는 이들의 독도접근방식이나 통일 전략은 참 어리숙합니다. 일본의 독도 도발 한 마디에 분을 못이겨 그런 절제되지 못한 말을 하다니? 그 미숙한 말 한 마디로 인해 독도는 분쟁지역인 것처럼 되어 버렸어요. 일본은 옳거니 걸려 들었구나 했지요. 게다가 천안문 사태에 편승해 조만간 북한도 무너질 것이라는 예측을 한 것도 참, 자기가 그랬으니까 세상 전부가 민주화 하나로만 되어 있다고 생각하는 것 같아요. 김대중 대통령도 마찬가지에요 그의 햇볕 정책은 참 동의하기 어렵습니다. 외국인이 보았을 때는 정말 이상주의일 뿐입니다."

"그래도 햇볕 정책은 노벨 평화상을 받고 아직도 좌파 정권의 절대적 대북정책인데."

나는 조금 반발하며 물었다.

"그 골격은 햇빛을 쬐면 옷을 벗는다는 것 아닙니까? 이것을 보고 저는 웃었습니다. 참 낭만적이고 현실을 모르는 정책이라고 말입니다. 아마 저뿐만이 아니라 한국에 조금이라도 관심을 가지고 있는 외국인이라면 다 저와 같은 생각을 했을 것입니다. 정치는 희망 사항이나 이상주의가 아니에요. 현실이에요."

"아니 햇볕 정책이 잘못되었다는 것입니까? 김대중 대통령을 신처럼 지지하는 사람들이 들으면 큰일 날 소리에요. 그리고 그것 때문에 노벨 평화상을 받은 세계가 인정해준 정책 아닙니까?"

"그렇다면 봅시다. 햇볕 정책의 결과는 무엇입니까? 햇볕 정책으로 무엇이 이루어졌습니까? 통일에 한 발자국이라도 다가갔습니까? 오히려 통일에 걸림돌이 되는 북한이 핵 개발을 함으로써 비통일에 한발 더 다가간 것이 아닐까요? 아마 북쪽 사람들은 더욱 결속을 단단히 했을 것입니다. 결코 남쪽에 굴복해서는 안된다는. 그리고 햇볕 정책을 통해서 한껏 한국을 이용해 먹었을 것이라고 생각합니다."

"왜 그렇게 생각하시나요?"

"그런 정책이 한국에 먹혔던 것은 이제와는 다른 처음 선보이는 정책이었기 때문일 것입니다. 세상에 햇볕을 쬐면 옷을 벗는다니? 아니 국가 권력이 그런 것일까요? 햇볕을 쬐어주어도 옷을 벗지 않습니다. 그것은 잘 포장된 가식일 뿐, 인류 역사에 그런 순간은 없었습니다. 오히려 그것을 이용해 먹은 경우가 많았어요. 그것을 믿는 순진한 한국인들이 많다는 것이 비극입니다. 그냥 내버려 두세요. 왜 통일이니 뭐니 하면서 북한에 자꾸 간섭하려고 드세요. 자기네들끼리 죽든 살든 그냥 두세요. 한국만 잘하면 됩니다. 그게 통일의 첩경일 겁니다. 자기도 제대로 못하면서 누굴 간섭하려 듭니까? 아니 남쪽은 제대로 하고 있습니까? 통일은 인위적으로 되는 것이 아닙니다. 한국이 압도적으로 강해지면 한국의 통일은 저절로 이루어집니다."

"그렇게만 생각지 마십시오. 어쩌면 그것이 마음에 들지 않지만 하도 통일이 되지 않으니 그렇게 생각해 볼 수도 있다는 사실에 공감을 하고 있는 사람들도 있다는 것을 보여준 것이라는 것을 아셔야 합니다. 그리고 김영삼, 김대중 대통령은 나름의 역할을 하신 분들이십니다."

나는 주변을 둘러보았다. 다행히 우리 주변에는 아무도 없었다. 그것은 우리의 이야기에 귀를 기울이는 사람은 아무도 없었다는 것을 말하는 것이었다. 참 슬픈 일이다. 이런 이야기를 나누는 것도 눈치를 보아야 하고 또 상황을 조절해서 말해야 하는, 도대체 이게 무슨 상황인가? 점점 정치에 대해 날카로워지고 서로가 서로를 불신하는 상황, 어쩌다가 우리 나라가 이렇게 되었는가?

"우리 왕소군 사장님은 아는 것이 많아요. 탁월한 그 식견, 존경스럽고 무척 부럽습니다."

조금 분위기가 가라앉는 것 같아 나는 말의 방향을 바꾸어야겠다고 생각하며 덧붙였다. 사실 그랬다. 왕소군씨는 세계여행을 많이 다닌 세계적인 감각을 가진 분이어서 그런지 자기 나라 중심의 시각을 가진 것이 아니라 매우 객관적이고 보편적인 시각을 가지고 있었다. 결코 자기 나라라고 해서 좋게 보거나 중국과 대척해 있는 나라라고 해서 조잡한 식견을 가지고 있지 않았다. 중국인이지만 존경할 만한 사람이었다.

"원 과찬의 말씀을, 영토 문제를 가진 모든 나라가 그래요. 유리한 위치에 있는 나라는 영토에 문제가 없기를 바라지만 또 반대로 불리한 위치에 있는 나라는 영토가 분쟁화 되기를 바라지요. 최근 중국이 양안 문제는 국공내전이 남긴 내부 문제라며 외세개입을 불허하는 것도 같은 맥락이지요. 미국이 타이완을 보호한답시고 또는 떠오르는 중국을 더 이상 볼 수 없어 타이완을 돕는 행위도 그런 관점으로 바라볼 수 있습니다."

그때 갑자기 배 안에서 '독도는 우리 땅'이라는 노래 소리가 들려나오고 있었다. 모 교육청의 독도 연수 교사들이 내릴 때가 되자 부르는 노래 소리였다.

그 노래 가락을 듣자 왕소군 씨가 웃음을 흘렸다. 그 바람에 독도는 우리 땅 아닌가? 그런 독도가 언제 남의 나라 땅이었던가 하는 생각도 났다. '독도는 우리 땅'이라는 말은 할 필요가 없는 것이다. 숫제 '아름다운 한국의 최동단 독도를 아시나요' 같은 문구였다면 얼마나 좋을까? 좀 더 차원 높게 대해야지 이런 식으로 독도에 대해 말한다면 독도가 오히려 우리 땅이 아니라는 생각을 더해 줄 것이다. 또 자칫 독도가 분쟁지역이라는 인상을 줄 것이다. 외국인들에게는.

그날 그와 나는 도동항 근처의 모텔에 같이 묵었다. 그는 이튿날 독도 가는 배에, 나는 울릉도 일대를 돌며 오징어를 사 모았다. 그렇다고 내가 박지원의 허생처럼 한양으로 올라오는 감과 밤 등 과일을 싹쓸이해 이윤을 취하려는 것이 아니다. 이미 오늘만큼의 물건이 내일이면 다시 물량이 나올 것이다. 그렇기 때문에 오징어에 대한 공급 불충분으로 인한 가격 상승은 없을 것이었다. 다만 나는 내가 몸으로 때우는 만큼의 이익을 얻을 뿐이다.

그런데 그날 울릉도에서 포항으로 가는 오후 배가 파도가 세다는 이유로 출항을 하지 못했다. 게다가 아침까지 맑았던 하늘이 갑자기 배가 출항할 무렵 되어서는 하늘이 오징어 먹물이라도 맞았는지 검게 변하고 갑자기 폭우가 쏟아지기 시작하였다. 울릉도 날씨는 그 씀씀이가 여우 같아서 감당할 수 없다더니만 아닌 게 아니라 지금 내가 그런 상황에 맞닥트리고 있는 것이다. 그렇게 하루를 울릉도에서 더 묵게 되는 바람에 울릉도와 독도 섬 구경을 온 그와 하룻밤 더 보내게 되었다. 그와는 정말 잘 통했기 때문에 우리는 하루 더 별다른 격식이 없는 대화를 이어갔다. 내가 주로 듣는 편이었고 그는 내 물음에 자신의 의견을 솔직히 드러내 주었다. 그것은 일개 중국인이라는 작은 생각에서가 아니라 세계인의 관점에서 보는 것이었다.

독도에 대해서 그는 일을 해치우듯 결론처럼 말했는데 지금 독도를 일본의 주장대로 국제사법재판소로 끌고 간다면 이는 한국 스스로 독도가 분쟁지역이라는 것을 인정하는 꼴이 되기 때문에 그럴 필요가 없다고 하였다. 또 제3자의 입장에서는 독도가 한국 땅이라고 할지라도 영토는 과거의 역사적 문제라기 보다는 현세 이후의 지리 영토를 따지는 것이기 때문에 자칫 일본의 다께시마 칙령을 앞세운 현란한 수사修辭에 말려 들어갈 수 있다고도 하였다. 그리고 한국 내에는 어리석게도 독도는 일본 땅이라는 유리한 논리를 제공해주는 친일학자가 적잖이 있다는 것이었다.

"법이라는 것이 증거와 명확성을 따지는 것이지 예부터 인식했다, 역사적으로 우리 땅이었다, 울릉도의 부속도서다 하는 주장은 아무 도움이 되지 않는 것이지요. 명확한 기록과 증거가 중요하지요. 그렇다고 한국이 그런 기록과 증거가 없다는 것이 아닙니다. 한국도 충분한 기록과 증거를 가지고 있습니다. 그걸 가지고 대항하여야지 엉뚱하게 감정적으로 풀어서는 안됩니다. 더욱이 독도를 실효 지배하고 있는 유리한 입장에 있음에도."

"참 법이란 것이 묘한 거네요."

"그렇다고 없앨 수도 없는 거지요. 말장난 같으면서도 때때로 바른 것일 수도 있으니까요."

그는 한국을 진정 걱정하고 사랑하고 있었다. 중국인으로서 진정한 친한파라고 감히 말할 수 있었다. 맥주캔과 치킨 두 마리를 두고 그와 함께 맥주를 마시며 독도를 말하는 것이 싫지 않았다.

"그래 독도를 감상한 바가 어땠어요? 외국인으로서."

"특별히 느낀 것은 없었습니다. 그냥 평범했을 뿐입니다. 남의 나라 땅, 그냥 여기가 한국의 동쪽 끝이구나 하는 것 이상으로 느끼지 않았습니다. 아니 그렇게 묻는 사장님이 오히려 이상하게 느껴지네요. 독도가 그냥 한국 땅일 뿐인데 마치 독도가 무슨 문제 있는 것처럼 묻는 것이. 그런데 참 한국인도, 독도에 왜 그렇게 민감하게 구는지? 일본이 무어라 도발해오면 냉정하게 똑같이 대응해주면 됩니다. 지금 한국이 실효 지배하고 있는 것 아닙니까. 이것은 일본이 다오위다오를 실효 지배하고 있기 때문에 중국이 어쩌지 못하고 있는 것과 마찬가지입니다. 그런데 일본의 독도에 관한 말 한 마디에 온 국민이 죽을 둥 살 둥 일본의 술책에 놀아나고 있으니 참 안타깝습니다."

나는 우리보다 더 우리를 정확히 더 객관적으로 보고 있다고 왕소군 씨를 생각했다. 나는 독도에 대한 생각을 좀 더 확실히 하기 위해서 그에게 몇 가지 질문을 더했다.

"혹 독도를 위해서 한국인에게 해줄 수 있는 말은 없습니까?"

"먼저 독도가 왜 이렇게 문제가 되었는지를 알아야 합니다. 무엇이겠어요? 힘이 없으니까 그런 것이지요. 역사와 시대 의식에 깨어있지 못한 당대 사람들의 무능한 정치가 오늘날 이토록 후손들을 힘들게 하고 있는 것 아닙니까? 앞으로도 그런 나라를 후손에게 넘겨주시렵니까? 마찬가지입니다. 중국도 당시의 지도자가 잘못하는 바람에 오늘날 하지 않아도 될 고통을 겪고 있는 것입니다. 깨어 있어야 합니다. 늘 외국의 침략에 대비해야 합니다. 평화란 것은 힘을 전제로 하는 것이지 약할 땐 깨지기 마련입니다."

그는 분개하듯 말했다. 자기 나라도 아니면서 마치 자기 나라의 일처럼 말하는 그가 한국인 같다는 생각을 하였다. 그의 태도에 존경심이 갔다. 나는 또 그에게 물었다.

"오늘날 중국인의 애국주의는 어디서부터 시작한 것일까요?"

그는 좀 독특하게 말했다.

"그 뿌리는 일본에 대한 패배 때문이었다고 생각합니다. 중국 우월주의에 빠져 무조건 중국을 제일이라고 하는 관념이 일본에 의해 처참히 무너졌으니 그것에 분노하는 것입니다. 그리고 그것이 맹목적 애국주의로 나타난 것일 뿐입니다."

그는 비교적 냉정하게 중국인을 비판하고 있었다. 그러면서 그는 아울러 일본에 대해서도 비난하고 있었다.

"일본의 가장 난해한 점은 그들이 무어라하든 한반도를 비롯 동북아를 고통에 빠트렸던 것입니다. 그들은 자국의 이익을 위해 이웃 나라 국민을 무참히도 괴롭혔습니다. 그러나 제국의 영광이란 기치 아래 평범한 일본인도 행복했을까요? 아니 행복하다고 생각했다고 한다면 그것이 진실이라 할 수 있을까요?[1] 그들의 이웃에 대한 침탈로 인해 인근 나라의 배척을 받는다

---

1 정양환, [책의 향기] 일본제국주의의 일그러진 영웅들, 동아일보, 2022.8.6

면 그게 일본으로서 이익일까요?"

"동감합니다. 또 독도에 대해 왕 사장님이 생각하는 것이 있다면 말씀해 주실 수 있겠습니까? 왕 사장님만이 가진 생각."

"이름, 또는 이름의 의미를 가지고 한번 접근해보는 것은 어떨까요? 일본에서는 독도를 언제부터 무엇이라고 불렀는지? 또 서양에서는 독도를 무엇이라고 불렀는지? 또 한국에서는 독도를 어떻게 불렀는지 그 변천 과정을 한번 살펴보는 것은 어떨까요?"

"그런 것은 이미 다 나와 있는 것 아닙니까?"

"제가 말하고자 하는 것은 독도라는 명칭을 언제부터 썼는가 하는 것입니다. 일본이 무주지라면서 선점한 1905년 이전에도 독도라는 명칭이 나와 있는가 하는가입니다. 지금 그런 자료가 없어요. 한국은 1900년의 칙령에 등장하는 석도가 독도를 가리키는 것이라고 말하면서 당시 울릉도 주민의 대다수를 이루고 있던 전라도 출신들이 돌[石]을 사투리로 독獨으로 발음했고 중앙정부는 이것을 한자로 석도石島로 표기한 것이라고 설명하지만 일본 측에서는 이같은 설명을 하나의 주장으로만 받아들이고 있지요. 석도는 독도가 아니다. 일본이 집요하게 물고 늘어지는 것이 바로 이거지요."

"그런데 일본은 패전국 아닙니까? 그 이후의 독도 문제도 상당히 중요할 것 같은데."

"좋은 지적입니다. 전쟁이 끝난 후 패전국 처리 문제를 다룬 연합국 문서들이 있습니다. 거기에도 독도가 한국령이라는 유리한 표현이 있지만 그런데 글이란 것이 우스워서 애매한 표현이 있을 수 있습니다. 글꼬리를 물고 늘어지면 한없이 물고 늘어질 수 있다는 것입니다. 일본은 이것도 자기네 유리한 대로 해석하고 있어요."

나는 끝으로 한국인이 반성해야 할 점이 있으면 말해달라고 했다.

"한국인의 큰 단점은 누군가의 성공을 결코 용납할 수 없다는 거지요. 돈을 좀 번다거나 좀 이름이 나거나 또는 심지어 행운이랄 수조차 있는 좋은 일이 생기면 그것을 눈꼴시려 견딜 수 없어 한다는 것이지요. 온갖 흠결을 찾아내 끌어내린다는 거지요. 특히 자기보다 못한 사람이 괄목상대로 나타난다면 그것을 견디어낼 수 없다는 거죠. 그걸 참게 성격이라고 한다나. 중국에도 그런 말이 있습니다. 게 중에 참게는 악랄한 놈입니다. 자기보다 앞서면 무조건 상대를 끌어내립니다."

이튿날 역시 오전에는 파도가 높았으나 오후에는 항해할 수 있다는 연락이 왔다. 오후에 모두가 우리는 포항으로 가는 배에 올랐다.

울릉도 가는 배편은 포항, 후포, 묵호, 강릉 네 군데에서, 뭍으로 나오는 울릉도 출발 배는 도동, 저동, 사동항에서 출발했다. 네 군데 모두가 1시간씩 간격으로 각자 갈 길을 갔다. 울릉도에 하루 묶여있던 많은 사람들이 배를 탔다.

그와는 그러니까 2박 3일의 울릉도·독도 여행길이 된 셈이었다. 그는 곧 중국으로 돌아간다고 하였다. 인구 구천만의 산동, 중국에서 광동성 다음으로 인구가 많다. 중국의 지난 역사를 볼 때 공자를 비롯 산동성 출신의 인물이 다른 지역에서 보다 월등히 많음을 볼 수 있다. 산동의 자랑이었다.

그가 가고서 며칠이 지난 어느 날이었다. 아직 그에게서 잘 갔다는 연락이 없었다. 내가 먼저 전화를 걸어 안부를 물어볼까 생각했지만 그만 두었다. 독도 문제도 제대로 이해 못하고 있는 부끄러움이 앞섰기 때문이었다. 그러다가 부끄러움을 감추기 위해 내가 했던 것은 그의 말대로 경제활동, 돈을 버는 일에의 매진이었다. 나는 이전보다 좀 더 시간과 열정을 내어 회사 운영에 신경을 썼다. 사업이 커지다 보니 사람이 좀 더 필요했다. 몇 명 안되는 회사지만 직원을 배로 늘렸다. 그들 가족을 위해 망하지 않아야겠다는 생각도 했다. 내가 하는 이런 것이 애국이거니 생각했다. 그러나 때아닌 코로나 때문에 회사가 휘청거렸다. 그동안 이런 때를 대비해 모아두었던 자금을 조금씩 투입하며 버티었다. 한 반년쯤 버티면 다시 나아지려니 생각하였다. 그러나 3년을 갔다. 전염처럼.

더 이상 월급을 줄 수 없을 정도로 회사 사정이 나빠졌다. 그래도 회사 직원들의 가족이 생각나서 회사재산을 팔아가며 악착같이 버티려 했다. 직원들도 이런 내 마음을 알아주려니 했다. 그러나 곧 직원들의 움직임이 심상치 않았다. 회사 사정을 잘 알고 있는 과장 놈이 먼저 직원들을 선동해 이 조그맣고 겨우 버티고 있는 회사에 스트라이크를 일으켰다. 직원 월급이 두 달 정도 밀리고 있었지만 그래도 다음 달에는 일부나마 밀린 임금을 줄수 있을 것 같았다. 잇달아 회사를 끝까지 지탱해보고자 하는 직원들도 하나 둘씩 과장 편에 섰다. 회사는 매일같이 월급 타령이었다. 일거리는 없었다. 물건이 팔리지 않았다. 클레임이 들어왔다. 회사를 운영하는 입장에서는 정말 미칠 노릇이었다. 팔리지도 않는데 웬 클레임은 그렇게 많은지, 직원들이 회사가 망할 거라는 것을 예상하는지 파는 물건에 신경을 쓰지 않았다. 실망스러웠다. 같이 이 어려운 시기 조금만 버티어주었으면 하는 마음이 굴뚝같은데 그들은 회사 편이 아니었다. 원래 취약한 회사가 거친 풍파가 계속되니 더 이상 견디어낼 방법이 없었다.

일본에 나라를 앗긴 때가 이런 꼴이라고 생각했다. 저 살 길에 찾아 나설 뿐 회사를 같이 살려보자는 직원들은 없었다. 경영자의 입장에서 조금 더 견디면 될 것 같은데, 정말 그들이 미웠다. 경영진은 전투적으로 임하는데 그들은 그냥 월급을 주지 못하는 것만 따지고 있었다. 결국 정부의 지원에도 불구하고 회사를 접을 수밖에 없었다. 그래도 직원들의 월급만은 밀리지 않으려고 공장을 팔고 집을 저당 잡혀 그나마 조금 모자라지만 해결해주었다. 그런데 그들이 하는 말이 가관이었다. 사장이 무능해서 회사가 망했다고 말하고 있었다. 여지껏 내가 이들을 위해 무엇을 했던가 하는 자괴감이 들었다. 문득 독도가 생각났다. 자꾸만 독도를 일본에 앗길 것만 같다는 생각이 났다. 그러니까 나라도 일본에 앗긴 것이었겠지. 우리가 일본에 나라를 잃은 것이 결코 그냥 이루어진 것이 아니라고 생각했다.

파산당한 마음이 풀리지 않았다. 억하심정으로 '이놈의 나라 망해버려라. 독도야 빼앗겨라' 하는 생각까지 났다. 같이 분발하여 지켜도 모자랄 판에 꼭 어려울 때 벌 떼 같이 일어나 같이 망하자고 하고 있었다. 코로나에, 환율에, 기름값에 세상이 어떻게 돌아가는지 전혀 모르면서 노력은 않고 이 조그만 회사에서 사장이 어쩌구저쩌구 하고 있었다. 기가 막혀서 참. 여지껏 직원 중심으로 운영해온 내가 등신 같았다. 회사야 망하든 말든 자기와는 상관없는 일이라 생각하는 것 같았다. 회사는 망해도 자기네들은 실업수당이 나오니 6개월은 버틸 수 있다며 그동안 놀면서 또 일자리를 찾아보자고 내가 듣는 데에도 노골적으로 말하는 데에는 실로 아연하지 않을 수 없었다.

하마와 코뿔소

소한小寒이 지난 겨울 동물원은 일요일의 학교처럼 횅하고 한산했다. 오늘따라 바람마저 심하게 불어 특별한 계획이 있는 사람이라면 몰라도 그렇지 않은 경우, 함부로 나서기 어려운 날씨였다.

이쪽에서 저쪽까지 늘어서 있는 사육동의 동물들을 다 둘러보기에는 한나절이 부족할 것 같았다. 게다가 공원 관계자마저 추운 탓인지 쉽게 나와 설명해주려고 하지 않았다. 우리는 종종걸음으로 하마나 코뿔소처럼 겨울을 반기지 않는 동물들이 추워 뭉쳐있는 사육동들을 돌아보며 새삼 계절의 법칙에 감탄을 금치 못했다. 그도 그럴 것이 우리는 지난 여름 오늘과 똑같이 여름을 반기지 않는 동물들이 뭉쳐있는 용인에 있는 동물원을 다녀온 적이 있었기 때문이었다.

우리 동물보호연대는 동물에게 가해지는 잔혹 행위를 방지하고, 동물의 권리와 복지를 확장시켜 나가는 시민단체였다. 특히 우리가 관심을 가졌던 것은 동물들이 제대로 사육자들의 도움을 받고 있는가, 운영난으로 방치되고 있는 것은 아닌가, 배고픔이나 불편함, 두려움 등에 시달리고 있는 것은 아닌가 살피는 것이었다. 설립은 시 오륙 년 전에 뜻있는 사람 10여 명 내외로 출발했지만 지금은 전국적으로 지부를 둘 정도로 성장한 단체이기도 했나. 처음엔 중앙 시민단체모임에서 관심도 보이지 않더니만 우리가 쑥쑥 커나가자 자기들 모임에 초대장을 보내기도 하고 작년부터는 아예 우리 단체를 중앙부의 시민 심의 단체로 끼워주기도 하는 것이었다. 참 별꼴이었다. 심지어는 어떤 단체에서는 자기들과 가까이 지내자고 미리 손을 써오기도 했다. 자기들 시위할 때 좀 나와달라는 것이었다. 알고 보면 그런 것이 모두 자기 단체의 존재를 드러내기 위한 한 방법이었다. 명칭이 시민단체이다보니 다들 오른쪽보다는 왼쪽으로 많이 기울어져 있었다. 그러나 우리는 단지 동물을 사랑하는 마음으로 시작된 단체이니만치 그런 일엔 관심이 없었다.

우리 단체는 처음에는 이처럼 동물 학대 반대에서 출발하였지만 차츰 그 범위를 넓혀 동물 구조, 동물분양에까지 넓혀 갔고 어느 해부터는 정부의 도움도 받기 시작하였다. 그러다보니 여기에 주도권을 행사하려는 사람들도 나타나고 별로 이런 일에 관심도 없는 사람들이 들어와서는 자신의 출세의 발판으로 삼으려는 사람도 나타났다. 사람 사는 세상 어디에도 기생충 같은 존재가 있기는 마찬가지였다. 오히려 그런 사람들은 이 일에 더 열성적이었다. 자리를 잡은 후에는 단체를 자신의 존재를 알리는데 이용했다. 초기 멤버들이 순수하게 이런 본래의 목적과는 다른 활동은 막으려고 하지만 이미 세력을 잃은 순수파는 어쩔 수 없이 그들에게 끌려가게 마련이다. 목적을 가지고 덤벼드는 사람들에게 봉사 중심의 순수파가 설 자리는 없었다.

우리는 그 넓은 서울대공원 동물원을 한 바퀴 돌고 있었다. 동물들의 학대 상황을 돌아보는 거라고는 했지만 사실 이런 동물원에서야 얼마나 잘할까? 문제는 지방의 영세동물원이었다. 운영비도 건지지 못하는 상태에 놓인 지방의 작은 동물원에서 살고 있는 동물들의 겨울은 날씨 못지않게 혹독한 것일 것이었다.

수입이래야 오로지 동물원을 찾는 관람료일 뿐인데 동물원에 놀러 오는 사람이 얼마나 될까? 그것도 이 혹한의 시기에, 운영비가 없다 보니 피해가 가는 것은 사육되고 있는 동물들 뿐이었다. 사료는커녕 일하는 사람이 없어 청소는 둘째치고라도 햇볕 들지 않는 사육동의 통렬한 추위는 여름 국가에서 온 동물은 말할 것도 없고 설사 우리나라의 동물들이라 할지라도 견디기 어려운 지경일 것이다.

"서울대공원에 나왔기에 망정이지 지방 동물원 같은 경우는 얼마나 열악한 모습을 보고 왔어야 했을까?"

동물들은 추위 때문에 우리 안에 있다가 햇살이 드는 오후 1시부터 4시까지만 밖에 풀어놓는다고 했다.

오늘 우리는 여름 동물인 하마와 코뿔소를 중점적으로 보기로 했다. 이 두 동물을 중심적으로 보려 했던 것은 이 두 동물들의 이름이 좀 색달랐기 때문이었다. '코뿔소'는 그 계통상 '말'에 가깝고 '하마'는 그 계통상 '소'에 가까운 것이다. 그래도 제대로 이름을 붙여야 한다면 '코뿔소'가 아니라 '코뿔말', '하마'가 아닌 '하우'로 불렀어야 한다는 것이었다. 그러나 이 명칭을 처음 지은 사람이 당시 계통이란 것을 알 리 없었을 것이고 그러다보니 처음 이름 붙인 그 사람도 생김새에 따라 그렇게 불렀을 가능성이 컸다.

아무튼 우리는 그 명칭 때문에 코뿔소나 하마가 있는 사육동을 찾았고 이들이 밖으로 나와 있는 모습을 보게 되었다. 코뿔소의 모습이 재미있었다. 앞이 툭 튀어 나와 있는 모습이 꼭 코뿔 같았다. 그것까지는 괜찮은데 '소'라는 말에서 우리는 조금 저항감을 느꼈다. 저게 소일까? 코뿔말이라고 하면 어땠을까 그런 생각이 들었다. 하마 우리에 갔을 때도 우리는 똑같은 생각을 했다. '하'까지는 이해할 수 있을 것 같았으나 그러나 역시 '마'에 이르러서는 왜 '마'가 되었는지 이해할 수 없었다. 하마는 분명 그 계통이 '말'이 아닌 '소'였기 때문이었다. 모습이 '말' 같다고 보아 그렇게 이름을 붙인 것 같았는데 '말'이라고 보기도 어려웠다. 그렇다고 '소'라고 하기에도 애매했다.

하마와 코뿔소의 그 큰 힘과 우둥퉁한 몸통을 보면서 우리는 아무런 저항 없이 그대로 하마, 코뿔소라고 불렀다. '소'를 '말'이라 부르고 '말'을 '소'라고 부른들 그것이 애초 이름일 바에야 그대로 두는 것이 두 동물을 이해하는데 편리하였다.

그런데 여기서 국어 교사인 이 선생이 의문을 제기했다.

"하마나 코뿔소는 이제 고유명사가 아니라 종을 나타내는 보통명사가 되었는데 그대로 이름을 두어도 되는 것일까?"

"뭐 애초에 그렇게 붙였는데, 이제 와서 이름을 바꾸어 부른들 무슨 소용이야. 그렇게 알고 넘어가면 편하지."

"이제 와서 코뿔소가 아니라 '코뿔말' 하마가 아니라 '하우'라고 그렇게 부르면 오히려 일대 혼란이 있겠지."

"사람들은 모르지. 모르니까 그런 것에 신경을 쓰지 않지. 그런데 보통 동물의 이름은 보이는 모양새에 따라 정하잖아. 설사 그것이 잘못되었다고 하더라도 그렇게 이름을 부르는 것이 무어 잘못이란 말인가? 이름은 그대로 이름일 뿐이야. 그것이 그 동물의 속성과 무슨 관련이 있을까?"

"아니, 그것이 처음엔 그렇게 이름과 속성이 괴리되었을지라도 나중엔 그 이름이 바로 속성이 되어버리는 거지. 그리고 이런 것이 고유명사가 아니잖아. 그럴진대 이젠 제대로 불러야 하는 것이 아닐까?"

"보통 이름이란 것이 처음 태어났을 때는 모두가 고유명사였던 것 아니겠어? 고유 이름이 가지는 의미가 있는데 무얼 그걸 가지고 고민을 하고 그래. 설사 그 이름이 탄생했을 때는 기제목이나 우제목이니 하는 것 따위를 생각했겠어. 하등 고민할 거리라고조차 생각않는데 도대체 무어가 문제인 거야?"

"아니 이름이 얼마나 중요한데, 예를 들어 얼룩말의 경우 흰바탕에 검은 줄인가 검은 바탕에 흰 줄 무늬인가? 검은 바탕에 흰 줄 무늬라는 것이 최근 밝혀졌어. 흰 바탕에 검은 줄이라고 생각했던 사람은 그냥 검은 바탕에 흰 줄 무늬라고 바꾸어 이해하면 되는 거야. 왜? 이름이 아니니까. 그러나 속성이 아닌 이름일 경우 그렇게 쉽게 바꾸어 이해할 수 있을까?"

"따지고 보니 그렇네."

"이 사회에는 우리가 나중에 진실로 밝혀진 것이 많은데 그것을 무시하고 그대로 넘어가는 일이 오죽 많을까?"

"오죽 많겠나? 그러나 그런 것 뭐 생각할 필요가 있겠어? 인정하고 그대로 살아가는 거지."

"눈에 보이는 대로 이름을 짓는다는 것도 그래. 진실은 보지 못하고 겉에 드러난 것만 가지고 보려는 태도, 이것이 우리 인간의 잘못된 모습이 아닐까 해서 말이야."

"진실이 밝혀졌는데도 그 진실을 지키지 못하고 그대로 두고 있다는 것도 큰 문제야."

"코뿔말, 하우라고 바로 잡는 것이 한국 사람의 힘 가지고 가능할까? 그리고 분명한 것은 한번 굳어진 것은 쉽게 바꿀 수 없어. 무엇보다 잘 모르니까. 그러니까 그냥 그대로 두는 것이겠지."

날씨 때문인지 밖에 나와 활동하는 동물은 많지 않았다.

우리는 넓은 사육동을 빠져나올 때까지 하마와 코뿔소의 명칭에 대한 이야기를 그치지 않았다. 그러면서 느끼는 것이 세상에 이런 일이 얼마나 많을까 하는 것이었다. 진실과 현실이 다른 경우, 또 거짓을 진실이라 믿는 경우, 진실이라 밝혀졌는데도 이를 수용치 못하고 타성에 젖어 애써 외면하는, 또는 나와 상관없는 일이라며 모른 척 하는 편리한 행위, 그런 것은 세상에 부지기수일 것이었다.

우리는 똑같이 그런 생각을 하며 잠시 침묵했다. 그런 한편으로 이런 큰 동물원에서야 무엇을 잘못할까? 우리가 이런 큰 동물원을 찾는 것은 우리의 운동이 보여주기식 다름이 아니라는 것을 보여주는 것 같아 미안한 생각이 들기도 했다.

우리는 다시 말을 이었다.

"김 선생, 금방 코뿔소와 하마를 보니까 뭐 생각나는 것 없어?"

"글쎄, 그전엔 몰랐는데 모든 것을 비판적으로 보아야 겠구나 하는 생각이 들기는 하는데."

"그런데 왜 그거 있잖아. 그 친구, 어째 코뿔소와 하마 같다는 생각 들지 않어?"

"무얼?"

"왜 있잖아. 그 친구 이름이 잘못되었다고 생각지 않아?"

"……"

김 선생은 그냥 아무 말 없이 입을 꾹 다물었다.

"그 친구 이번에 지방자치단체장 선거에 나왔더군. 신문 보니 경력이 화려해. 마치 동물 봉사 활동을 혼자 다한 것처럼 소개되어 있더군."

"그러기에, 참 웃기는 이야기지. 일한 사람은 누군데 주목은 엉뚱한 사람이 받고 있으니."

김 선생과 이 선생은 신문에 난 그 친구를 생각하며 입맛을 쓸쓸히 다셨다. 전문대학의 학생회장 출신인 그는 그저 들어온 사람이라고 할 수 있었다. 이런 동물학대방지의 순수한 목적을 가지고 들어온 것이 아니라 이 단체의 수장을 차지함으로써 그를 발판으로 다른 길로 도약하려는 사람이었다. 처음엔 순수성을 의심해 회원으로 받아들이기를 꺼려했지만 단체의 속성상 오는 사람 막을 순 없었다.

김 선생과 이 선생이 처음 이 단체를 세우려고 뜻을 같이 하는 사람을 모았을 때 몇 사람이나 모일까 싶었는데 의외로 관심을 가진 사람들이 많았다. 사람에게 인권이 있듯이 동물들에게도 그들이 가진 권리라는 것이 있을 것이 아닌가 하는 생각에서 처음 시작한 운동이었다. 출발은 김 선생과 이 선생이 부산의 한 동물원에서 우연히 만난 것이 시초였다. 그 동물원은 곧 폐쇄를 앞두고 있었다. 낙타를 비롯 뱀과 곰, 공작, 조랑말, 코끼리, 사슴, 얼룩말 등 지방에 있는 동물원치고는 좀 큰 편이었는데 운영비가 없어서 그런지 방치된 채로 있었다. 배가 고파 그런지 우리가 가자 절규하듯이 울었다. 닫혀있는 문과 청소를 하지 않아 냄새나는 우리는 겨울인데도 코를 얼얼하게 했다. 죽어 나가는 동물들도 처리하지 못한 채 그냥 그대로 두어 시각이 괴로웠고 어찌 인간이 이리도 잔인할 수 있을까 싶은 생각마저 들었다. 보쌈을 해왔으면 그에 맞는 대우를 해주어야 할 것 아닌가? 낙타의 큰 눈이 우리를 슬프다 못해 외롭게 했다. 동물들은 자신도 언제 죽을지 모른다는 공포 속에서 살아가고 있었다. 그런 생각은 비단 김 선생만인 것이 아니었다. 어떻게 느꼈는지 이 선생도 옆에 와 혀를 연신 끌끌 찼다.

그로부터 시작된 배 고픈 동물들의 권리를 위한 봉사활동은 한 달에 한 번 동물원에 와 그들을 보살피는 일을 하게 되었다. 그것이 조금 시간이 지나자 알음알음으로 알려지게 되었고 김 선생과 이 선생은 모임을 만들었다. 이것이 시 오륙 여년을 흐르는 동안 단체로 발전되고 법인화까지 되었던 것이었다. 정부의 보조금까지 받게 되자 어느 틈에 돈이나 자리를 노리는 엉뚱한 목적을 가지는 사람들이 끼기 시작하였다.

그 친구는 들어오자마자 회장 자리를 노렸다. 역시 예상한 대로였다. 봉사가 목적이 아니었다. 우리의 순수한 의미에서의 봉사활동은 정치에 야망을 가진 사람들의 먹잇감이었다. 그들은 순수한 사람들의 모임인 봉사단체에 들어와서 어느 순간 세력을 형성하고 그 단체를 그 자신의 출세 수단으로 이용을 하는 것이었다. 이 활동과는 아무런 관련이 없음에도 그는 특유의 친화력과 행정력으로 우리의 조직을 장악했고 남들이 보기에는 동물의 권리를 위해서 애쓰는 사람으로 보이게 했다. 그는 어쨌거나 우리의 대표가 되었다. 이상한 것은 그가 대표가 되고부터는 우리 조직에 보이지 않는 파벌이 생기게 되고 더욱이 전국적인 단체로 커가자 동물의 권리와 보호를 위한 본래의 목적보다 단체를 빌미로 정부에 온갖 손을 벌리거나 압력단체로 행세하게 되는 것이었다. 그런데 그 친구가 이번에 우리 단체를 발판으로 지방시민단체연합회장에 뽑힌 이후 이어 또다시 국회의원 선거에 도전하게 된 것이었다. 그는 경력을 우리 단체의 이름으로 화려하게 포장했다. 그가 단체장으로 있는 동안 횡령, 배임, 무고 등 어떤 짓을 했는지 알고 있는 우리는 모른 척 했고 결과적으로 그것을 묵인한 셈이 되었다.

김 선생은 멋쩍은 웃음을 흘리며 문득 서울대공원을 빠져나왔다. 동물원은 어떤 공존도 따뜻함도 없이 오직 인권만이 있는, 인간을 위해서라면 수단과 방법을 가리지 않는 지구의 다른 세계 같았다. 그것을 보며 김 선생은 그 모두가 어쩐지 잘못 되어진 이름인 하마와 코뿔소 같다는 생각이 들었다. 그러면서 김 선생은 임용 전 잠깐 사무직원으로 근무했던 지방 소도시의 버스 회사의 경우도 그런 것이 아닐까 생각하였다.

"참, 그런 일이 있었어. 내가 교사가 되기 전이니까 오래전 이야기야."

삼영 시내버스 조합장은 참 교묘했다. 버스회사에 운수노조가 생긴 것이 그가 바로 입사한 바로 그해였다. 처음 그 조합을 만들 때는 서로의 건강과 친목을 위한다는 뜻에서 그렇게 단순히 친목 모임의 성격으로 만든 것이었는데 그가 조합장 자리를 꿰차고 앉자 점점 조합에 힘이 생기게 되었고 그것은 어느새 사장과의 긴장 관계를 형성하는 것이었다.

"원래 소도시의 버스 사업이라는 것이 그렇게 수익이 많이 나는 것이 아니었어. 그래서 사장은 간신히 기사들의 월급을 주고 있었고 어떤 때는 월급날 월급을 맞추지 못해 한두 달 밀리는 경우도 있기도 하였지. 그렇다고 시에서 특별히 보조금을 주는 것도 아닌 시대였기 때문에 기사들은 월급날이 되면 이번 달은 밀리지 않아야 되는데 하는 걱정을 하였어."

새로 들어온 조합장은 운전경력이 많지 않았음에도 기꺼이 조합장을 맡기를 주저 않았고 기사들은 또 구태여 실익이 없는 자리였기 때문에 하고 싶어하는 그를 애써 밀어주었다. 그런데 그 무렵 불황에다 버스 타는 사람마저 줄어서 그런지 계속 월급이 밀리는 것이었다. 사장은 그런 사람이 아니었는데 차츰 노조에 시달리다 보니 사람이 달라지기 시작하였다. 그전에는 매우 월급 밀리는 것을 미안해 하였는데 말투도 변했다. 기사들과 각이 이루어졌다. 돈이 없다는 것이었다. 자연 타는 사람이 없으니 수익이 없는 것은 당연한 것이었다. 돈이 없는데 어떻게 월급을 주느냐는 것이었다. 퇴사하는 사람도 있었지만 기사들은 그로 인해 똘똘 뭉치게 되고 그것은 조합이 점점 힘을 가지게 되는 계기가 되었다. 참 이상한 일이었다. 전의 상황과 크게 달라진 것은 없는데 그가 들어오고부터 그럭저럭 견디던 버스회사의 수익구조는 급격히 나빠지기 시작하게 되었고 월급 밀리는 것도 다반사였다. 수입이 적어지니 겨우겨우 돈이 맞추어지는 대로 주고 있었다.

"마침내 월급이 몇 달 밀리자 기사들의 불만은 폭발했지. 시장과 시의회를 찾아가 사장을 악덕 사장이라고 매도했고, 버스 운행의 어려움과 우리의 월급이 몇 개월째 밀려 생활이 제대로 이루어지지 않고 있다는 지경을 이야기하였어. 그리고 한편으로 조직적으로 사장을 압박하기 시작하였지. 버스 회사의 규정을 최대한 활용해 합법적으로 버스를 운행하는 방식으로 스트라이크를 일으켰지. 그것은 회사의 수익구조를 더욱 나쁘게 했어."

월급을 주지 않으니 버스 내 청소는 물론 외부 청소 상태도 제대로 되지 않았다. 버스는 버스가 아니었다. 깨끗한 도시로 알려진 도시의 이미지에 맞지 않게 지저분한 버스를 보는 시민들의 시선은 곱지 않았다. 이것이 계속 사회적인 문제로 대두되자 소도시의 시장은 계속 사장을 압박했고 마침내 사장과 기사 대표, 조합장, 시장이 모인 자리에서 밀린 월급 대신 회사를 넘기는 것이 성사케 되었다. 참 사장은 회사를 넘겨주면서도 계속 억울함을 토로하였지만 그러나 시민들과 시정 당국은 앓던 문제가 속 시원히 해결되었으니 사장의 억울함은 들어지지 않았다. 말은 하지 않고 있었지만 김 선생은 조합장이 이전부터 빈약한 회사를 노리고 있다는 것을 알고 있었다. 뻔히 사장은 눈 뜨고 당한 것이었다.

"그런데 거참 이상했어. 조합장이 회사를 맡고 나서는 회사가 일사천리로 돌아갔어. 그는 기사들을 완전 장악했어. 그는 이런 일을 많이 경험해본 사람처럼. 이제껏 느슨했던 직원들을 다잡는데 뛰어난 수완을 발휘했지. 건전 경영이라는 구호 아래 자신의 권력을 서슴지 않았지. 우선 기사들을 그에게 충성하게 만들었고 몇 명 안되는 사무실 직원들도 그에게 복종하게 만들었어. 그와 함께 전 사장에 충성하는 기사나 사무실 직원은 내쫓았어. 어느새 그는 기사들 대표로서 회사를 운영하게 되었지. 받지 못한 월급도 그가 사장이 되자 조금씩 나오기 시작했어. 당시 국가 정책에 따라 보조금마저 지급하게 되자 이래저래 다 죽어가던 회사는 어느 순간, 어떤 과정이나 절차도 없이 그냥 불떡 일어섰던 거야. 기사들은 회사가 살아나자 새 사장에게 잘 보이려고 하고 서로가 손님을 많이 태우는 경쟁과 함께 사고 없는 안전 운행을 스스로가 하게 되는 것이었어. 사장은 사고가 나면 쫓겨난다고 말했거든. 새 사장이 부임하고 나서는 느슨했던 지난날이 아니었어."

운전기사에서 회사 대표가 된 케이스라고 지방신문에 크게 소개되기도 하였고 자연스럽게 정당에서는 인기있는 그를 모시려 들었다. 그렇게 그는 일개 운수회사 조합원에서 리더십 하나로 일약 국회의원까지 이르게 된 것이었다. 그리고 이후 재선까지 국회의원을 연임했다. 그는 지방의 유명인사가 되었다. 이제는 김 선생과 같은 사람이 만나려면 만날 수 없게 될 정도였고 설사 만난다고 하여도 한참 기다려야 만날 수 있는 그런 존재가 되었다.

김 선생은 그런 모습을 보며 참 사장이 안됐다는 생각을 하였다. 그리고 사장을 공격하는 노련한 조합장의 전략에 감탄하였다. 별로 잘못도 없는 사장이 오히려 단지 배짱과 조폭과 같은 행동밖에 없는 조합장에게 자기가 피땀 흘려 세운 회사를 앗기는 모습을 보고, 또 사장에 충성하던 기사들이 순식간에 돌아서는 모습을 보고 김 선생은 참 이상한 세상이라는 생각을 했다. 무언가 잘못된 것이 아닐까? 그가 오고 나서 노동조합이 생기고 그럭저럭 유지되었던 회사의 수익금이 갑자기 줄어들고 이전에 없던 사장과 직원들 간에 갈등이 생기고 그것은 좀 생각해 보아야 할 만한 일이었다. 기사들도 그랬다. 이전 사장의 좀 느슨한 또는 자유분방한 경영체제 때는 기사들도 좀 여유를 가지고 회사 걱정을 하며 지냈는데 조합장이 대표가 되자 강력한 리더십에 굴복되어서 그의 앞에 꼼짝을 못했고 월급이 전보다 줄어들었건만 그에게 잘 보이려고 더 열심히 하는 모습을 보이기조차 하는 것이었다. 그것은 인간적으로 대하고 같이 걱정을 많이 해주던 전 사장과 매우 달랐다.

김 선생이 버스회사를 그만두고 학교로 들어갔던 것은 모교 교수의 추천에 의한 것이었다. 아버지가 아파 회사 생활을 못하게 되자 대신 짧게 일하려고 한 것이었지만 그럭저럭 3년을 일하게 되었다. 그리고 사립중학교에 자리가 있어 그 자리로 들어간 것이었다. 회사를 나오면서 느꼈던 것은 자신 같은 것은 우두머리는커녕 조직의 부품 같은 참 보잘 것 없는 존재구나 하는 것이었다.

그 후 회사가 어떻게 되었는지는 구체적으로는 모르지만 잘 굴러가는 것 같았다. 김 선생은 그 소도시의 학교에 있다가 다시 서울에 있는 사립학교로 자리를 옮겼기 때문이었다. 그러나 한때 일했던 회사였기에 그 조합장 대표가 어떻게 되었는지는 자주 소문을 듣고 있었다. 그런데 바로 그 친구가 이번에는 국회의원 재선을 거쳐 지사 후보로 나선다는 것이었다. 교묘히 합법적인 투쟁을 벌이며 밀린 월급 대신 그것도 자신의 월급이 아니라 단체 월급으로 회사를 단번에 앗은 조합장도 참 대단한 사람이었다고 생각하지만 그러나 김 선생은 이게 무언가 잘못되어도 한참 잘못된 것이라는 느낌은 지워지지 않았다. 전망 없었던 회사를 잘 살려낸 것도 그렇지만 그것을 앗아버린 방법도 고도의 계략이 숨어있는 것 같았다고 생각했다. 어쨌든 그것은 합법적인 것이었다.

"참 그 조합장 출세했어. 사람이 똑똑한 건지 아니면 영악한 것인지 대단한 리더십을 가지고 있었지."

"조합원들도 좀 봐. 민주적이고 느슨한 사장에게 그렇게 대들더니 조합장의 지시엔 꼼짝을 못하잖아."

"사람 탓인가?, 리더십 차인가?"

"일찍이 조합장이 되더니 운수회사 대표 자리까지 꿰찬 것을 보면 어쨌든 대단한 사람임엔 틀림없어."

"일개 농촌 출신으로 버스회사를 일군 전사장도 훌륭하지만도 자기 돈 하나 안들이고 그것을 앗은 조합장도 대단한 사람이라고 해야겠지."

"조합장이 사장이 되었다는 것은 법적으로나 그리고 시장, 사장, 조합장이 모인 자리에서 서로가 합의했다는 점에서 하등 문제는 없어. 그런데 사장은 그가 어렵게 일군 회사를 일개 운전기사였던 조합장에게 앗겼으니 얼마나 억울할까? 그리고 그것이 점점 회사를 앗으려고 계획하고 달려드는 것에 속절없이 당했으니 뭐라고 항의할 수도 없고. 그때 그 조합장은 강력한 투쟁을 하였지. 조합원과 사장 간 그리 사이도 나쁜 것도 아니었는데 갑자기 그가 조합장이 되고 나서는 사장과 기사들 간 사이가 급작스럽게 냉랭해졌어. 조합장 밑에서 총무 일을 보던 사람도 그렇게 사장과 나쁜 사이가 아니었는데 조합장의 사주를 받았던 것일까? 사람들이 옛날 사람들이 아니야. 그렇게 투쟁을 부추기더라니까."

"하나의 구실이 필요했겠지. 사건을 만들어야 했겠지. 별것도 아닌 회사 비리를 떠벌려야 했겠지. 그래야 조합이 빛날 테니까."

"맞아, 조합원들의 지지를 얻기 위해 갈등을 만들어야 했겠지."

"사장은 지금 무얼한대?"

"글쎄, 들리는 소문으로는 시골에 가 농사짓는다는가 그래. 같이 일한 기사들의 배신에 조금은 슬프기도 했겠지. 어렵게 세운 회사를 노력도 없이 들어앉은 조합장에게 앗기고 시민들로부터도 외면당하고 있던 그 심정은 어떠했을까?"

"글쎄, 절대로 기사들은 자기편이 아니라는 것을 알고 이에 대비를 했어야 하지 않았을까?"

"기사들을 너무 믿은 탓이겠지."

"순진한 것일까? 돈이나 권력을 두고는 절대 자기 편, 남의 편이 없다는 것을 알았어야 했는데. 버스회사는 그 후 어떻게 되었지?"

"관심을 두고 있지는 않지만 국회의원이 된 뒤, 뒤를 많이 봐주니까 잘 굴러가는 것 같아. 정부에서 돈도 많이 타 내구. 더욱이 이제 공영제니까 그럴 수밖에."

"망할 일은 없겠군."

"잘된 것일까?"

"옳고 그르건 간에 기사들로 보아서는 잘되었다고 보아야지. 아니 사장 빼고는 다 잘 되었다고 보아야 하지 않을까?"

"조합장은 운이 좋은 사람이야. 세월은 그렇게 돌이킬 수 없게 흘러갔으니."

"맞아, 운이 좋은 사람이지."

"그러나 운도 실력이야, 그 사람의 현재는 모두 그 사람의 실력이니까."

"맞아 운이 좋은 사람이 있지. 그 운도 어찌 보면 실력인 거니까."

그러나 우리는 그것이 어쨌든 무언가 아쉽다고 생각했다. 겉으로는 그런 것 같지 않은데 속으로는 말할 수는 없는 안타까움이 있었다. 그것은 윤리적으로 지탄 받을 수 있지만 회사를 위해선 어쩔 수 없다는 소위 네체시타였을까?

우리는 다음 달은 지방의 한 동물원에 가보자는 약속을 하고 헤어졌다. 그리고 다음달 대전에 있는 한 동물원에 가기 위해 서울역에 나왔을 때, 우리는 코뿔소와 하마에 대한 새로운 사실을 알게 되었다. 그것은 하마와 코뿔소라는 이름은 우리가 지은 것이 아니라 번역된 것이고 따라서 우리의 잘못이 아니라는 것이었다.

우리가 지금 쓰고 있는 명칭은 우리가 지어낸 것이 아니라 외국에서 원래 불렀던 이름을 우리가 가져다 쓴 것이었다. 즉 하마는 히포(hippo)로 이 말은 그리이스어로 '강의 말'이라는 뜻이었다. 그러니까 한자로 번역된 것을 우리가 그대로 가져다 쓴 것에 지나지 않았다. 하긴 우리나라에 없는 동물의 이름이 저절로 생겨날 리 만무일 것이었다. 코뿔소도 마찬가지였다. 애초 우리나라에 없는 동물이니까 외국말을 번역하는 가운데 그렇게 부르게 된 것이었다. 그리고 보면 우리나라가 잘못한 일은 하나도 없었다.

그러나 이름과 달리 어쨌건 코뿔소는 말과 가깝고 하마는 소에 가깝다는 것은 어쩔 수 없는 진실인 것이었다. 이것을 바로 잡을 생각을 해본 사람은 없었고 이것이 진실일까 의심해보는 사람도 드물었다.

"그런데 이름이 그렇게 불렸다고 해서 특별히 달라진 것이 있을까? 이름이 그렇게 되었다고 하마와 코뿔소가 우리에게 미친 영향이라도 있는가 말이지?"

"이름은 바로 속성을 나타내거든. 설사 처음에는 그렇지 않다고 하더라도 결국엔 그렇게 되겠지. 예를 들어 못생긴 아이를 예쁜이, 예쁜이라고 부른다면 듣는 아이 입장뿐 아니라 부르는 사람 자신도 그렇게 생각한다는 거지. 먼 훗날 그 아이가 죽었다고 생각해 봐. 사람들은 누구나 예쁜이를 생각할 때마다 실제와는 달리 예쁜 사람이라고 생각할 것 아니겠어. 이름의 힘이라고나 할까?"

"그럼 나중에는 어떻게 될까? 거짓이 진실이 되어버린다는 걸까?"

"그렇겠지. 시간은 흐르고 당대를 살았던 사람들은 죽고 흔적은 사라진 채 이름만 남고 후에 아무리 치밀하게 고증을 할지라도 그것은 사실을 편집한 것에 지나지 않게 되지."

"그런 일이 우리 역사 속에 얼마나 많을까?"

"맞아, 무척이나 많겠지. 그만큼 이름은 중요해. 먼 시간이 지나고 나면 남는 것은 이름뿐이야. 사실이어도 그렇고 사실이 아니어도 그렇고, 이름대로 그렇다고 인정하게 되는 거지. 이름이 그렇게 되어 있으니까."

"그렇게 생각하니까 무섭군. 그리고 이름의 중요성을 다시 한번 느껴지게 하네."

"무릇 사건엔 이름이 매겨질 것이고 그 이름은 참이든 거짓이든 그 사건을 규정하게 되고 그것은 오랜 세월이 지나면 거짓이든 진실이든 사실처럼 굳어지게 되지."

우리는 어느덧 대전시의 한 동물원에 도착했다. 대전의 한 동물원에는 하마만이 있고 코뿔소는 없었다. 두 가지 모두 있는 곳은 서울대공원과 용인 자연농원이 전부였다. 대전동물원에서 우리는 혹 동물들에게 먹이는 잘 먹고 있는지, 겨울 보온은 잘 이루어지고 있는지 메뉴얼에 따라 조사해나갔다. 대전까지만 해도 그럭저럭 운영이 되는 모양이었다. 아니면 지방 정부에서 사료비 정도는 보조를 해주고 있는지 동물이 굶거나 추위에 시달리거나 하는 1차적 문제는 없어 보였다. 학대의 흔적도 없었고 최소인원이지만 법에서 시키는 대로 사육사와 수의사가 근무하고 있었다. 아르바이트를 하는 학생인지 아니면 한 대학의 수의과 학생들인지 나와 봉사활동을 하고 있었다. 우리는 돌아오는 길에 다시 코뿔소와 하마에 대한 이야기를 다시 나누었다.

"이름은 곧 그 대상의 성격을 특정하는데 이름이 잘못된 경우가 세상에는 그 얼마나 많을까?"

"그 지자체장 선거에 나선 친구를 무엇으로 기억할까 유권자들은?"

"열렬한 동물애호가로 알겠지."

"전문성은커녕 겨우 이름이나 없은 주제에."

"그래도 밖에서 보기에는 다르지. 그가 가진 동물 보호단체장이라는 것이 보통 이름인가? 처음 그 사람에게 정해진 이름은 그만큼 중요해. 그 이름으로 단체장 선거까지 진출했는데."

"참 안에서 보면 말뿐인 친구였는데, 밖에서는 실제적인 동물보호론자로 알고 있으니 언젠가 텔레비전 아침마당에도 나오더라구. 말이야 좀 잘해."

"그래도 인정해주어야지. 권력의지가 느슨한 단체에서 보다 쉽게 회장 자리를 꿰찰 수 있었겠지. 그렇지만 모든 단체는 그 단체를 원활히 이끌어 가기 위해서는 지도자가 필요해 그 친구는 그런 면에서 재능을 가진 친구라고 말 할 수 있지 않을까? 사실 위에서 이 모든 활동을 해왔지 않았는가? 말뿐이긴 하지만."

"그런데 뭔가 좀 마땅치 않아. 처음부터 만들고 수고한 것은 그 밑에 있는 사람들인데 그들은 그다지 권력에 신경 쓰지 않는데 그런 것과 전혀 관련이 없는 사람이 들어와서 자리를 차지하고 이내 자기가 그 분야의 전문가인 것처럼 행사하고 있으니 동물의 생태에 대해서는 쥐뿔도 모르는 것이…… 참 분하고 역겨운 생각도 들어."

"그런 생각이 들면 왜 자네가 회장을 하겠다는 생각을 안하지?"

"글쎄, 난 아직 그런 면은 생각해 보지 않았어. 그러면서도 그런 사람을 보면 마땅치 않다는 생각이 들거든. 괜히 그런 쪽에서만 밝은 사람."

"그것 봐 무언가 잘못되었다 여기면서도 자네가 그것을 대신할 생각은 없는 거지. 분개할 필요 없어. 어쩌면 그가 어려움을 대신하는 것으로 생각하면 그에게 고마움을 표해야 하는 것인지도 모르지. 더욱이 리더란 전문성보다 통합능력이 필요한 것 아닐까?"

"그렇지만 무언가 잘못된 거 같아. 전문가는 우리인데 일도 우리가 처음부터 해왔고 알아도 우리가 더 잘 알 텐데."

"그렇지만 자네가 그 앞에 나서기에는 저어스러운 것 아냐."

"코뿔소와 하마가 그대로 명칭이 굳어진 것과 무어 다를까?"

"그런데 대체로 보면 이런 사람들은 바람을 타는 일이 많아. 배신도 빠르지. 기회가 되면 또 다른 데로 갈아탈 거야. 원래 단체에 대한 애착이 있었던 사람들이 아니었으니까."

"세상에는 코뿔소와 하마 같은 일이 얼마나 많을까? 진실을 알면서도 감히 나서지 못해 그대로 묻혀지게 되고 그것이 나중에는 진실로 굳어지게 되고 설사 문제를 제기해도 이미 굳어져 진실을 바로 잡지 못하고 그 진실된 것은 더욱 사실처럼 굳어지게 되고."

"더욱 우스운 것은 그 시대를 살지 않았던 후대 사람들은 단지 그 남은 이름만을 가지고 분석하고 비판하고 이론을 세우게 되거든."

"한 번쯤 그 이름이나 그 이름 자체가 지어진 당시의 상황이나 맥락은 생각해 보지 않고."

"그러니까 모르는 사람들은 거짓이라도 잘못된 이름 같은 증거만 있으면 그것이 참이라는 어처구니 없는 주장을 하는 꼴이 되겠지."

"정치나 인문학적인 면에서 이런 것이 오죽 많을까?"

겨울 해는 빨랐다. 정오에 출발했다는고는 했지만 너무 빠른 일몰에 서둘러 서울 길을 재촉했고 집에 도착했을 때는 마악 집안 식구들이 저녁을 먹기 위해 둘러앉아 있는 상태였다.

텔레비전에서 노래가 흘러나오고 있었다. 무슨 방송에서 하는 노래자랑 같았다. 이어 뉴스가 시작되었고 동물원의 겨울나기를 잠깐 비추어주었다. 김 선생은 순간 화들짝 놀랐다. 우리가 방금 다녀온 대전의 한 동물원을 비추어 주는데 참 분개한 것이, 알고 보니 우리가 보고 온 것보다도 훨씬 열악한 환경에 처해있는 동물들의 상태였다. 우리가 갔을 때는 참 그럴듯하게 해놓아 속여놓고는 실제로는 저 모양이었다. 동물원 측에서 우리에게 보여준 것은 꾸며 놓은 사실일 뿐이었다. 오들오들 떨고 있는 동물들의 모습이 보였다. 참, 참, 나는 욕이 나오는 것을 어쩌지 못하고 헛소리만 연신 내뱉고 있었다.

백제의 여인

학회를 마쳤을 때 나는 바로 상경하지 않고 평소 가보려고 했던 곳을 둘러가기로 했다. 동해안 강릉은 한때 전설적인 세습무인 김석출 씨가 활동했던 곳 중 하나였다. 나는 그쪽을 돌고 아직도 곰 토템이 남아 있다는 곰실마을을 둘러 올라갈 생각을 했다. 이번 학회에서는 그동안 미지근하게 끌어왔던 지명과 지명에 얽힌 설화의 관계를 밝힌 논문을 발표한 직후였기 때문에 홀가분해진 마음으로 나설 수 있었다. 평소 바쁜 학교생활은 나를 최근 몇 년 동안 옴짝달싹 못하게 했다. 나는 이번만큼은 조금 여유를 부리리라 생각했다.

먼저 김석출 씨가 강릉에 오면 자주 머물렀다는 동해안별신굿당을 찾아갔을 때 역시 석출 씨는 없고 대신 마침 부산에 살고 있는 그의 맏딸이 머물다가 나와 나를 맞아주었다. 김 씨의 경우는 내 책에서 언급한 대로 동해안의 별신굿에 관한 한 전설적인 인물이었다. 그가 자신에 대해 자세히 구술해준 적도 있었다. 그게 벌써 십수 여 년 전 일이었으니 바뀐 것이 있다면 옛날 같으면 미신이라고 치부해버렸을 굿당이 지금은 동해안별신굿연구소라는 세로 간판이 걸려 있었다. 오래된 듯 먼지에 묻어 자세히 보아야 알아볼 정도였다.

세습무도 문명과 함께 그 세력이 쪼그라들고 있는 것을 느낄 수 있었다. 흔히 이들은 그들이 쓰던 무구를 후계자에게 물려줌으로써 정통적인 승계를 인정하였다. 김석출 씨의 여러 자식 중에서 맏딸이 석출 씨가 쓰던 그 장구와 호적을 갖고 있었다.

나는 옛날 석출 씨가 별신굿을 할 때 옆에서 장구를 치던 모습을 떠올리며 석출 씨가 남겼다는 장구와 호적을 카메라에 담고 이내 나왔다. 최근 변변한 별신굿을 한다는 소리를 들어보지 못했다. 별신굿을 이끌던 탁월한 석출씨가 죽었기 때문이다.

오전 중에 학회를 마쳤지만 석출 씨 딸밖에 만나지 못했는데 겨울이어서 그런지 벌써 해가 많이 기울고 있었다. 눈도 한두 방울씩 내리고 있었다. 곰실 마을을 들러가리라 여겼다. 여기서 곰실마을까지는 잘 닦인 길이 없었기 때문에 걸어야 했다. 택시를 탈까도 생각했지만 내가 걷는 길은 택시가 다닐 길이 아니었다. 더군다나 지금 눈이 내리고 있어 택시가 곰실까지 가려는지도 의문이었다. 곰실은 곰과 마을을 뜻하는 실이 합한 것으로 우리나라에 곰실이라는 마을이 여럿 있었다. 마을이 곰의 형상이라든지 곰에 얽힌 사건이나 전설이 있다든지 보통 곰과 관련 있는 경우가 많았다.

강릉 곰실마을은 우리 나라 동단에 곰 토템을 가지고 있는 마을이라고 한때 신문에서 대서 특필된 적이 있었다. 살펴보면 과장된 면이 없지 않았으나 이 바다가 멀지 않은 곳에 아직도 곰 토템을 가지고 있는 마을이 있다는 것은 그 자체만으로 놀라운 발견이 아닐 수 없었다. 곰실마을로 가는 길에 나는 나 같이 곰실로 가는 여인을 만났다. 우리는 같이 걷게 되었다. 여자는 바바리 코트로 온몸을 꽁꽁 묶었고 목덜미와 입과 양 귀를 기다란 목도리로 칭칭 감고 있어 마치 오뚜기 같았다. 처음 보았음에도 어디선가 한

번 본 적이 있는 것 같다는 생각을 하였다. 나는 같이 학회에 왔다가 나처럼 이렇게 시간이 나서 동해안의 곳곳을 들르려는 여자인가 보다고 생각했다.

소나무가 빽빽하게 늘어선 모퉁이를 돌아들자 기어코 눈이 내리기 시작했다. 앞도 분간 못할 정도로 촘촘하게 엮어져 내리는 눈발로 금방 하늘은 회색빛이 되었다.

나는 시계를 홀깃 쳐다보았다. 아직 곰실까지 가기에는 충분한 시간이 남아 있다 싶건만 웬걸 갈수록 눈발은 굵어졌고 지워진 산길을 찾아가야 하는 바람에 생각보다 여의치 않았다. 동해안 별신굿당에 들렀을 때만 해도 날씨가 이렇지는 않았는데 오후가 되기가 무섭게 날씨가 변해가는 것이었다.

"곰실이 처음이신가 보죠?"

아까부터 내 뒤를 따라 오고 있는 여자가 다시 말을 걸었다. 나는 내가 이 첩첩 산중에 혼자가 아니라는 생각을 했다. 나는 힐끗 돌아다 보았다. 그러다가 다시 한번 더 돌아다 보았다. 분명 어디선가 꼭 본 듯한 얼굴이었다. 나는 내 기억이 그녀의 얼굴에 닿는 순간까지 더듬었지만 알 수 없었다. 하긴 이 생면부지의 땅에서 나를 알아볼 사람이 있을까

"곰실엔 무엇하러 오르는 길인가요 이 겨울에…"

"여행을 왔어요. 슈베르트의 겨울 나그네…"

여자는 놀랍게도 이제는 내가 답답할 정도로 내 팔을 자연스럽게 끼며 받았다. 이 추위에 여행이라니 어지간히 할 일이 없는 여자인 모양이군.

"참 서울서 오셨다고 했던가요?"

"영등포요."

여자가 너무 쉽게 대답을 해왔기 때문에 나는 잠시 말을 끊고 다음 말을 생각해낼 때까지 여유를 갖지 않으면 안되었다.

여자가 고개를 숙인 채 팔을 꼬옥 잡고 있어서 눈보라에도 불구하고 훈 감해 왔다. 장끼 한 마리가 우리 앞을 질주해갔다. 제법 쌓인 눈이 걸을 때 마다 바지 가랑이 사이로 달라 붙어 젖어들기 시작했다. 소나무에 눈이 내 려 쌓인 모습이 크리스마스 카드의 그림을 꼬옥 빼어 닮아 있었다.

"어딜 어딜 다니셨더랬어요?"

여자는 아직 앳되어 보였고 십자가 목걸이를 목에 건 것으로 보아 크리 스천인 것 같았다.

"오대산 상원사요. 삼척 남근 마을을 들르고, 오죽헌에도 가봤어요."

"아, 남근 마을도 가보셨어요?"

"네, 어떻게 잘 알아요?"

"옛날 한 번 다녀온 적이 있어요. 마을의 설화 속 이야기가 실제로 지명 으로 남아 있는 것이 신기하더군요."

그 말에 여자가 내 얼굴을 힐끗 쳐다보았다. 나도 여자를 힐끗 쳐다보았 다. 나도 모르게 고개를 갸우뚱했다. 역시 어디선가 본 듯한 얼굴이라는 생 각에는 변함이 없었다.

"서울을 떠나신 지가 꽤 오래되신 것 같아요?"

"일주일 되었어요. 여기저기 정처없이 돌아다녔어요. 동해안의 알려진 곳이라면."

"곰실을 어떻게 아셨어요?"

"진작부터 알고 있었어요. 거기 곰실 원효암에 먼 친척되는 분이 주지로 있다길래 내친 김에 찾아가는 길이에요."

여자가 말끝을 흐렸다. 여자가 미끄러운지 내 팔을 더욱 세게 밀착해왔 다. 산에서의 눈발은 여우라더니 눈에 홀려 도무지 앞이 분간이 되지 않았 다. 길이 나 있는 것으로 가긴 간다마는 자칫 잘못하다가는 헛길로 들기 일

수일 것 같았다 지워진 길을 만들어가야 했고 더듬어 찾아가야만 했다. 눈발은 더욱 힘차게 몰아치고 쌓였다. 산속에서의 눈은 내렸는가 싶으면 쌓였고, 그것은 그대로 시간도 못되어 폭설이 되었다.

"앞을 볼 수가 없어요."

그러면서 그녀는 더욱 내게 몸을 밀착해왔다. 내가 별로 큰 키가 아니었는데도 내 몸에 기대니 내 품에 폭 안기었다.

"원효암 주지가 친척이라면 외가 쪽인가요, 친가 쪽인가요?"

나는 생각나는 것이 있어서 밀착해오는 여자를 껴안으며 물었다.

"외가 쪽이에요. 큰 이모의 시어머니가 절을 운영했어요."

"혹 그 시어머니 성씨가 옥씨 아닌가요?"

"아니 그걸 어떻게?"

여자는 내가 일가의 성씨를 알고 있는 것이 자기와 무슨 게시라도 되는 양 눈을 동그랗게 뜨고 물었다.

"여기 곰실이 옥씨 집성촌인 줄 몰랐나요? 지금도 아마 그럴 거에요. 많은 사람들이 밖으로 나왔지만 들어오는 경우는 드물거든요."

곰실은 옥씨 집성촌이었다. 이성계 일파에 쫓긴 왕 씨 중 이름을 옥으로 바꾸고 힘든 세월을 견디어 온 고려왕국의 후예들이 모여 사는 곳이었다.

갈수록 눈이 더 쏟아졌다. 여자는 고개를 숙이며 바짝 더 내 팔을 잡아당겼다. 무사히 곰실에 닿을 수만 있으면 좋겠다. 금새 눈이 쌓여 한 발 내딛기도 쉽지 않았다. 동해안의 날씨가 이렇게 쉽게 변하리라고는 생각 못했다. 문득 삼척 남면의 해신당 생각을 했다. 남근 사상은 그 심층적 분석을 통해 보면 남녀간의 교합과 관계 있었다. 남자가 없는 해신당 처녀의 분노, 그 분노를 가라 앉히기 위해선 남자가 필요했다. 아니 없으면 차라리 수컷이라도 필요했다. 이종혼 설화나 잡종혼 설화는 모든 자연의 이치가 음양의 조화에 있다는 것을 보여주고 있었다.

"이번 학회에 참석하셨드랬어요?"

나는 내 품에 참새처럼 안긴 여자의 얼굴을 보며 물었다. 여자가 분명 구비나 민속쪽 계통의 학자라고 여겼기 때문이었다.

"네, 선생님 발표도 보았어요."

"그렇다면 아는 체 하지, 저는 전혀 딴 분인 줄 알았어요."

나는 다소 감정이 섞인 목소리로 말했다. 여자가 미안한 표정을 지었다.

"곰실에 대해 아는 것 있으세요?"

곰실은 곰실에 얽힌 설화나 전설을 조사하지 않는 사람이라면 결코 찾아 갈 만한 곳이 아니었다. 그리고 일반 사람들은 사실 곰실이 있는지 없는지 알지도 못했다. 그러나 여자는 곰실을 알고 있었다. 보통의 상식 없이는 그곳을 알 수 있는 곳이 아니었다. 더욱이 곰실은 지도상에 있는 마을 이름이 아니었다. 있다면 곰 토템 정도로 우리 민속학자들 사이에서만 알고 있는 정도의 마을이었다.

"아니, 선생님, 곰실도 몰라요. 선생님이 곰실을 찾는 것만큼 저도 곰실을 찾는 거에요."

여자가 눈을 살짝 흘기며 말했다. 내가 자기를 무시한다는 투였다.

"이 개명된 세상에 곰 토템 마을이 아직도 남아 있다니?"

"곰실이라는 지명 자체가 그런 것 아니겠어요. 지형이 곰과 닮은 마을이라고 하기에는 아무래도 그렇구, 곰과 관련된 사건이 있다는 건 조금 상관이 있다고 느껴지기는 하지만 그래도 아마 곰에 관한 전설이나 설화가 있기 때문에 더 곰실이라고 불렸던 것 같아요. 그래서 곰 토템이 생긴 것 같기도 하구."

"그렇지만 곰실 마을이 현대판 곰 토템 마을이라면 오히려 곰과 관련된 사건이 있기 때문이라고 보는 것이 더 타당하지 않을까요?"

"곰실 마을에 관해서는 성균관대 최0원 박사가 발표한 글이 있는데 거기서 곰실에 관해서 연구되었던 것 같은데."

"그게 벌써 언제적 이야기에요. 그 이후로는 곰실에 관한 글을 본 적이 없어요. 그것도 학술지보다 일반 신문에 먼저 발표되었다는 것도 문제가 되구요."

"우리나라에 곰 토템에 관해 연구하는 사람이 많지 않아 그럴 거에요. 이젠 단군신화는 연구될 만큼 연구되었다고 보잖아요."

바람이 불었다. 소나무에 쌓인 눈이 바람에 떨어지면서 우리를 덮쳤다. 여자가 차갑다며 내 잡은 팔에 더욱 밀착해왔다. 이 길이 곰실로 가는 길이 맞는지도 몰랐다. 아주 옛날 이곳으로 해서 곰실로 든 적이 있었기 때문에 기억을 더듬어 가는 것이었지만 확실한 자신감은 없었다. 학회를 마치고 바로 상경할 걸 괜히 곰실에 들렀나 하는 생각을 순간적으로 했다. 그렇지만 김석출 씨 일가를 만난 것은 그나마 다행이었다. 석출 씨 대에서 동해별신굿이 끊어질 것인가 싶었는데 그의 딸이 맥을 잇고 있고 또 그 딸의 딸이 엄마 뒤를 이어 동해별신굿을 잇고 있다는 것을 발견한 것은 큰 수확이었다. 동해안별신굿에 대해서는 경희대 김0곤 교수에 의해서 널리 소개된 바 있다. 동해안별신굿의 고유 모습과 김석출 씨의 가계에 대해서도 상세히 소개되어 있다. 김석출 씨는 동해안별신굿뿐만이 아니라 세습무에 대한 연구로서도 자주 언급되었던 인물이었다.

"단군신화를 보면 우리 민족의 고유 토템은 곰인 것 같은데 이상하게 곰과 관련된 것이 그렇게 많이 남아 있지 않는 것을 보면 이상하다는 생각이 들어요."

"그러게 말이에요. 오히려 곰보다는 사람이 되지 못한 호랑이가 지명이

나 전설 속에 더 많이 남아 있잖아요. 호랑이의 역설 같기도 하고."

"글쎄, 이런 면에선 단군신화와 달리 결국엔 호랑이 토템 민중이 곰 토템 민중에 승리를 했다고 보면 될까요?"

"곰이 12지 가운데 나오지 않는 것을 보아서도 더욱 그런 것 같아요."

"그러게요, 왜 곰이 12지에 속하지 않았을까 아마 곰의 속성과도 관련이 있다 하지 않을까요, 남자다운 성격의 동물이 필요하다보니 아무래도 곰보다 호랑이를 썼어야 했을 거에요."

"그런데 실제 우리 지명을 보면 또 호랑이 보다는 용을 화소로 하는 지명이 많은 걸 보면 그것 또한 참 이상해요."

"글쎄요, 더욱이 용은 상상 속의 동물인데 용을 가까이 했다는 것은 우리 민족과 용이 무슨 관련이 있는 것 같기도 한데 한번 연구해 보아요, 그쪽 방면이라면."

우리는 서로가 관심 있는 주제에 대해서 이야기 했다. 서로가 관심이 일치하니까 말이 처음과는 달리 수월하게 터졌다. 갑자기 여자가 비명을 지르며 내게 거의 꼬옥 매달리다시피 했다. 뒤로 숨기조차 했다. 별거 아니었다. 모퉁이를 돌아가는데 나타난 바위가 산짐승처럼 보였던 것이었다. 모퉁이를 돌아들자 바로 나타났기 때문에 여자가 더욱 놀란 것 같았다.

그러나 시간이 지날수록 마을은 나타나지 않았고 어둠이 지기 시작하자 여자는 무서운 모양이었다. 의지할 것이라고는 나 혼자 밖에 없다고 생각했는지 내게 더욱 매달렸다. 이럴 줄 모르고 곰실을 찾으렸던 것이었을까? 이상한 우연이었다. 1박 2일의 학회를 마치고 시간이 있어 나는 인근에 있는 동해안별신굿당을 찾고 이 곰실 마을을 향한 것이었을 뿐이었는데 여자가 어떻게 이 곰실 마을을 찾은 것인지 궁금했고 그것도 같은 시간에 이 산길에서 만난 것이 이상했다. 여자 혼자 산길을 가는 것이 과연 옳은 판단인가도 싶었다. 여자 말로는 물론 원효암으로 간다는 것이었지만 곰실 마을에 원효암이 있다는 소리를 들어보지 못했다. 곰실 같은 악산 밑에 있는 마을에 무슨 암자가 들어설까 하는 생각도 있었다.

"원효암은 어디 쯤에 있을까요, 곰실에 있는 것은 아니겠지요?"

"원효암이 신기한 것은 부처님 형상이 모두 곰 모양이라는데 있어요. 아주 오래된 절이에요. 마을과 함께 생겨났다고 할 수 있지요."

여자는 대답 대신 원효암의 특징에 대해 이야기했다.

"혹, 곰 사당이 아닌가요?"

"아니에요, 절 암자에요."

여자가 잘 안다는 듯이 강하게 부정했다. 그러다가 여자는 내가 결혼을 하지 않았다는 것을 눈치채자 갑자기 목소리가 밝아졌다. 그렇지만 나는 아무런 생각 없이 여자가 그냥 하는 대로 내버려 두었다. 상대가 여자라고 느껴지지 않았다. 오랫동안 혼자 살아왔다는 것도 한몫했다. 결혼은 해야 하는 걸까? 여자가 아무 거리낌없이 껴안는 바람에 나는 쓸 데 없는 생각을 했지만 별로 그 당위성을 느끼지 못했다. 상냥한 얼굴을 가진 여자라는 생각을 했다.

여자는 연신 종알거렸다. 그녀는 내가 싫지 않은 모양이었다. 이 험한 길에서 든든한 지원군을 만난 것이 무척 안심된다는 표정이었다.

그런데 시간 여를 걸어가도 마을이 나타나지 않았다. 길을 잘못 든 것일까, 아니면 마을이 사라진 것일까? 옛날 내 느낌으로는 이 정도쯤에서 마을을 만난 것 같았는데 사방은 눈만 내리고 앞은 분간은 되지 않고 길이라고 생각되는 곳도 눈이 쌓이니 여기가 거긴 것 같고 여하튼 길이라고 여겨지는 대로 그냥 걸어갔다. 여자는 모든 것을 나한테 의지한 채 따라가고 있었다. 그녀가 말하는 원효암이라는 것도 여기가 아닐 것 같았다. 곰의 형상을 한 부처님을 모셔두었다는 것도 허구처럼 여겨졌다. 그러나 중요한 것은 여자가 내 뒤를 따라왔다는 것이고 지금 여자와 함께 곰실을 찾아가고 있다는 것이었다.

산에서의 날은 일찍 내렸다. 점점 어두워지기 시작하자 당황한 것은 오히려 내 쪽이었다. 나는 어떻게든 이 폭설을 헤쳐나갈 수 있지만 여자는 마을을 만나지 못한다면 어떻게 될지 모르겠다. 지금은 걷느라고 추위를 모르겠지만 나중이 되면 추워질 것이다. 그때면 어떻게 될까? 그러나 여자는 내가 이런 생각을 하는데도 그런 것에 대해서는 전혀 걱정이 없는 투였다. 오히려 엉뚱한 이야기를 해 나를 놀라게 했다.

"여기 나무들 보니까 소나무와 참나무가 많네요. 참나무가 나왔으니까 참나무 이야기 하나 할 게요.

쓰임새 많고 유용한 나무라면 넓은 의미에서 모두 참나무. 참나무 아닌 나무는 모두 개나무, 좁은 의미에서 참나무 과 참나무 속에 속하는 나무라면 모두 참나무, 참나무는 모두 도토리 열매를 맺기 때문에 모든 참나무는 도토리 나무, 그렇게 보면 상수리나무, 굴참나무, 떡갈나무, 신갈나무, 갈참나무, 졸참나무는 모두 참나무이면서 모두 도토리나무라지요. 개념이란 것이 참 중요한 것 같아요. 우리 민속학이나 구비문학도 아직 개념 정립이 필요한 것이 더 있어요."

여자는 말해놓고 웃었다. 그런 걸 보면 여자가 국문학이나 민속학 관련 학자인 것만은 분명한 것 같았다. 혹 대학에서 가르치고 있지는 않나 모르겠다.

결국은 길을 잃고 말았다 아무리 걸어도 마을은 보이지 않았고 산속은 어두워져 자칫 헛발길이라도 하면 옆으로 굴러떨어지는 것은 아닌가 두려웠다.

"길을 잃은 것 같은 데요."

내가 황망해 하며 말했다.

"네 일단은 길이라고 생각되는 곳으로 계속 걸어가 봐요."

"앞이 보이지 않아요."

"제가 앞장 설 게요."

여자가 내 팔을 풀고 이제와는 달리 앞서서 걸었다. 나는 여자를 앞세운다는 것이 좀 무엇했지만 그냥 여자가 앞서서 걷도록 두었다.

"잘 걸으시네요."

"이런 일에 익숙해놔서."

여자는 많이 돌아다녔다는 것을 은연 중에 말했다. 아닌 게 아니라 여자가 잘 보이지 않는 길을 따라 십여 분 쯤 더 걸어가자 멀리 불빛이 보였다. 여자가 돌아보며 손으로 불빛이 있는 곳을 가리켰다. 발걸음이 빨라졌다.

마을이랄 것도 없었다. 독가 몇 개가 뛰엄뛰엄 조개 껍데기처럼 숨어 있었다. 우리는 그 중에서 제일 큰 집으로 들어갔다. 우리 같은 사람들을 상대하는 마을 여관집 쯤으로 여겼다. 주인이 나왔다.

"오늘 좀 쉬어갈 수 있을까요? 돈은 넉넉히 드리겠습니다."

주인 아낙이 아니 할머니가 우리들 빤히 보더니 한쪽 방을 내주었다. 그리고 밥상을 차리기 시작했다.

여자와 함께 상을 마주했다. 전등 불빛이 어두웠지만 그래도 이번에는 여자의 얼굴을 보다 자세히 볼 수 있었다. 귀여운 여자였다. 콧등에 아주 보일락 말락한 검은 점이 하나 있었다. 우리는 배가 고프고 피곤했기 때문에 허겁지겁 밥을 먹었다. 밥을 먹으면서 여자를 홀깃 바라보다가 문득 여자가 언젠가 백제 축제 때 공주에서 본 백제 여인 같다는 생각을 했다. 개량 한복을 입은 모습도 한결 그녀를 백제 여인으로 데려다 놓고 있었다. 이상했다.

여기는 동해안 강릉 곰 토템 마을인 곰실이었다. 따지면 옛 신라 땅이었다. 동해안의 한 마을인 곰실과 공주까지는 여간 먼 거리가 아니었다. 무슨 공통점이라고 있어야 하는 것인데 그냥 없었다. 있다면 공주 곰나루와 곰실의 곰에 대한 연상이 같긴 했다만. 그런데 왜 뜻밖에 공주가 떠오른 것일까? 이상했다. 내가 지금 동해안 곰 토템 마을에 있는 것이 아니라 백제 공주에 있는 느낌이었다.

공주에서 시간 강의를 하며 우리 민속을 찾아 동분서주했던 때가 엊그제 같았다. 공주는 역사 문화의 도시였다. 온 거리가 그대로 박물관이었다. 자료조사를 한다면서 공주 곳곳을 헤메고 다녔었다. 공주에 남아 있는 전설, 민요, 민속을 찾아 헤메었다. 다 무너져가는 전통 속에서 공주 정안正安에 있는 계백장군 사당을 발견했던 것은 큰 수확이었다. 그 사당을 지키는 무당이 우릴 보고 덤빌 듯이 노려보았다. 우리가 계백사당 가까이 다가가자 그 안에 있던 여자가 마구 무구를 흔들었다. 나중에는 계백장군 칼을 뽑아 들고 '계백장군 한칼에 스러져라' 하면서 휘둘러 대었다. 질겁을 해 도망쳐 나왔다. 곰나루에서는 곰나루 전설과 국문학 첫 페이지에 나오는 공무도하가를 연결시키는 발칙한 상상도 했다. 그 백수광부가 그 물에 빠진 곰나루의 나무꾼이 아닐까?

"무얼 그리 빤히 쳐다보세요?"

여자가 물었다.

"아니 제 앞에 있는 여인이 백제 여인을 닮았다는 생각을 했어요. 여기는 신라 땅인데."

"싫지 않네요. 실은 제가 고향이 충청도이거든요."

"공주는 가보셨어요?"

"공주가 제 고향이에요. 신흥종교 본거지 신도안이 멀지 않아요. 지금은 많이 사라졌지만 제가 어릴 때만 해도 신을 모신 집이 많았는데 모두가 한 세대 건너뛰자 허물어졌어요. 지금이 일제 강점기도 아니고 또 육칠십년대도 아니고 신흥종교가 먹혀들겠어요. 교주라는 분들은 다들 죽고 그 2세 되는 사람들도 다 죽고 그 자식들은 대처로 나가고 시대를 모르는 몇몇 교주들이 되지도 않는 소리를 가지고 사람을 끌어들인다는 것이 말이 되겠어요."

신도안? 기억이 났다. 바로 은사 교수님을 모시고 이 신도안에 다녀온 것이 엊그제 같았다. 한 여자 교주는 얼굴이 해바라기 같았다. 자신의 한울교가 단군 계시를 받고 일으킨 종교라며 그 배경 내력을 이야기하는데 박사들인 우리들도 말려들지 않는 사람이 없을 정도로 말을 너무 조리있게 잘했다.

"민간신앙을 연구하는 사람치고 신도안을 모르는 사람이 없는데 신도안을 어렸을 때부터 알았다면 신흥종교에 대해서도 밝겠어요?"

"종교 취락이에요. 마을이라기보다는 신흥종교인들이 모여있는 곳이었지요. 신도안이 바로 십승지지 중의 하나라고 일컬어져 예부터 풍요하게 여겼지만 강과 같은 큰 물이 없어 한 나라를 세울만한 곳은 못된다고 해 이성계도 도읍을 정하려다가 그만 접었다 해요."

그렇게 말하는 여자가 귀엽다는 생각이 들면서도 아까부터 이상한 것은 보면 볼수록 여자를 어디선가 꼭 한번 본 것 같다는 생각이 자꾸 드는 것이었다. 어디에서 보았더라 이런 민속을 연구하는 학회의 회원이라면 어디선가 본 듯도 하겠건만 안개 같았다. 내가 만났던 여자를 주욱 더듬어 보았다. 그러다가 나는 혹 그 아이가 아닐까 하고 생각했다.

그랬다. 그 여자아이와 같다는 생각을 했다. 옛날 고교 수학여행 때 백제 무녕왕릉과 공산성을 보고 우금치를 넘어 부여로 간 적이 있었다. 공산성에 들렀을 때였다. 그때 공산성에서 할아버지 손을 잡고 이곳저곳을 둘러보고 있는 한 소녀를 보았다. 소녀는 할아버지와 함께 떨어지는 낙엽을 잡기도 하고 밟기도 하고 깔깔 웃기도 하고 솜사탕과 풍선을 들고 있었다. 신생님은 공산성 여기저기를 데리고 다니면서 설명을 해주었지만 나는 내내 그 소녀만을 쳐다 보았다. 이상하게 그 소녀가 머리에서 떠나지 않았다. 너무 귀엽고 예쁘게 생긴 소녀였다. 소녀에 대한 인상은 그 후에도 뇌리 속에서 떠나지 않았다. 그때의 할아버지와 함께 있었던 소녀가 지금 내 앞에 있는 여인이 아닐까?

이상하게 여자와 같이 앉아 있을수록 그런 생각이 자꾸 났다. 자꾸만 여자의 얼굴에 그 소녀의 얼굴이 익어 있는 것이었다. 더욱이 여자의 고향이 공주라는 데에 나는 더욱 흥미가 당겼다.

예전 내가 왔던 곰실마을은 제법 사람이 많은 마을이었다. 그러나 지금은 전등 불빛을 전부 모아보아도 몇몇 집만 눈에 들어왔을 뿐이었다. 내가 곰 토템 마을인 곰실을 소개받아 찾았을 때의 곰실은 전형적인 산골이었다. 길도 제대로 나 있지 않은 고립된 마을이었다. 찾아가는데도 여간 애먹은 것이 아니었다. 지금은 마을 앞까지 길이 뚫어져 있다는 소리를 듣기는 했는데 그 길을 몰라 옛길을 택한 것이었다.

괘종시계가 8시를 때렸다. 화장실이 마당 밖에 있어서 여자가 저어했다. 게다가 곰 토템 마을이다 보니 와닿는 것이 모두 곰이 연상되어지는 것이 혼자 가기 두려운 모양이었다. 나는 여자를 데리고 화장실로 갔다. 다행히 화장실에 전기가 연결되어 있어서 불을 환히 밝힐 수 있었다. 세면대도 있어서 손을 씻을 수가 있었다. 그녀가 꼭 옛날의 우리 어머니 대에 살았던 여인 같았다. 이 산골 곰 토템으로 알려진 마을에 와서 자꾸만 그녀가 어디선가 본 여인으로 나타나는 것이 묘했다.

밥을 먹고 우리는 할 일이 없었기 때문에 서로 얼굴을 마주 보았다. 여자가 살짝 웃었다. 치열이 반듯했다. 또다시 꼭 옛날 공산성에서 할아버지와 함께 왔던 모습이 강렬하게 와 닿았던 그 소녀가 떠올랐다.

"내일은 어디로 가실 계획이세요? 이 산골까지 버스가 오려나."

강릉이 서울과 너무 멀었다. 관동대에서 우리나라 신화학회가 열린 것은 처음이었다. 사람들이 많이 오지 않을 줄 알았는데 웬걸 겨울인데도 생각 외로 전국에서 연구자들이 많이 모여들었다. 아마 겨울 동해안도 구경할 겸 온 것 같았다. 1박 2일 일정이라 1박은 학교에서 해결해 주다 보니 전국의 연구자들이 많이 모인 것 같았다. 아마 여자도 그 때문에 온 것 같았는데 여자는 동해안 여행 중이라고 주장했다. 무슨 여자가 혼자 이 추운데 그것도 바람이 찬 강원도 동해안을 여행한단 말인가? 보아하니 결혼을 한 것 같지도 않았다.

"그쪽께서는 어떻게 하실 생각이세요?"

"저는 동해안을 따라 더 돌아다니다가 갈 생각이에요."

"돌아갈 곳이라도 있으세요?"

내가 여자의 허점을 노렸다.

"왜 제가 집이 없을까 보아서요. 이래보아도 백제의 공주에요. 비록 망했지만 백제의 마지막 왕 의지왕의 아들 성씨가 무언지 아셔요. 서 씨에요 제가 부여 서 씨거든요. 따져 들어가면 백제 의자왕의 왕족이에요 호호."

여자는 말을 재미있게 했다. 아닌 게 아니라 여자는 백제를 그대로 나타내고 있었다. 우선 여인의 얼굴이 수수, 순박, 정감, 이런 백제적인 멋을 풍기고 있었다. 여인은 머리 모양도 사극에 등장하는 백제 여인의 모습을 하고 있었다. 길게 늘인 머리, 동그란 얼굴, 옷 매무새도 개량 한복 비슷한 옷을 입고 있는 것이 우선 오늘날의 여인이 아니라 옛 여인들 모습을 보여주고 있었다.

나는 자꾸만 내가 그 옛날 수학여행 때 보았던 공산성의 소녀가 여인의 얼굴에 겹쳐와서 은근히 떠보았다.

"혹 공주에 살았다면 공산성에 자주 올라가 보셨겠네요?"

"네, 어릴 적 자주 올라갔는데 여고 시절엔 다리가 굵어진다고 가지 않았어요. 옛날 생각이 나네요."

"굵어질 다리도 없을 것 같은데요 뭐."

"그래도 그때 대부분의 여학생이 그랬어요. 시골 여학생이 예뻐야 얼마나 예뻤겠어요. 그래도 다리가 굵어지지 않으려고 애를 썼어요."

"혹 할아버지가 계시지 않았어요?"

"네, 할아버지 있었어요. 자주 할아버지와 함께 공산성에 오른 적이 있어요. 그런데 왜 그러셔요, 무어 집히는 것이 있으세요?"

"아, 아니에요, 그럼 낙엽기의 공산성을 기억하고 있겠네요?"

"네, 낙엽기 공산성은 저만치에 군밤 장수가 있고, 저만치에 솜 사탕 장수가 있고, 아 참, 번데기 장수도 있었던 것 같았어요. 할아버지 손 잡고 가면 자주 할아버지가 사주곤 했는데."

나는 침을 꿀꺽 삼켰다. 여자가 그때 내가 수학여행을 갔을 때 보았던 소녀가 정말 맞는 것일까? 맞다면 이렇게 기막힌 우연이……. 열 살쯤 되어 보였을까 이상하게 공산성에서 소녀를 본 이후로 뇌리에서 그 소녀가 떠나지 않았다.

"공산성 쌍수정도 기억에 있겠네요, 영은사도 보았겠구요?"

"그럼요, 쌍수정에 올라가 보기도 하고 할아버지 손 잡고 영은사 상수리 줍는 아이들도 보고 한 바퀴 주욱 돌았어요. 그때는 지금처럼 가꾸어진 모습이 아니었어요. 작년에 가보았는데 많이 가꾸어져 있더라구요."

나는 더 이상 그것에 대해 묻지 않았다. 여인이 그때 그 소녀라는 생각이 들었기 때문이었다. 아니 여인이 그때 그 소녀가 아니라는 것이 싫었다. 그녀를 그때의 소녀로 그냥 믿어버렸다.

어디선가 부엉 울음 소리가 들렸다. 짐승 우는 소리도 들렸다. 주인 영감 할머니와 할아버지의 바튼 기침 소리가 예까지 들렸다. 이따금 닭 홰치는 소리도 들렸다. 밖은 환한 것으로 보아 달이 있는 것 같았다. 게다가 눈이 내리고 있었다. 살짝 여닫이 문을 열고 내다보니 폭설이었다. 이렇게 큰 눈은 본 적이 없었다. 내일 일이 걱정되었다. 아까 할머니 말로는 조금 걸어가면 마을까지 버스가 온다고 하던데 이 눈 내리는 날 시내버스가 들어올 것 같지 않았다. 밤이 깊어가고 있었다. 백열전구의 불빛이 붉었다. 방은 잘 데워져 있었다. 손님들을 위해 항상 불을 때 둔다는 늙은 부부가 고마웠다. 이불은 한쪽 낡은 고리짝 위에 놓여 있었다. 잠이 왔다. 내가 덥쑥 일어나 이불을 깔았다. 여자의 것과 내 것을 따로따로 놓았다. 그냥 씻지도 않고 벗지도 않고 쓰러져 잤다. 피곤해서 아무것도 생각나지 않았다. 여자에 대한 배려는 없었다.

꿈을 꾸었다. 곰에 쫓기는 꿈이었다. 시대는 백제였다. 나는 곰나루 건너편 연미산燕尾山으로 돌아다니며 마와 약초를 캐어 내다 파는 서동薯童이었다. 곰살맞게 생긴 곰이 내 뒤를 몰래 따라왔다. 눈치를 챈 것은 마악 산삼 뿌리를 캐고 일어설 때였다. 곰이 내 앞을 막아서며 팔을 수줍게 벌리고 있었다. 나는 곰나루 이야기가 생각나서 혹 저 곰이 잡아가서는 자기 사내로 만들려고 하는 것은 아닐까 두려움에 빈 틈을 노려 재빨리 곰의 두 팔을 벗어나 달리기 시작했다. 이상했다. 평소엔 그렇게 잘 달리고 튼튼하던 두 다리가 도무지 말을 듣지 않았다. 아무리 발버둥을 쳐도 그 자리 그대로일 뿐 나아가지 않았다. 그렇게 마구 발버둥 치다가 결국은 곰에게 잡히면서 깨어

났다. 그런데 이상했다. 내 손에 무슨 뭉클한 것이 집히면서 조금 갑갑하다는 생각을 했다.

여자가 날개 꺾인 새처럼 내 곁에 와서 잠들고 있었다. 아니 내가 여자에게 다가간 것인지도 몰랐다. 우리는 똑같이 서로를 껴안고 있었던 것이었다. 나는 백제의 남자였고 여자는 백제의 공주였다. 순간적으로 나는 이 선생을 또다시 떠올렸다. 여지껏 결혼을 않고 있었던 것은 왜 였을까? 떠나버린 이 선생에 대한 미련 때문이었을까? 이 선생이 떠나간 이후로 그녀 같은 여인을 보지 못했다. 순결해야 한다는 내 고전주의가 이제껏 내 욕망과 내 존재를 얽어매어왔다. 이 순간 그까짓 고전주의가 무슨 소용일까? 나는 여인을 더욱 세게 끌어안았다. 옛날 수학여행 갔을 때 공산성에서 보았던 그 소녀의 선하고 순했던 얼굴이 떠올랐다. 여인을 품에 꼬옥 안았다. 여자가 내 품을 엄마 품을 찾듯 더욱 파고 들었다. 여인의 얼굴에 자꾸만 소녀의 얼굴이 겹쳐 떠올랐다. 온 몸이 뜨거워졌다. 귀엽고 농익은 듯한 통통한 여인의 살결이 내 코를 흠씬 적시고 있었다. 숨이 거칠어졌다. 여자가 바튼 신음을 내었다. 나는 격정에 못이겨 여자를 격렬하게 안으며 여자를 알몸으로 만들어 버렸다. 그녀가 모든 것을 받아주었다. 나는 내 욕정이 다할 때까지 여인을 품에 안고 포효했다.

여인과 나는 꼬옥 껴안고 잠을 잤다. 그동안 잊고 지내왔던 모든 욕정들이 눈 녹듯 사라지고 실로 오래간만에 단잠을 잤다. 이튿날 할머니가 물을 덥혀 놓았으니 나와서 세수하라는 소리가 들릴 때까지 잤다. 눈을 뜨고서도 한참 동안 누워있었다. 순간적으로 결단이 내려졌다.

'그래, 더 이상 결혼을 미루지 말자.'

나는 할머니가 차려준 밥상을 놓고 그녀와 마주 앉았다. 우리는 아무 말 없이 밥만 먹었다. 내가 말했다.

"그때 한 손에는 솜사탕을 들고 할아버지한테 먹여주고는 했지요?"

"네, 솜사탕을 조그만 손으로 꼭꼭 다져서 할아버지한테 드렸는데 그때 할아버지는 내 손자국이 예쁘다고 먹고는 하였지요."

"그 할아버지 지금 어디 계신가요?"

"아직 공주 중동中洞에 있는 집에 계셔요. 자꾸 어머니와 아버지는 서울로 모시려고 하는데 할아버지가 공주가 좋다고 공주를 떠나려고 하지 않으셔요"

"할아버지가 무엇하는 분이셨어요?"

"그때 박물관에 계셨었는데 그 후 대학 교수님으로 가셨어요. 무령왕릉 발굴 때도 참여하셨다고 그래요. 그때 신문에 난 기사를 스크랩해 둔 것을 본 적이 있어요."

"할아버지 성함이 어떻게 되시나요?"

"서0주 박사세요 사학계에서는 꽤 알아주시는 분이신데."

나는 서0주 박사라는 말에 속으로 찔끔했다. 서 박사는 무령왕릉 발굴 때 주도적으로 나섰던 분들 중 한 사람이었기 때문이었다. 그 박사님의 손녀가 그때의 소녀라니? 그때 수학 여행 때 딱 한번 보았던 소녀가 지금 내 앞에 있는 것이었다. 아니 그렇게 확신해버렸다.

"이제 어디로 가실 생각이세요? 서울로 가실 생각이세요? 서울까지 가려면 시내까지 나가야 하는데 오늘 아침 할아버지가 차가 오지 않을 거라 하던데."

"폭설이 더 내려 이렇게 며칠이고 같이 있었으면 좋겠어요. 그대는 백제의 공주님, 나는 나는 곰나루 뱃사공."

"네? 무슨 소리에요?"

나는 대답 대신 그녀 곁으로 가 그녀를 꼬옥 껴안아 주었다. 오래 오래

껴안았다. 그녀가 내 품에 안기면서 울었다. 얼마나 외로웠을까? 그때 주인 집 할아버지가,

"손님, 차가 이 폭설을 뚫고 왔네요. 빨리 나가보아요."

하고 말했다. 우리는 부랴부랴 가방을 챙겨들고 주차장이 있는 마을 회관 쪽으로 갔다. 용케 버스가 이 폭설을 뚫고 와주었다. 고마웠다. 나는 차에 올라타면서도 여인의 손을 꼬옥 잡았다. 여인의 손이 작고 부드러웠다. 시내에 가서 서울이 아닌 공주로 갈 생각이었다. 그때 그 소녀와 함께 하얗게 눈 내리는 겨울 공산성을 마음껏 거닐고 싶었다.

인간의 길

나의 직업은 베트남 가이드다. 나는 한국에서 베트남으로 여행 온, 그 중에서 호치민(사이공) 시로 여행을 온 사람들의 가이드 역할을 주로 맡았는데 가이드 노릇을 하다 보니 낯선 경험을 많이 겪게 된다. 지금 말하고자 하는 경우도 바로 그런 경우라 할 수 있다.

그해 1월이었다. 사이공의 1월은 건기로서 여행하기에 좋은 계절이었다. 벼락같이 내리는 비도 없었고 날씨도 맑아 우리로 치면 가을이었다. 승객은 모두 45명이었고 모두 충남의 모某 교회에서 단체여행 온 사람들이었다.

비행기는 새벽 01시 10분에 도착하기로 되어 있었다. 회사에서는 1호차, 2호차 두 대를 준비해놓고 있었다. 그러나 처음부터 난항이었다. 여자 목사를 비롯한 44명의 신도들은 한결같이 우리는 같은 교회에서 온 신도들이기 때문에 한 버스에 타야지 두 버스에 나누어 탈 수 없다는 것이었다. 그러나 규정상 45명이 한 버스에 타기는 곤란했다. 버스가 45인승 큰 버스였지만 현지 가이드까지 타고나면 정원 초과였기 때문에 도저히 불가능한 일이었다. 그리고 생각해 보라. 한 버스에 45명이라니, 쾌적한 여행을 위해서도 나누어야 했다. 그런데도 목사와 신도들은 고집을 피웠다. 결국 실랑이를 하다가 여자 목사를 비롯 20명이 선배 가이드의 1호차를 타고 나머지 사람들은 총무되는 사람의 인솔하에 나의 2호차를 타기로 했다.

이튿날(사실은 밤 비행기로 왔기 때문에 이튿날이 아니라 바로 그날이었다) 일정에 따라 호치민 시의 전쟁박물관, 노틀담성당, 중앙우체국, 통일궁 등을 관광했다. 오후엔 판티엣으로 향했다. 판티엣까지는 4시간 가량 걸렸다. 차에 타고 얼마 지나지 않아 이들은 찬송가를 부르고 손뼉을 치고 노래가 끝나면 '할렐루야', '아멘' 등을 외쳤다. 몸도 좋지 않은 판에 잘됐다 싶어 나는 그들이 하는 대로 그냥 내버려 두었다. 승객들은 도중 잠깐씩 쉴 때마다 그 짧은 시간에도 찬송가를 불렀고 앞차에 탄 목사를 찾았다. 목사에게 잘 보이려고 하는 그들의 모습이 노골적이었다.

잠깐 쉬었다가 다시 차가 출발했을 때였다. 갑자기 앞서가던 1호차에서 사고가 생겼다. 타이어가 펑크가 난 것이었다. 할 수 없이 길 한 옆에 차를 세우고 펑크 난 타이어를 교체할 때까지 기다려야 했다. 타이어를 교체하는 동안 뜻밖에 1호차에 탔던 사람이 전부 우리 차로 옮겨 탔다. 비로소 목사가 원하던 45명 전부가 한 차에 타는 순간이 온 것이었다.

목사와 1호차 손님이 함께 하자 차 안은 금새 후끈 달아올랐다. 타이어를 가는 동안 그야말로 차 안은 흥분의 도가니였다. 그 흥과 분을 가라앉힌 것은,

"자, 그럼 이제 간증의 시간을 가져봅시다."

하는 목사의 말 한 마디였다.

먼저 교인 하나가 나서서 간증을 시작했다. 그는 자신을 공무원이라 소개했다.

"연말에 같은 부서에 근무하는 동료와 업무 관계로 인해 불편한 관계에

놓여 있었습니다. 그래서 그 동료를 미워해 비방하기도 하고 시기하기도 했는데 기도하는 가운데 주님께서 '먼저 다가가라'라는 계시를 주셨고 그래 용기를 내어 먼저 제가 그 동료를 찾아가 그동안의 오해에 대해 이야기를 나누고 풀었습니다. 그 동료는 이번에 대전시로 옮겼습니다. 만약 그때 주님께서 먼저 다가가라는 용기의 메시지를 주지 않았다면 영영 화해할 기회를 잃고 마음에 짐을 지며 살았을 뻔 했는데 기도를 하니 주님께서 이런 용기를 주십니다."

그는 참 내가 보기에 하찮은 것을 가지고 간증을 했다. 그까짓 것 뭐 어려운 거라고, 내가 먼저 찾아가 미안하다면 될 것이 아닌가. 아니 그런 것도 하나님의 도움이 필요한 것이란 말인가. 그러자 이번에는 또 다른 사람이 나서서 간증을 시작했다. 그는 자신을 현대 자동차 회사의 세일즈맨이라고 했다.

"자동차 회사의 판매사원으로 입사했습니다. 밤낮없이 일하다 보니 어느 순간 그 지역의 최고책임자 자리에까지 올랐습니다. 그런데 어쩐 셈인지 제가 책임을 맡은 이후론 영업실적이 곤두박질치고 주변 사람들의 시기와 모함이 끊이지 않았습니다. 직원들은 젊은 나이에 출세한 저를 피했고 그래서 소통도 잘 되지 않았습니다. 결국에 회사에선 저를 해고했고 쫓겨난 저는 회사와 부하 직원에 대한 원망과 분노로 아무것도 할 수가 없었습니다. 그러다 문득 자만에 빠져 잊고 있었던 주님을 생각하고 밤낮없이 기도에 매달렸습니다. '주님, 이제껏 제힘으로 잘 된 줄 생각했습니다. 주님을 잊고 살았던 지난 날의 삶을 반성합니다. 이 고난을 이겨낼 수 있도록 제게 힘과 용기를 주시옵소서' 저는 예수님 앞에서 회개하였습니다. 그런데 기도하는 중에 주님의 음성을 들었습니다. '다시 일어나 일에 충성하라' 직장동료들과 화해하고 믿음을 가지고 노력한 결과 다시 정상에 올라섰고 현재 저는 제게 희망을 준 하나님께 감사와 영광을 돌리며 안정된 삶을 살아가고 있습니다."

그 사람의 위치를 알고 있어서 그런지 그 간증을 듣자 차 안이 조용해졌다.

간증대회는 앞차가 타이어를 교체할 때까지 약 1시간 가량 계속되었다. 그 모습을 보다가 나도 간증을 하겠다고 나섰다. 교인들은 자기네 교회 사람도 아닌 가이드가 간증을 하겠다고 나서자 대환영이었다. 사실 나는 교인이 아니었다. 어느 편인가 하면 오히려 불교에 가까웠다. 부처님 법문이 교회에서 말하는 목사님 말씀보다 더 솔깃했고 그리고 베트남이 불교적 전통이 강하다 보니 자연스럽게 그런 분위기에 있게 된 것이었다.

나는 어제부터 내게 일어났던 일을 말하기 시작했다

"우리 신도님과 함께 하기 전 저는 3박 5일 일정의 부산에서 온 관광객들을 맡은 후였기 때문에 매우 지쳐 있었습니다. 아닌게 아니라 그 팀을 보내고 나서 심하게 몸살을 앓았습니다. 그런데 다음날 소장님께서 이번 여행팀은 수준 높은 교회 단체 팀이라고 하면서 노련한 제가 한 번 더 맡아주면 좋겠다고 부탁하셨습니다. 하는 수 없이 몸이 쾌차하길 빌면서 저는 그러겠다고 하였습니다. 그러나 약을 먹었지만 이튿날 저녁이 되어도 몸이 찌뿌덩한게 영 풀리지 않았습니다. 큰일이었습니다. 이 상태라면 3박 5일은커녕 아예 마중도 못나갈 것 같았습니다. 그래도 아픈 몸을 이끌고 억지로 공항에 나갔는데 그런데 이상했습니다. 조금 전까지만 하더라도 몸살 때문에 서 있는 것조차 어지럽고 괴로웠는데 여러분들을 보는 순간 갑자기 아픈 몸이 싸악 나아지고 정신이 말똥해지면서 평소대로 힘이 솟는 것이었습니다. 아마 믿는 여러분들의 신앙심이 모아져서 하나님의 뜻이 제게 이루어진 것 같습니다."

대충 이런 요지로 말하자 45명의 열화 같은 박수가 터져 나왔다. 한 두 명의 간증이 더 있고 나서 앞차의 펑크가 해결되었다는 소식이 왔고 내 간증 탓인지 목사님이 이번에는 내 차에 남겠다고 하여 총무인 듯한 사람과 자리 교환을 했다. 총무가 1호차로 가고 대신 목사가 2호차인 나와 함께 했다.

여자 목사는 40대 후반 정도로 보였는데 나비 모양의 안경이 인상적이었다. 교인들의 목사에 대한 신뢰라던가 충성심은 절대적이었다. 목사님을 마주할 때나 목사님의 말을 들을 때는 70니 넘은 할머니, 할아버지도 공손히 두 손 모으고 목사의 말을 경청하는데 그 모습이 너무 광신도적인 모습이어서 혹 나는 이들 교회가 모든 재산을 교회에 맡기고 집단생활을 하는 신앙촌 같은 교회가 아닌가 하는 생각도 들었다.

저녁에는 세미나실에서 수요 예배를 가졌다(공교롭게도 그날이 수요일이었다). 나는 할 일이 없었기 때문에 또 간증을 했을 때 칭찬도 받았으므로 그들 예배에 참석했다. 이들의 수요예배시간은 북한의 전국인민대회 같았다. 거짓말 하나 보태지 않고 그 안은 움직임도 없었고 숨소리도 들리지 않았다. 그것은 내가 알고 일찍이 보아왔던 자유분방하고 활기찬 교회의 모습과는 달라도 너무도 다른 모습이었다. 그들은 목사의 말을 한 마디라도 놓치지 않으려고 목사에게서 눈을 떼지 않았고 목사와 눈을 마주치는 그것이 곧 교회에서 자신이 인정받는 것으로 생각하는 것 같았다. 목사가 설교를 했다.

"간암 말기의 60대 남자가 호스피스 요양원 원장 앞에 커다란 가방을 내려놓으며 힘없이 말합니다. 길어야 6개월 밖에 못산답니다. 여기 머물며 이 가방에 있는 돈만이라도 다 쓰고 죽을 수 있을까요 어려서부터 신문팔이, 구두닦이······, 안 해본 것이 없던 남자, 시장에서 옷장사로 돈을 많이 벌어 자식들 대학 졸업시키고 시집 장가 보냈는데 그만 덜컥 간암에 걸렸답니다. 하지만 자식들은 아버지의 재산에만 눈독을 들이고 재산 싸움만 하고 있는 것을 보고 내가 돈만 버느라 자식들을 잘못 키웠구나 크게 후회했답니다. 그래서 변호사를 통해 전재산을 사회에 환원 할 것을 서약한 후에 현금 5,000만 원이 든 가방만을 들고 생의 마지막 6개월을 보낼 곳을 찾아온 것입니다. 진달래꽃이 아름답게 핀 어느 봄날 같은 방을 쓰던 50대의 위암 말기 환자가 그에게 말합니다. 진달래꽃이 분홍색인줄 이제야 알았네요. 하늘이 저렇게 파랗고 들꽃이 저렇게 예쁜 줄을 몰랐네요. 그러면서 창을 바라보며 하염없이 눈물을 흘렸지요. 강남에 큰 빌딩을 가지고 있던 그 50대 남자 역시 그동안 오직 일밖에 몰랐다네요. 돈만 버느라 새벽도 아침도 없었고 눈도 비도 구름도 달도 별도 태양도 보이지 않았답니다. 호스피스 요양원에 온지 3개월 만에 50대 남자가 먼저 세상을 떠났습니다. 2개월 후에 60대 남자 또한 세상을 떠났습니다. 아 내 인생이 이렇게 끝나는구나 이럴 줄 알았으면 좀 더 사람답게 살아볼 걸…… 결국 들고 온 5천만 원도 쓰지 못한 채 임종을 지키는 사람도 없이 그렇게 세상을 떠났답니다."

여자 목사가 하는 설교는 그런 내용이었다. 그런데 나는 그게 좀 이상했다. 그런 이야기는 우리가 흔히 듣는 이야기가 아닌가. 그리고 또 언젠가 한국에 있을 때 교회에서 나누어주던 사탕을 묶어 나누어주던 전도지에서도 저런 이야기를 본 적이 있었다. 글자 하나도 틀리는 것 같지 같았다. 그런데 그렇게 보아서 그런 것인지는 몰라도 여자 목사의 이야기가 '우리가 가진 재산은 한갓 헛된 것, 천국에서는 아무 소용이 없습니다. 하나님께 바쳐서 천국 갑시다'라는 생각을 자꾸 주입시키려는 것 같이 들리는 것이었다. 교회의 돈은 결국 교인들의 손에서 나온 것일텐데 목사는 그 돈으로 은근히 교인들 위에 군림하는 것 같았다. 절대 순종, 절대 공경만 있을 뿐 불손이 있을 수 없었다. 그까짓 목사가 무어 그리 대단한 존재라고, 교인이 있어야 목사가 있는 것일 텐데…… 그들에게 목사는 또 다른 하나님이었다.

그들의 관광은 다음날에도 모든 것이 주님의 뜻이라는 전제하에서 시작되었다. 관광을 온 것인지 충청도 고향 예배당을 이곳 판티엣으로 옮겨온 것인지 분위기도 완전 베트남이 아닌 한국에서 관광하는 것 같은 느낌이었다. 그들 모습을 보자 문득 신의 길은 도대체 무엇인가 하는 생각이 들었다. 무엇이길래 이들이 이토록 빠져드는 것일까? 그들은 하나님의 길을 알고 있는 것일까? 그 길로 가는 것이 곧 자신들의 길이라고 생각한다면 그 길은 어떤 길일까?

오전에는 휴식을 취했고 중식 후 피싱 빌리지를 들러 흰모래 언덕으로 갔다. 이 모래 언덕을 짚차로 오르내리는 체험을 하는 것이 오늘의 주요 관광 포인트였다. 짚차를 타고 모래언덕을 올랐다 내려 올 때의 그 뭉클함은 판티엣 관광 중 압권이라 하겠다. 위험성이 있었기 때문에 노약자나 임산부는 타지 않아도 된다고 하였는데도 타지 않겠다고 하는 사람은 한 사람도 없었다. 아마 호치민으로 올 때 이미 그런 것은 각오하고 또 그런 사람은 제외시키고 온 것 같았다. 우스운 것은 그렇게 근엄하고 권위를 지키던 여 목사가 그 짚차를 한번 타더니 깔깔 웃으며 어린애처럼 좋아하는 것이었다. 교인들 모두가 의아해했다. 평소 근엄한 모습에 권위로 꽉 찬 여자 목사가 풀어지니 바로 어린아이처럼 변하는 모습을 보고 신도들은 목사의 그런 모습을 처음 보았는지 오히려 난감해 하는 것이었다. 미친 것이 아닌가? 그러나 그것이 끝나자 여자 목사는 얼굴이 표변했다. 또 다시 평소의 그 모습으로 돌아와 굳은 얼굴이 되는 것이었다. 호텔로 돌아오는 길에 베트남의 그랜드캐년이라는 '요정의 샘'도 들렀다.

그날 저녁 상담 시간이 있었다. 평소 목사를 보기는 많이 했지만 1대 1로 마주할 기회가 없었던 교인들은 좋은 기회라 생각했는지 되지도 않는 문제를 가지고 와 목사와 마주 앉았다. 나는 그들이 무슨 문제를 가지고 목사와 의논하는가 싶어 멀찍이 떨어져 안 듣는 척 귀를 기울이고 있었다. 그들은 남편과의 문제, 교회 발전의 문제, 또 집안 문제 등 소소한 내용들을 목사와 함께 이야기했는데 그러나 그 상담 중 한 가지는 내 상식으로는 도저히 이해할 수 없는 것이었다.

"목사님, 이번에 우리 손자가 학교에 가야 하는데 학교를 보내야 하는지 말아야 하는지 모르겠습니다. 목사님이 판단을 좀 내려주십시오."

정말 그 문제는 지극히 상식적이고 문제도 아닌 문제였다. 아니 나이가 차면 학교를 가는 것은 당연한 것이고 또 그것은 권리인 동시에 의무이기도 한 것이 아닌가. 그런데 손자를 걱정하는 할머니는 쓸데없는 것을 그 목사에게 묻고 있었다. 목사에게 잘 보이고 싶어 하는 마음에 되지도 않는 것을 가지고 상담하고 있는 것을 왜 모르랴.

그런데 가관인 것은 그 여자 목사의 답변이었다.

"학교에 보내지 마셔요. 그냥 하나님의 말씀 듣고 자라도록 하셔요. 학교에 다니면 나중에 긴팔원숭이가 됩니다."

옆에 있는 내가 보기에도 그것은 궤변이었다. 목사도 그렇지만 또 손주를 둔 할머니도 모두 정상이 아니었다. 목사가 더욱 의심스러웠다. 사람을 믿음이라는 이름 아래 이렇게 현혹시키다니, 또 그걸 믿는 사람도 참, 그러나 내가 간섭할 사항은 아니었다.

상담 시간이 끝나고 호텔 로비에 앉아 내일 일을 잠깐 생각하고 있는데 갑자기 어제 간증을 했던 사람 중 하나가 방에 들어가지 않고 로비 까페에서 커피 두 개를 가져오며 다가왔다.

"우리 가이드님 나이가 좀 된 것 같은데?"

"네, 서른다섯입니다."

"그런데 어쩌자고 이 먼 곳까지 오게 되었나?"

"그냥 이곳이 마음에 듭니다. 이렇게 여행하며 제가 알고 있는 사실을 안내하는 것이 재미있습니다. 사주에 역마살이 있는지 밖으로 나도는 것이 싫지 않습니다."

"결혼은 아직 안했겠군?"

"웬걸요. 태국 여자 애인이 있습니다. 태국에서 네일아트 하는 여자입니다."

"태국말 소통에 문제가 없는가 보군."

"네, 여기 오기 전에 태국에서 몇 년 사업을 했는데 먹고 살려다 보니 저절로 알게 되더군요. 결국 말아먹긴 했지만 대신 태국 말을 익히게 되었습니다."

"부모님이 걱정하실텐데?"

"처음엔 걱정하시드니만 지금은 그런거니 하셔요. 또 나이 들면 자식 부모 품 떠나는 것은 아주 당연한 거구요."

"베트남 사람 한국 사람 미워하지 않던가?"

"아니에요. 베트남 사람 한국사람 엄청 좋아해요. 한국 한번 가보는 것이 소원이라구 말하기도 하구요."

"쉬는 날은 어떻게 지내시는가?"

"바빠서 쉴 틈이 없어요. 내일 밤 이 팀이 끝나면 바로 다음 날 저녁에 또 다른 팀을 맡기로 되어 있습니다. 저는 그것이 좋습니다. 자기가 하는 만큼 돈을 벌어주거든요."

"한국엔 한 번 씩 가시는가?"

"네, 두 달에 한번 꼴로 가는데 갈 때마다 참 발전하는구나 하는 것을 새삼 느끼게 됩니다. 아직 베트남은 한국의 칠, 팔십 년대 수준밖에 되지 않아요. 참 싼 노동력, 그러니까 발전 가능성이 역설적으로 높은 곳이에요."

그러다가 그는 나의 종교를 물었고 내가 무교라는 것을 알자 집요하게 예수를 믿을 것을 권했다. 자신의 예를 들어가며 예수를 믿는 것이 얼마나 행복하고 평화로운 것인지 모른다며 나를 전도했다. 그러나 그 전도가 믿지 않는 사람들에게는 얼마나 견디기 어려운 괴로움이라는 것을 이 사람은 알고 있기나 한 것일까?

나흘째 되는 날은 와인캐슬을 비롯 판티엣 시내 관광을 하고 다시 호치민으로 돌아가는 일정이었다. 그런데 출발 시간이 다 되었는데도 한 팀이 나오지 않는 것이었다. 전화를 해도 받지를 않아 할 수 없어 호텔 사람과 함께 그 방을 두드려보니 놀랍게도 두 사람은 매트리스에 꿇어앉은 채 꼼짝도 않고 하늘을 향해 기도를 드리고 있었다. 그런 자세로 두 시간 이상을 그대로 있었던 것 같았다. 기도 때문에 시간 가는 줄도 모르고 있었던 것이었다.

그들 때문에 출발이 늦어졌는데도 목사와 교인들은 짜증을 낼 법도 하건만 아무 말이 없었다. 오히려 목사는 그들을 독려하는 것처럼도 보였다. 그날도 역시 차 안은 교회, 예수 그리스도, 바울 이야기, 찬송가 뿐 관광에는 아무 관심이 없어 보였다. 그들은 자신들의 교회 이야기로 바빴고 자신들이 이곳으로 뽑혀 온 것에 대한 목사님의 배려에 감사했고 그만큼 자신이 교회의 충실한 일꾼이라는 것에 긍지를 갖는 것 같았다. 참 교회도 사회와 똑같구나. 교회는 좀 다를 줄 알았는데…… 내 설명을 들어야 하는 순간에도 저들은 그들 이야기로 나와의 소통을 단절했다.

판티엣 시내의 포사누이참탑을 관광할 차례였다. 내가 힌두교 유적지를 들른다고 하자 그들은 갑자기 브레이크를 걸었다. 우리가 기독교인인데 베트남 힌두교 탑을 본다는 것이 옳지 않다고 했다. 그러자 여기저기서 '옳소'

하는 소리가 터져 나왔다. 목사도 그 분위기에 눌려서인지 내게 다른 곳이 없느냐고 물어왔다. 앞차 선배 가이드와 의논해 보겠다고 하며 나는 선배 가이드에게 전화를 넣어 일정을 약간 수정하자고 했다. 베트남은 프랑스 식민지였었기 때문에 천주교 신자가 많았다. 베트남의 성당은 어떤 모습이며 또 한국의 성당과 어떻게 다른지 보여주자는 쪽으로 의견이 모아졌다. 이 바람에 또 다소의 시간이 지체되었다. 기독교인들은 서양인처럼 동양 종교의 상징인 탑을 이해하지 못했다.

그런데 성당으로 가기 전에 허름한 교회가 하나 먼저 있었다. 그래서 성당 대신 이들 요구에 따라 교회를 들르기로 했다. 마을이 끝난 곳에 교회가 용과나무에 둘러싸여 있었다. 교회를 보자 그들은 갑자기 소란스러워지기 시작했다. 그리고 앞 다투어 교회 안으로 들어갔다. 그러나 교회당 안의 보잘 것 없는 모습을 보자 혀를 끌끌 찼다. 단순했다. 엉성했다. 교회 안은 성탁 대신으로 낡은 탁자 하나를 갖다 놓았다. 물론 의자 같은 것은 있을 턱이 없었다. 갑자기 목사가 앞으로 나가자 사람들이 일제히 열악해 앉는 것조차 부담스러울 것 같은 그런 바닥에 거리낌없이 앉았다. 그들은 기도를 하기도 했고 입속으로 주기도문을 외우기도 했다. 아니라면 그들 나름의 기도를 했다.

그때 누군가가,

"우리 가난한 이 교회를 위해서 성금을 두고 갑시다."

하고 말하자 여기저기서 가지고 온 달러를 꺼내기 시작하였다. 금새 300달러 쯤 모이는 것이었다. 목사가 그 교회 목사에게 전달하고 베트남 교회 목사는 연신 고개를 숙였다. 그것을 전달하는 여자 목사의 자신감과 그것을 받아드는 베트남 목사의 비굴함이 이건 아닌데 하는 생각을 나는 했다. 사실 300달러라면 베트남에선 대단한 돈이었다. 대학을 나온 아이가 300달러

쯤 월급을 받는다고 보면 그 돈은 이 작은 시골 교회에서 유용하게 쓰일 수 있는 돈이었다.

가는 도중 시장에 들렀다. 말이 시장이지 그냥 비와 태양을 가리기 위해 양철 같은 것으로 얼기설기 엮어놓은 곳이었다. 나는 몇 가지 주의 사항을 이야기했다. '절대 길거리에서 만들어놓은 음식은 먹어서는 안된다. 그 자리에서 만드는 음식은 먹어도 좋지만 물 사정이 좋지 않기 때문에 되도록 페트병에 든 물을 사서 마셔라. 베트남 시장은 과일이 저렴하다. 가장 인기 있는 상품이다. 과일 사서 먹는 것을 권장한다.'

베트남의 여인들, 베트남의 소수 민족들을 볼 수 있었지만 시장은 한산했다. 시장을 한 바퀴 돌고 닭과 오리 거위가 있는 시장 한 구석 가축시장까지 왔을 때였다. 사람들이 경악을 했다. 오리들의 죽음이 너무도 간단했다. 그냥 주인이 오리의 목을 잡고 낫으로 목을 스윽 그어버리면 되는 것이었다. 더욱 잔인스로운 것은 동료들이 죽어가는 모습을 눈앞에 보면서도 눈이 없는 건지, 뇌가 없는 건지 좁은 우리 안에서 머리로 탁탁 타자를 치듯 모이를 주워먹고 있는 오리들이었다. 그들은 잘하면 오늘 하루를 더 견딜 수 있을지 모른다. 그러나 결국은 앞서간 오리들과 다르지 않을 것이었다. 사람들이 그 모습을 보며 그대로 버스에 올라탔다. 그들의 눈엔 가히 충격적인 모습이었으리라. 괜히 시장을 구경시켰다는 생각을 하였다. 차로 돌아온 사람들은 그 끔찍한 모습을 보며 몸서리쳤다. 가이드인 나로서는 보이지 않느니만 못했다고 생각했다. 다시 차는 달리고 방금 그 끔찍한 광경 때문인지 차 안의 분위기가 가라앉아버렸다. 그래서 내게 모처럼 말할 기회가 생겼다.

"베트남의 가장 큰 자산은 인구의 70%가 젊은이라는 점입니다 노동력이 풍부합니다. 우스운 것은 여자들이 훨씬 많다는 점입니다. 그러니만치 베트남을 움직이는 것은 여성이라 할 수 있습니다. 남자들은 40을 넘으면 중 늙은이 취급합니다. 5개 직할시와 59개 성으로 이루어진 베트남은 놀랍게 도 산유국이라는 사실을 주목해야 합니다. 우리나라 교민은 호치민에 13만, 하노이에 7만, 도합 20만 정도라고 보면 되겠습니다. 월남 여인의 미의 기준은 아니, 인근 태국이나 라오스 캄보디아 등지의 동남아 여인의 미의 조건은 하얀 피부라 할 수 있습니다. 자외선이 강해 검게 타기 십상입니다. 앞서 보았듯이 오토바이가 많고 우리나라와는 1992년에 수교했고 병원이 많이 없어 병에 걸리는 것을 주의해야 합니다. 프랑스의 식민지였다가 독립했고 아열대 기후에 빛이 많다 보니 빛을 받지 않으려고 앞이 좁고 긴 형태의 집들을 가지게 되었습니다. 그래서 낮에도 집안은 어두운데 이는 열과 빛을 피하려는 프랑스 식민시대 건축 영향을 받은 것이라 할 수 있습니다. 베트남은 남북으로 길게 늘어져 있어 북부, 중부, 남부가 각각 특징지어져 있습니다. 그래서 베트남 관광을 제대로 하려면 세 번 정도는 와야 합니다."

그때였다 갑자기 한 사람이 질문 있다며 손을 들었다.

"베트남 국기는 붉은 바탕에 별 하나가 그려져 있습니다. 그러면 국기가 그런 식으로 나타낸 나라들을 아십니까?"

처음엔 무슨 질문인가 했다. 그러자 그는 다소 흥분하며 국기에 별을 상징으로 달고 있는 나라는 많지만 바탕에 별이 하나 그려져 있는 나라로는 베트남, 소말리아 그리고 모로코가 있을 뿐이라고 했다. 정말 그랬다. 그런 나라들은 그 나라의 국기가 그냥 바탕에 별 하나가 있을 뿐이었다.

"네, 그런데 베트남이 그런 나라들과 다른 것은 그냥 그 별이 상징이 아닌 이름 있는 별을 가져다 쓴 것입니다. 노란 별은 무엇일까요?"

"……"

아무도 답을 못했다.

"가운데 별은 바로 금성을 나타냅니다. 그래서 한자권 나라들에서 보통 베트남 국기를 금성홍기金星紅旗라 말을 하지요."

그는 자기가 말해놓고 그런 말을 하는 자신에 감격한 듯 목소리가 떨려 있었다.

"제가 바로 월남전 파병 용사입니다."

그러고 보니 그는 제일 나이가 많은 것처럼도 보였다. 여지껏 그렇게 느끼지 못한 것은 그가 워낙 말이 없었기 때문이었다.

"판티엣 무이네는 그때 휴양지였습니다. 판티엣 위에 있는 중부지방 퀴논이 제가 소속한 맹호부대 주둔지였습니다. 휴가를 받으면 때때로 이곳 판티엣 무이네까지 와서는 하루 이틀 보내곤 했습니다."

나이 든 사람이 오래간만에 말을 해서 그런지 모두들 그의 말에 귀를 기울였다. 그러다가 그는 이내 눈물을 흘렸다.

"그런데, 그런데 저는 죄인입니다. 퀴논에서 얼마 떨어지지 않은 곳에서 전투가 있었는데 직접 제가 쏜 총탄에 사람이 쓰러지는 것을 보고는 그 이후론 말을 할 수가 없었습니다. 누구와 말을 하려고 하면 제 총에 쓰러진 젊은 베트콩의 고통스러워하는 얼굴이 그려져서 그때마다 말이 나오지 않았습니다. 말을 하더라도 더듬게 되었습니다. 그러다가 주님을 만난 이후로 조금씩 말더듬을 치유케 되었습니다."

그러자 사람들이 요란하게 박수를 쳤다. 크고 힘 있는 박수가 오래 계속되었다.

버스는 예정 시간보다 조금 늦게 호치민에 도착했다. 오후의 호치민에서의 관광은 호치민의 명동인 동커이 거리 관광, 쇼핑센터 방문, 야간시티투어 등으로 계획되어 있었다.

그들 여행은 처음부터 끝까지 신과 함께 하는 여행이었다. 유적을 관광할 때마다 그들은 그 모든 것이 내가 주선하고 있음에도 주님의 인도 아래 이루어진 것이라 생각하는 것이었다. 그들은 그 와중에 쉴 새 없이 기도했고 그들 행위 하나하나를 신과 연결시켰다. 도저히 신과 관련 없이 자신의 의지 아래 이루어지는 것이라고 여겨지는 것까지도 그들은 신의 은혜라고 생각하였다. 그리고 그렇게 하는 것이 신의 길로 가는 것이라고 생각하는 것 같았다. 그들에겐 자신들은 없었고 오로지 신만이 있었다.

라텍스와 게르마늄을 함께 하는 쇼핑 매장에 들렀을 때 사람들은 아무도 사지 않았다. 센터에서 제공하는 차와 약간의 간식을 입에 대었을 뿐 라텍스나 게르마늄 팔찌에 관심을 갖는 사람은 아무도 없었다.

두 번째 쇼핑센터는 잡화점이었다. 숯제품, 죽제품, 도자기, 일반잡화, 진주, 노니, 주방용품들이 큰 마트처럼 주욱 진열되어 있었다. 특히 스테인레스 제품은 독일제라는 것을 강조했다. 이번에는 사람들은 저마다 필요한 것 한 두 개씩 샀다. 그러나 쇼핑센터 직원들은 매우 실망하는 눈치들이었다. 45명이나 되는 여행객 중에 그들이 구매하는 양은 겨우 구멍가게 수준이었기 때문이었다. 이런 여행객들의 구매에 의존하는 쇼핑센터 직원들은 이즈음처럼 비수기인 경우는 공치는 날이 많다는 것을 내게 하소연하듯 이야기했다. 이것은 우리 가이드들에게도 마찬가지였다. 많이 사주어야 우리 가이드도 먹고 살 수가 있기도 한 것이었다. 또 우리 같은 경우는 좀 덜했지만 회사에서 나오는 것 없이 오로지 그것만으로 먹고 사는 열악한 처지에 있는 가이드들도 있었다. 더욱이 결혼해 가족이 있는 가이드들은 노골적인 상품 구매를 강요하기도 하는 것으로 알고 있다.

대충 계산도 끝나고 다시 버스에 오를 무렵이었다. 1호차 선배 가이드가 참 재미없는 팀이라고 자조적인 소리를 은근히 내뱉으며 버스에 올랐다. 이상했다. 우리 2호차는 시간이 좀 오래 걸렸다. 알고 보니 마지막에 목사가 남아있는 교인에게 줄 선물을 사기 위해 카드를 북북 긁은 것이었다. 1호차 선배는 투덜거렸지만 내겐 가이드를 하고 그렇게 큰 돈을 쇼핑센터로부터 커미션으로 받기는 처음이었다. 1호차 선배가이드에게 민망할 정도였다. 이래저래 이상하게 이 팀은 내게는 행운이었다. 목사가 1호차가 아닌 2호차로 옮겨 탈 때부터 행운은 내게로 왔던 것이었다. 저녁 식후에는 호치민의 야경을 보고 활기 넘치는 야시장도 둘러 보았다.

나는 곰곰 생각해 보았다. 공항에서 45명을 한꺼번에 태울 수 없어 목사와 실랑이를 하고 1호차가 펑크가 나고 1호차 교인들이 2호차로 넘어왔던 일, 그것도 간증이랍시고 내가 간증을 하자 그 간증을 듣고 목사가 2호차인 내 차로 옮겨 탄 일, 그 결과 나는 목사의 선물구매와 함께 짭짤한 수익을 올렸던 일, 이 모든 것은 저 뒤에 누군가가 있는 것이 아닌가 하는 생각이 들게 했다. 정말 저들 말대로 신이란 있는 것일까?

공항으로 향하면서 저들은 이제는 마지막이라는 생각이 들었는지 공항에 다다를 때까지 줄기차게 찬송가를 불렀다. 간간 목사의 간단한 말이 있었다. 목사의 말은 비신도인 내가 듣기에 정말 하찮은 것들이었다. 그런데 그들은 목사가 말할 때마다 열광했고 환호했고 손뼉을 쳤다. '아멘' '할렐루야' 하는 소리가 그치지 않았다. 믿음은 이처럼 생각을 맹목적이게 할 수도 있다는 말인가? 모든 것을 신이 하는 일로 알고 신께 감사했다. 그 결과가 좋으면 신이 도와주어서 그렇다고 생각했고 또 그 결과가 나쁘면 그것도 신의 뜻이거니 했다. 그런 그들의 모습을 보며 나는 그 모든 것이 신의 뜻이라면 그럼 나는 어디에 있는가, 인간은 어디에 있는가 라는 반감이 들었다.

공항에 와서도 그들은 무사히 여행을 마친 것에 대해 신께 감사의 기도를 했다. 하나에서 열까지 모든 것이 예수였고 하나님의 은혜였다. 일단 관광객들이 공항 안으로 들어가면 가이드의 임무는 그것으로 끝이었다. 결국 그들은 비행기를 타고 한국으로 떠났다.

그들을 보내고 나서 나는 깊은 생각을 하나 갖게 되었다.

과연 신은 있는 것일까? 있다면 신의 길은 무엇일까? 신이 무엇이기에 저렇게 사람들은 모든 것을 맡기며 매달리는 거란 말인가? 혹 그것은 인간에 대한 직무유기가 아닌가. 아니 그것은 아무래도 좋았다. 저들이 가는 신의 길, 곧 모든 것이 하나님의 뜻이라고 한다면 그렇다면 인간은, 아니 나는 어디에 있는 것일까? 그렇다면 인간이 이 세상에 온 의미는 무엇인 것일까? 아니 좀 더 솔직하게 말해 그렇다면 인간은 왜 태어났는가? 신으로부터 벗어나서 신의 예속이 아닌 인간중심으로 살 수는 없는 것일까?

나는 신의 길을 가는 저들을 생각하며 그것은 믿는 저들의 길일 뿐, 인간의 길은 아니라고 생각했다. 나는 누가 무어래도 신의 길이 아닌 나의 길을 가겠다고 생각했다. 설사 그 길이 저들 말로 지옥에 이르는 길이라 할지라도 그것은 이 세상에 온 내가 내 의지로 선택한 것, 내가 내 의지로 선택한 길을 가는 것은 무엇보다 내가 태어난 것에 대한 예의라고 생각했다. 혹 저들 말로 내가 이렇게 생각한 것도 신의 뜻이려나? 그러나 영화 속 '예수'도 말하지 않았는가? 고난의 길을 간 것은 자기 스스로의 선택이라고.

치킨게임

언제부턴가 그는 이 길이 죽으러 가는 길인지도 모른다고 생각하였다. 치열한 생존게임, 죽기 아니면 살기, 그는 집을 나서며 입으로 나직히 중얼 거렸다. to be or not to be, this is problem. 죽느냐 사느냐 그것이 문제로구 나.

그는 회사에 나가자 우선 출근부에 도장을 찍고 그가 일하는데 필요한 몇 가지 일지를 작성하고 이내 농장으로 떠났다. 아니 지금이 어느 시대인 데 아직도 출근부에 도장을 찍다니? 여기는 전자 시스템도 이루어지지 않 는단 말인가? 그랬다. 여기서는 전자 시스템이 이루어지지 않는 곳이었다. 우선 그만큼 여기서 일하는 사람들이 문명의 기기에 익숙치 못했다. 그리고 그런 것을 몰라도 지내기에 모자람이 없는 곳이었다. 불황에 민감해서 불황 을 타는 시기라도 온다면 직원들 구조조정이 이루어지는 것이 매년 연례 행 사처럼 이루어지는 곳이었다. 그러다가 좀 불황이 잠잠해지고 수요가 늘어 나면 직원을 뽑고 다시 불황이 오면 직원을 자르고 매년 이런 일이 반복되 어졌다.

직원이 작다 보니 노동조합이라는 것은 발붙일 틈이 없었다. 사장은 만일 그런 것이 있다면 차라리 회사 때려치우는 것이 낫지 골치 아파하며 무엇하러 회사를 운영하느냐 하는 사람이었다. 사실 그랬다. 작은 회사를 마음 아파하며 운영하기에는 사장은 나이가 너무 많았다.

그가 축산회사에서 직접 하는 일은 계사鷄舍를 운영 관리하는 것이었다. 모든 것이 자동화되어 수십만 마리가 되는 닭들을 관리하는 것은 그를 비롯 단 6명이면 되었다. 모두가 나이가 지긋한 사람들이 담당하고 있어서 가장 젊은 그가 단순히 대학을 나왔다는 이유로 관리인이 되었다. 그 말고는 전부 비정규직이었다.

어쨌거나 그가 살아남고 죽음은 오로지 그 농장 닭들의 생산량에 달려 있었다. 그러기에 여간 신경 쓰이는 자리가 아니었다. 그러면서도 그가 받아쥐는 돈은 최저 임금 수준을 겨우 맞추는 정도였다. 비정규직과 다른 것이 있다면 4대 보험과 오래 근무하면 퇴직금이 있다는 것일 뿐 비정규직과 차이가 거의 없는 직업이었다(책임만이 있다는 점에서 오히려 비정규직이 더 나을지도 몰랐다).

그럼에도 그가 이 일을 그만 둘 수 없었던 것은 할 수 없어 시작한 일이었고 또 할 수 없이 붙어 있을 수 밖에 없는 상황 때문이었다. 그나마 이것이라도 직업이랍시고 가지고 있는 것은 얼마나 떳떳한 일인가? 더욱이 그같이 별다른 능력도, 스펙도 가지고 있지 못한 자에게는 감지덕지인 것이다.

그가 처음 서류합격 연락을 받고 면접하러 갔을 때 사장은 그의 호리호리한 몸매를 보고 이런 일을 할 수 있겠냐고 물었다. 그는 조금은 낯선 질문에 당황했지만 망설이지 않고 할 수 있다고 했다. 대학을 나와서 2년째 놀고 있었던 그는 취직에 좋고 나쁨을 가릴 수가 없었다. 그의 능력으로 갈 수 있는 곳은 바로 그런 곳밖에 없었다. 이런 일을 어디까지 해보았느냐고 다시 물었을 때, 그는 자기가 시골 출신이어서 어려서부터 이런 것을 보고 자랐다고 했다. 돼지도 길러보고, 닭도 길러보고, 토끼도 길러 보았다고 했다. 그러자 사장은 흡족해 하며 그가 원하는 연봉 수준을 물었다. 그는 회사 규정에 따르겠다고 했고 그것은 더욱 이 사장의 마음에 들어 그는 다음날부터 바로 회사로 출근을 하게 되었다. 사실 이 회사에 오고 나서 안 일이었지만 그와 같은 지원자가 4명이 왔었다고 했다. 그러나 그들은 면접을 보는 동안 사장이 어떤 사람을 원하는지 인식치 못했다. 회사는 능력이나 뛰어난 스펙을 원하는 것이 아니었다. 말을 잘 들을 수 있는 사람을 원했다. 첨단산업도 아니고 1차 산업에서 3차 산업을 결합시키려는 추세에서 보다 회사에 필요한 사람은 맡은 일을 마다 않고 해나갈 수 있는 성실한 사람이어야 했다. 그런 거라면 그가 생각하기에도 자신 같은 사람이 어디 있겠는가 싶었다. 성격적으로나, 인간관계적인 측면에서 그는 별다른 문제도 없었거니와 오라면 오고, 시키면 시키는 대로 하는 순종파였던 것이다.

처음부터 그가 이랬던 것은 아니었다. 그도 고집이 있고 생각이 있고 남보다 앞서고 싶었던 때가 있었다. 이제 출발하는 사회 초년병이 잘해보겠다는 마음이 왜 없겠는가? 그러나 취직을 못한 채 2년 가까이 백수로 지내면서 그가 느꼈던 것은 자신은 세상에서 아주 미미한 존재이며 그가 없어도 세상은 굴러간다는 작은 깨달음이었다. 그는 자신이 별로 대단한 능력을 가진 것이 아닌 세상의 흔한 갑남을녀 중 하나이며 동사무소에서 기록만으로만 존재할 뿐인 인물이라는 것을 알았다. 그 순간 그는 세상에 순응해야겠다는 생각을 했다. 아마 똑똑했더라면 자신이 이런 생각을 가지지 못할 것이라는 것을 그는 잘 알고 있었다.

그가 처음 취직을 하고 맡은 일은 판매망을 조사하여 영업을 늘리는 일이었다. 어떻게 하면 달걀을 더 팔 수 있을까? 어떻게 하면 닭을 더 팔 수 있을까? 이것도 사업이다보니 경쟁이 치열했다. 이런 소규모 사업장이 전국적으로 200여 군데도 넘었다. 그 사이에도 여러 규모가 있었다. 이 사업장들이 조그만 바닥을 두고 서로 많이 공급하려고 혈안이 되어 있었다. 그가 받은 첫 임무는 충청도 지방의 한 도시를 상대로 영업망을 뚫으라는 것이었다. 처음에 그는 신입사원에 첫 회사 생활을 한다는 생각으로 호기롭게 출발하였다. 그러나 그는 이내 영업이라는 것이 얼마나 험악한 세계인 줄 알아야 했다.

그가 상대했던 집들은 이미 체인화되어 그 치킨집을 뺏어오는 것은 불가능했다. 그 치킨집을 상대로 회사의 닭을 공급하는 것이 그리 쉽겠는가? 문제는 새로운 수요처를 발굴해 우리 회사의 닭을 공급해야 하는 것이었지만 치킨집은 한정된 시장이었다. 꽈악 짜여진 시장에서 그가 비집고 들어갈 틈은 없었다. 그래도 뚫고 들어갈 구멍은 있기 마련이었다. 그러기에 영업사원이 있는 것이 아닌가? 그런데 그는 잘 몰랐던 것이었다. 누가 좀 가르쳐주면 좋았겠건만 그에게 가르쳐줄 사람이 없었다. 동료들은 그것은 자기들의 노하우라면서 여지껏 그게 어떻게 깨달은 것인데 그렇게 쉽게 가르쳐 줄 수 있느냐는 식의 그것은 그들만의 절대 영업비밀이었다.

그럭저럭 한 달이 지났을 때, 그는 자신이 뚫은 닭집이 하나도 없다는 것을 깨달았다. 회사에서는 차츰 그에게 눈길을 주기 시작하였고 영업 파트에서는 그를 같이 할 수 없는 사람이라고 생각하는 것 같았다. 자신들의 실적으로 그를 먹여 살리는 꼴이라면서 노골적으로 압박을 가했다.

그의 실적은 두 달째도 무소식이었다. 도저히 다른 동료들의 눈치를 견딜 수 없어 어느 날 그는 회사 실세, 사장의 아들인 상무를 찾아가서 다른 일이 없느냐고 눈물로 호소했다. 상무는 그의 부리부리한 눈을 휘번덕거리며 비웃음을 보이더니 그럼 한번 가보라며 정해준 곳이 회사 사람들 누구나

가 가기 싫어하는 농장의 관리인이었다. 상무는 그가 능력이 없다는 이유로 그를 내쫓고 싶었지만 두 달 밖에 안된 그를 그럴 수는 없고 가장 험악한 곳으로 보냄으로써 스스로 사직서를 내게 하는 작전을 폈던 것 같았다.

그러나 5년이 지난 이태껏 그는 농장 일을 용케 견디어 내고 있었다. 아무도 이 현장으로 내려오려고 드는 사람이 없었다. 또 아무도 이곳 농장의 관리인이 되려는 사람은 없었다. 농장의 관리인은 곧 무슨 사고가 터지면 책임을 지고 사직서를 내야 하는 바람의 등불 같은 자리였기 때문이었다.

닭과 가까이 지내면서 차츰 그는 이 일의 생리를 알게 되었다. 그 과정은 실로 단순한 것이었다. 모든 곁가지를 제하면 회사에서 남는 것은 결국 생산과 영업이라는 것을 알았다. 그리고 모든 산업은 생산과 소비로 이루어져 있고 자신은 생산이라는 곳의 한 부분을 담당하고 있다는 거시적인 관점을 이해하게 된 것이었다.

뿐만 아니라 농장에 있으면서 그는 닭에 관한 생리도 점점 알아가게 되었다. 육계와 산란계 중 육계는 수컷, 암컷 상관없이 키워서 잡아먹을 수 있지만 산란계는 수컷은 알을 낳을 수 없으니 키울 필요가 없다. 그래서 수평아리는 태어나자 마자 도축해서 고급 사료로 쓴다는 것을 안 것이었다. 또 닭이 알에서 깨어나 어미 닭이 되기까지 시간이 얼마나 걸리며 질병에 강한 닭, 육계에 필요한 닭, 달걀 생산을 위해 유용한 닭, 닭의 사료, 농장 관리 이런 것들에 대해 조금씩 알아가게 되었다. 삼계탕집에 보내는 닭은 보통 30일 정도 된 닭을 보내며 육계와 난계, 이들이 어떤 차이가 있고 어떤 것이 생산성이 높은지 이런 것을 따져야 한다는 것을 알게 되었다. 모든 것이 생산 원가 대비 이익 얼마 이런 식이었다. 가성비라는 말은 소비자에게만 해당되는 것은 아니었다. 똑같이 생산자에게도 가성비가 필요했다. 생산 원가 대비 이익을 늘릴 수 있느냐 없느냐 그것이 문제였다. 그리고 그것을 발견해내는 것이 그가 하는 일 중의 하나였다. 나이 많은 이들은 이런 것을 잘 해내지 못하였다. 그래서 회사에서는 그 생산 원가를 줄이는 방법을 발견하기 위해 어느 정도 머리가 있는 고학력자가 필요했던 것이었는지도 모른다.

그는 이 일을 맡으면서 회사에 적잖은 도움을 주었다. 그렇지 않으면 짤리기 때문이었다. 하긴 이런 회사 짤리거나 짤리지 않고 그대로 있다고 해도 별 큰 차이가 있는 것은 아니지만 그래도 이즈음처럼 불황에 시달리는 때 회사에 다닌다는 것은 남들의 눈에도 떳떳한 것일 수 있는 일이었다.

그는 어느 정도 일이 눈에 들어오자 생산량 증가를 위해 그가 알고 있는 상식을 접목해보기로 하였다. 그는 어렸을 때 닭들이 민감하게 반응하는 소리가 있다는 것을 알았다. 예를 들어 쇳소리, 기계 소리 같은 인공적인 소리들을 닭들은 싫어하였다. 대신 아무리 천둥소리 같은 큰 소리일지라도 그런 것에는 크게 스트레스 받지 않는다는 것을 알고 있었다. 그는 그 중간 소리로 클래식을 닭장에 흘려주었다. 그랬더니 그게 큰 반향을 보였다.

보통 산란을 늘리기 위해 양계장에서 하는 것은 밤에도 불을 켜두는 것이었다. 그러나 이런 인위적인 방법으로는 닭의 산란이 일시적으로는 늘어날지 모르지만 장기적인 방법으로는 그렇지 못했다. 전기세도 만만치 않았다. 그런데 그렇게 하지 않아도 클래식 음악을 들려줌으로써 그런 효과를 가져온다는 것을 알게 되고부터는 전 계사에 클래식 음악을 주기적으로 틀어주었다. 그는 특히 어느 음악에 더 민감하게 반응하는지를 살펴보아 닭들이 보다 편하게 반응하는 음악을 들려주었다. 그것이 마치 닭의 작은 울음소리와 함께 묘한 분위기를 연출하는 것이었다. 닭들도 매우 편하게 느끼는 것 같았다. 그것은 곧 산란율의 증가로 이어졌다.

자신감이 생기자 우선 그는 닭집에 납품하는 닭들을 하루를 줄이라고 했다. 이를테면 삼계탕집에 납품하는 닭들은 보통 30일이 지나야 되지만 그는 여기서 하루를 줄인 29일 된 닭을 납품하기로 하였던 것이다. 대신 그는 30일 된 닭 못지 않은 29일 된 닭을 만들기 위해 모이, 물, 환경 등을 개선했다. 하루치의 모이 대신 하루치의 정성을 닭들에 쏟은 것이었다. 결과는 썩 괜찮았다. 29일 된 닭이 30일 된 닭들의 평균 무게에 밀리지 않았다. 아니 오히려 앞서는 경우도 있었다. 그러다보니 회사에서는 그 하루만큼의 이익을 더 얻을 수 있었다. 이런 것은 회사뿐만 아니라 상인들과의 규약도 있어서 만일 닭의 무게가 이에 미치지 못한다면 당장 그 회사와의 관계는 끊어지는 것이 되었다. 그래서 회사에서는 여간 조심하는 것이 아니었다. 그런데 이것을 그가 닭장의 환경개선을 통해 하루를 당김으로써 가성비를 이루어낸 것이었다.

때때로 잔인하기도 했다. 어린 병아리의 부리를 자르고 성장 촉진제를 먹여 인위적으로 달걀을 대량으로 생산하기도 했다. 어차피 이 냄새 나는 곳에서 견디어야 한다는 이유는 돈을 벌기 위한 것이고 닭을 키우는 목적이 닭을 팔아 돈을 벌기 위한 것이라면 닭이 최대한 빠르게 자라주는 것이 좋았다. 병아리 때 부리를 잘라주지 않으면 닭이 되어 싸우게 될 때 서로에게 상처를 입힐 공산이 컸다. 잔인한 일이지만 돈을 위해서는 할 수 없는 일이었다.

닭들은 병아리 시절부터 석 달간 지나면 성계成鷄가 되었다. 그리고 이후부터는 매일같이 달걀 한 개씩을 낳았다. 아니 뽑아내어야 했다. 신기했다. 어떻게 매일같이 알이 하나씩 뽑혀 나온단 말인가? 저 닭들에게는 그것이 산고가 아닌가? 매일 같이 알을 낳는 그 산고를 닭들은 어떻게 견디고 있다는 말인가? 그러다가도 닭이 더 이상 알을 낳지 못하면 그들은 1차적으로 골라져 '두 마리 치킨' 같은 데로 가게 된다.

처음에는 그게 그것인 것 같고 어떤 것이 건강하고 아니고 하는 것이 쉽게 보이지 않았다. 그러나 닭 농장에 관심을 갖고 대하다 보니 시든 닭과 양호한 닭이 쉽게 구분되었다. 그런 닭들은 병들기 직전 닭이므로 빨리 살처분해서 통닭집으로 보내게 된다. 보통 빨리 팔아야 하므로 한 마리 값에 두 마리를 주고 팔아도 부족하지 않다. 보통 이런 닭들은 따로 관리하게 된다. 그리고 하루 이틀 지나면 살처분하게 된다.

그 다음에 그가 관심을 가진 것은 산란계의 경우 가성비가 떨어지는 수평아리를 태어난 지 빠르게 발견해서 도축하는 일이었다. 그러나 알고 보니 그런 기술은 아직 양계 선진 국가인 미국에서도 이루어지지 못했다. 그러나 그의 생각으로는 자신이 조금만 더 노력한다면 가능할 것도 같았다.

무엇보다 가성비를 높이기 위해 가장 중요한 것은 품종을 개량해 병충해에 강한 닭, 몸집이 큰 닭, 알을 잘 낳는 닭을 만들어 내는 일이었다. 그러나 그것도 한계가 있다. 생명인 이상 낡고 늙고 병들기 마련이다. 조금은, 아주 조금은 늘릴 수 있지만 무한정한 품종 개량은 있을 수 없다. 그것은 신의 영역이기 때문이다. 예를 들어 트랜스젠더들의 수명이 짧다는 것은 신의 영역을 침범했기 때문이다. 닭의 경우도 마찬가지다. 인간의 욕심으로 무한히 품종 개량을 하지만 그것은 그것대로 한계가 있는 것이다.

현장으로 나와 이 년쯤 될 무렵, 그는 한 번 커다랗게 히트를 친 적이 있었다. 한층 고병원성 조류인플루엔자(AI)가 전세계적으로 맹위를 떨치던 때였다. 그의 농장에도 비상이 걸렸다. 그렇지만 그의 농장은 손실을 최소화할 수 있었는데 그의 빠른 판단력 때문이었다. 그가 판단하기에 아무래도 이번 해에 인플루엔자가 유행할 것 같았다. 그는 행여 농장에 고병원균이 침투할지도 모른다는 생각으로 선제적으로 닭 출하를 서둘렀다. 그는 시중용 필요한 최소한의 닭을 남겨두고는 닭 출하를 서둘렀다. 농장의 닭을 평소의 3분의 1로 줄였다. 전염병이 발병해도 손해를 최소로 하기 위함이었다. 반경 3킬로미터 이내에 있는 닭들을 살처분시킬 때도 운 좋게 범위 밖에 있어 그의 농장은 비켜갈 수 있었다.

거기에는 소독의 방법을 좀 달리한 것도 톡톡히 효과를 보았다. 가까이만 가도 진동하는 소독 냄새보다 친환경적인 소독 방법을 생각한 것이었다. 코를 얼얼하게 하는 기존의 소독 냄새는 사람들에게만 아니라 닭에게도 고통이었을 것이었다. 그는 그것을 소독범위를 한정한 곳에 집중하는 방법으로 바꾸었다. 무작정적인 살포가 아닌 정작 필요한 곳들만 찾아 집중적, 표적적 소독을 실시했다. 계사 자체보다 농장 주변 소독을 더 많이 했다. 계사 출입을 신중히 했다.

이런 방법은 예상외로 적중했다. 다른 농장들의 닭들이 픽픽 쓰러질 때 그의 농장은 그냥 아무렇지도 않게 그 위기를 넘길 수 있었다. 그러자 회사에서도 이런 그의 능력을 다르게 보았다. 그에 대한 회사의 시선이 달라지기 시작한 것이다. 그가 영업부에 실력이 모자라 발령낸 곳에서 그가 의외의 성과를 내자 그는 우선 이런 것에 적절한 인물로 평가를 받기 시작했고 그 결과 얼마 되지 않았지만 보상 차원에서의 상여금도 챙길 수 있었다.

그러나 삼년째 되던 해 의외의 곳에서 사고가 있었다. 직원 중 한 사람이 사망한 사고가 있었던 것이었다. 경찰이 오고 시체 부검이 이루어지고 결국은 자살이라는 결론에 이르렀지만 몇 가구가 살지 않는 농장 근처의 동네에서 처음 일어난 자살이라는 사건을 두고 마을 주민들은 좋지 않게 생각했고 자살이든 아니든 사람 죽는 것에 대해 어쨌건 감독이 책임져야 한다는 논리는 그에게 커다란 부담이었다. 그래서 그에게 노동 착취는 아닌가, 제대로 감독을 했는가와 같은 민감한 사항이 회사 감찰로 이어지게 되었고 사회 문제로 이슈화되었다. 그러자 회사는 모든 책임을 그에게로 돌리며 꼬리 자르기를 하려 하였다. 막다른 골목에 이르렀을 때 회사는 그에게 아무 도움을 주지 않았다. 오히려 그를 회사 발전의 방해자로 몰아 자르려 하였다.

사실 그때 그는 꽤 억울한 심정이었다. 그 직원은 그도 잘 아는 직원이었다. 나이가 오십 줄에 계약직으로 들어온 사람이었다. 회사에서는 계약 만료일이 다가올수록 그에 대한 재계약 여부를 말해주지 않았다. 사실 회사에서는 그가 계약이 만료되었는지 아닌지도 모르고 있었다. 그러나 재계약이 한 달밖에 남지 않은 상황에서 진로가 불투명했던 그는 무척 애가 탔으리라. 그 상황에서도 회사에서는 아무 연락이 없었고 자신이 잘릴 거라 생각한 그는 자살로서 저항한 것이었다. 누군가에게는 이깟 문제로 자살하는가 하겠지만 그에게는 먹고 사는 문제였다. 그에 대한 재계약 만료일이 되기 두 달 전부터 그는 동료의 재계약을 위해 공문도 띄웠고 그의 부탁으로 회사에 전화도 하고 그가 할 수 있는 만큼 노력했다. 그런데 회사에서는 아무런 연락이 없었다. 그가 자살하고 나자 회사에서는 그가 성실하고 행동도 바르게 처신하였기에 다음 주 월요일쯤 그의 계약을 정상 통보할 생각이었다고 참으로 맹랑하고 그럴듯한 방편으로 회사는 빠져나가려 하였다. 그 죽음에 그가 책임이 없다는 것이 밝혀지자 회사는 혐의 없음으로 돌아온 그를 자를 수 없었고 그래서 그대로 그를 유임했던 것이었다.

그와 같은 경우는 한번 더 있었다. 사료 구입과 관련 그가 사료 회사로부터 리베이트를 받았다는 이상한 투서가 있었던 것이었다. 그것도 실로 이상한 일이었다. 농장에서는 사료 구입과 아무런 관련이 없었다. 그런 일은 본사 사람들이 하는 것이었다. 농장 직원들은 그냥 회사가 시키는 대로 사료가 오면 닭에게 주고 또 사료가 떨어지면 본사에 연락해 사료를 가져오도록 하면 되는 것이었다. 사료 구입과 관련 아무런 관련 없는 그를 리베이트 범인으로 몰고 간 것이었다. 참 기가 막힌 일이었다. 회사는 문제가 생기면 만만한 자리인 그를 끊어냄으로써 문제를 해결하려 하였다. 그는 그까짓 허울 뿐인 관리인 자리를 벗어던지고 싶었지만 그러나 자신이 그렇게 물러나면 모든 오명을 자신이 뒤집어쓰고 나가는 것 같아 그는 고심 끝에 끝까지 남아 그 과정을 밝히려고 하였다.

그가 물고 늘어지며 밝히고 보니 원인은 구매과의 담당자가 리베이트 받은 것을 그에게 뒤집어 씌운 것이었다. 사실이 밝혀짐에 따라 그를 모함한 그 담당자는 배상과 함께 회사를 떠나게 되고 그 문제는 일단락되었다. 그는 그때 나가지 않고 버틴 것을 다행으로 여겼다. 그 뒤에 여러번 이런 위기가 있었다. 많은 회사 사람들이 떠나 갔지만 현장을 지키고 있던 그는 그때마다 고비를 비켜갈 수 있었다. 그렇게 몇 년을 그는 이 하잘 것 없는 직장을 지켜왔던 것이었다.

그런데 언제부턴가 그는 닭들이 그를 보는 눈이 달라졌다고 느끼고 있었다. 그것도 한두 번이 아니라 매일같이 느끼는 것이었다. 두려움이랄까? 저주랄까? 아주 난해한 시선으로 닭들이 그를 바라보는데 그는 참 묘한 감정이 되는 것이었다. 무어랄까? 나는 네가 알을 잘 낳아주면 일체 상관치 않겠어, 그러나 네가 알을 잘 낳지 못할 경우 나는 가차없이 너를 잡아 관리 계사로 넣어버리겠어, 닭들과 그 사이 알 수 없는 팽팽한 긴장감이 마치 치킨 게임을 하듯 놓여있는 것이었다.

그 수많은 생명을 아무 거리낌 없이 처분하는 자신은 이런 행동이 죄악인지도 모른 채 길들어져 있었고 그것에 대한 죄책감이나 미안함 같은 것을 가지지 않고 그냥 일상인 듯 기계적으로 대해왔다. 역지사지, 그것은 어느 순간 자신이 닭들에게는 저승사자일 것이라고 생각하게끔 된 것이었다.

닭들은 그를 보는 순간 본능적으로 몸을 움츠렸다. 그는 그런 닭들을 우선 나꾸어 챘다. 그 움츠러드는 닭들은 얼마 못간다고 보았기 때문이었다.

그런데 닭들은 이런 그의 원칙을 알아낸 것일까? 그는 언제부턴가 그가 잡아낼 닭이 거의 없다는 것을 느끼기 시작했다. 이상하게 그가 지나갈 시간쯤 되면 평소에는 졸던 닭도 그가 지나가면 힘차게 울고 날개도 푸덕거리고 모이도 열심히 쪼기 시작하는 것이었다. 그가 느끼기에도 닭들은 활기차 있었고 도무지 골라낼 닭이 없는 것처럼 보였다. 그것만을 보면 생산성은 늘어날 것이었다. 회사는 수익이 높아져서 좋아할 것이었다. 수십만 마리에게서 닭의 알이 한 달에 하나씩만 더 낳아도 수십만 개의 달걀이 생산되는 것이었다. 회사에서도 좋아하지 않을 리 없을 것이었다. 그러나 생산량은 늘지 않았다.

얼마 지나지 않아 그는 그 이유를 알았다. 그가 지나갈 때 그렇게 활기있던 놈들이 그가 지나가면 닭들은 다시 졸고 활력이 없고 더 이상 달걀을 낳을 힘도 없어 골골골거린다는 것을.

날수와 연수가 지날수록 이런 일에 점점 조예가 깊어져야 하는 것인데 그런데 어떻게 된 셈인지 그는 갈수록 혼미를 느끼고 있었다. 그와 함께 전에 없이 아무렇지도 않게 생각되었던 생명에의 경외감 같은 것도 느껴지게 되는 것이었다 이상했다. 이런 일에는 아무런 감정을 갖지 않고 그냥 일상적으로 하는 일이거니 생각하며 일을 해야 하는 것인데 웬일인지 언제부턴가 그는 저 닭들도 생명이 있거니 하는 생각이 드는 것이었다. 그런 생각이 들면서부터 그는 어떤 닭을 골라내야 할 것인가 하는데 혼란을 느꼈다. 그 전에는 쉽게 알아챌 수 있는 것이건마는 측은지심을 갖자 그는 갑자기 공간 능력을 잃은 사람처럼 헷갈리기 시작하였다. 이것이 그것인 것 같고 그것이 저것인 것 같고 도저히 그는 어떤 것을 골라내야 할지 판단을 할 수가 없었다. 때로는 골골하는 닭을 잘못 골라내어 다시 들여보내야 하는 경우도 있었다. 정말 이상한 일이었다. 그리고 이런 혼란은 시간이 가면 갈수록 더하면 더했지 못하지 않았다. 이게 웬일인가? 이게 웬일인가?

그러자 그는 언제부턴가 닭장 안으로 들어가는 일이 자꾸 싫어졌다. 그가 해야 하는 일이건만 그는 자꾸 닭들과 시선을 마주쳐야 하는 것이 싫었다. 그도 그럴 수 밖에 없는 것이 그는 이미 어느 닭이 더 좋고 나쁘고 판단력을 잃고 있었고 닭을 한 마리도 잡아내지 못하는 상황에 이르렀던 것이다.

어느 순간 그는 닭장에 들어가는 것이 싫어짐을 넘어서 두려워지기 시작하였다. 수십만 마리의 닭들이 모두 자기를 향해 저주의 눈길을 보내는 것 같은 느낌을 받았다. 처음에는 아무렇지도 않게 여겼던 그것이 오히려 닭들 위에 군림하여 너의 생살권은 내 손에 달려 있다는 얄핏한 우월감마저 들었었는데 이제는 그것이 오히려 두려움으로 다가오는 것이었다. 그런 감정은 계속해서 그를 눌러왔고 그가 아무리 하찮은 미물일지라도 살생을 하지 말라는 불교의 가르침마저 불교신자가 아님에도 자꾸만 그를 전방위적으로 압박해오는 것이었다.

그것은 처음에는 작은 울림이었다가 점점 더 커져 잠을 잘 때에도 가끔 닭들의 원망이 들리는 것 같은 환청을 느낄 때도 있었다. 그때면 그는 가만히 눈을 감고 감정을 다스리거나 이것이 내가 해야 하는 일인가 곱씹게 되었다. 그러나 또 한편 내가 닭들에 대한 연민으로 병든 닭을 골라내지 못해 흔히 일어날 수 있는 닭 콜레라 같은 병이 온 계사에 퍼지면 이 회사에 몸담고 있는 많은 식구들이 어렵게 되는 것이었다. 싫어도 농장을 돌아다녀야 했다. 농장을 돌아다니며 우중충한 닭을 골라내야 하였다.

그렇게 그렇게 억지로 계사를 도는 날이 많던 어느 날, 그는 갑자기 자신이 그 닭들과 다르지 않다는 것을 생각하게 되었다. 내가 살아 남으려고 발버둥치는 거나 네가 살아남으려고 발버둥치는 거나 무엇이 다른가. 너는 내 눈에 잘 보이려고 노력하고 나는 또 회사에 잘 보이려고 노력한다. 그것이 삐긋하는 순간 나락으로 떨어지는 것은 순식간의 일이다. 다만 차이가 있다면 그는 고등동물이고 닭은 하등동물일 뿐이라는 것이었다. 그래서 그는 의도를 가지고 잘 보이려고 할 뿐이고 닭은 본능적으로 움직일 뿐이라는 것이다.

그가 잘리지 않기 위해 생산량을 늘리고 비용을 절감해야 하는 것처럼 이 닭들도 하루의 목숨을 더 연장하기 위해선 자기가 병에 걸리지 않게 건강하다는 것을 그에게 보여주어야 한다. 그에게 그들이 이 조건에 충실치 못하다고 여겨지면 그 닭은 어김없이 그의 손에 이끌려 관리 계사로 옮겨지고 하루 이틀 사이에 살처분되어 치킨집으로 실려 간다는 것이다. 이것은 잔혹한 생명게임이었다. 마치 아우슈비츠 포로 수용소에서 가스실로 끌려가지 않기 위해 매일 같이 자신의 얼굴에 핏자국을 내어 건강하다는 것을 보여줌으로 목숨을 유지하는 것과 마찬가지였다. 이것이 진정 치열한 치킨 게임이 아니고 무엇이란 말인가?

그런 한편으로 그는 자기가 군림한 대로 꼭 그대로 군림 당한다고 생각했다. 자기가 닭에게 했던 것처럼 그도 회사에 의해 군림 당하는 것이다. 그는 아무런 배경이 없었다. 그가 가지고 있는 것은 회사를 더 다닐 수 있다는 것에 대한 어떤 배경이 되지 못했다. 내가 회사가 원하는 만큼 실적을 올려주지 않으면 회사는 여지없이 나를 도태시킬 것이다. 인정사정이 없는 곳이 회사다.

그는 이런 것이 꼭 재주는 곰이 부리고 돈은 주인이 가져 가는 꼴과 다르지 않다고 생각했다. 이를테면 그가 회사에서 짤리지 않기 위해 하는 행동은 오로지 그만의 몸부림일 뿐 위에 있는 사람들은 그냥 요리조리 손만 놀리고 머리만 굴리고 있다는 것을 깨달은 것이었다. 자신은 곰이라는 생각이 갈수록 드는 것이었다. 주인은 이 곰이 늙고 힘이 없어 재주를 부리지 못하면 아무 미련 없이 바꾸면 되는 것이었다. 곰에 대한 애정 같은 것은 아예 처음부터 존재하지 않았다. 그들은 오로지 수익이 목적이었고 수익이 목적치에 도달하지 못하면 무자비하게 도태시켰다. 더 좋은 수익을 주는 곰에게 앞의 곰이 했던 역할을 다시 맡기면 되는 것이었다. 쫓겨난 곰은 어찌 되든 주인과의 계약은 끝난 것이었다. 그리고 문제없이 깔끔하게 곰을 처리하면 되는 것이었다. 그러기 위해서는 쫓겨난 곰이 반발을 하지 못하도록 약간의 돈 또는 무자비한 탄압을 함으로써 그 곰이 우리를 벗어난 다음에는 더 이상 우리 속으로 들어오지 못하게 하는 것이었다. 그런데 그렇게 느낀 순간 그는 또 닭들도 어쩌면 자신과 같은 신세가 아닐까 생각했다. 자신이 꼭두 각시 놀음을 하듯 저 닭도 꼭두각시 놀음을 하고 있는 것이 아닌가 하는 생각이 든 것이었다.

그런 생각이 들고부터 그는 자신이 살기 위해 거침없이 닭들을 도태시켜야 한다는 것을 잊은 듯 그 닭들이 언제부턴가 측은해 보이기 시작하였다. 그냥 닭들을 향해 걸어가는 걸음을 빨리했고 어떤 날은 직원들에게 맡기고 자신은 사무실에서 꿈적 않기도 했다. 그런 날은 공기도 우울하고 기압도 낮아 그의 기분을 다운시키기도 하였다. 이상했다. 그 자신 아무렇지도 않은데 주변의 환경이 그를 업시키기도 하고 다운시키기도 하는 것이었다. 매일같이 희망을 향해 나아가는 것이 아니라 살기 위해 하루하루를 연명해간다는 생각이 떠나지 않았다. 내가 내 자신을 위해 살아가는 것이 아니라 어쩔 수 없이 살아져가는 것을 느낀 것이었다. 살기 위해 무언가를 보여 주어야만 하는 타율적인 인간, 그게 바로 나로구나.

그때부터 그는 회사의 규정대로 또 농장의 메뉴얼대로 할 수 있는 최소한의 것을 했다. 정시에 출근하고 정시에 퇴근했다 눈치를 보지 않았다. 닭에게 그가 할 수 있는 최대한의 관용을 베풀었다. 자꾸만 닭에 대한 연민이 많아졌고 측은지심이 들었다 웬만하지 않고는 닭을 집어내지 않았다. 찍어내야 할 닭들을 찍어내지 않음으로써 그 닭으로 인해 모든 닭이 피해를 보는 것은 아닐까 하는 생각도 들었지만 그런 조마조마한 마음도 얼마 지나지 않자 하등 감정에 불안을 느끼지 않았다. 무디어졌다고나 할까? 아니면 신경을 쓰다가 또는 조바심을 하다가 그냥 신경이 쓰이지 않게 되었다고 할까? 이까짓 일 짤리면 설마 다른 일이 없을까 젊음이 있는데 하는 생각으로 이어져 나갔다. 그가 짤린다는 위기의식에서 그냥 그 자신을 놓아버리자 그는 새삼 눈치가 보이지 않으면서 더 당당해지는 것을 느낄 수 있었다. 치킨게임처럼 생각했던 것들이 하찮아지고 심각하게 고민하는 일도, 짤릴까 싶어 조마조마했던 생각도 가벼워져 갔다.

그는 이제까지의 태도에서 생각을 바꾸자 그가 하는 일을 객관적으로 바라보게 되었다. 뿐만이 아니라 닭들도 그들 생명력을 존중받아야 한다는 생각이 들었다. 이것은 비록 그와 닭 사이의 문제가 아니었다. 무릇 모든 생명은 그 자체로 존중받을 필요가 있다고 생각한 것이었다.

이상한 것은 그뿐만이 아니었다. 그가 걱정했던 생산량에 대한 생각도 그리 크게 걱정할 것이 아니었다. 아니 오히려 생산량이 전보다 나아졌다고 말할 순 없으나 못하다고도 말할 수 없었다. 닭들은 그에게 꾸준히 평균 정도의 생산량을 주었고 그것은 그가 악을 쓴다고 해서 되는 것도 아니었다. 그냥 저절로 내버려 두어도 그만큼의 생산량이 이루어지는 것이었다.

회사를 나온 그는 농장으로 걷기 시작했고 또 다시 to be or not to be, this is problem이라고 중얼거렸다. 죽기 아니면 살기다. 그는 어느새 농장 가까이 왔음을 느꼈다. 갑자기 그가 걸어가는 앞으로 멧비둘기 한 마리가 푸르릉 날고 있었다. 그때그는 갑자기 비약적인 생각이 떠올랐다. 내가 죽으러 간다고 생각하는 이 길이 혹 어떤 사람들에게는 그토록 하고 싶어하는 일은 아닐까? 그러나 그는 이내 고개를 돌렸다. 싫은 것은 싫은 것이다. 더 이상 자신이 그런 생각에 매어 있는 것이 싫었다. 그는 농장에 도착하자 옷을 갈아입었고 책상 앞에 앉았다. 그리고 평소처럼 농장을 돌아보았다. 계사의 익숙한 똥 냄새를 맡았다. 그리고 빠른 걸음으로 농장을 지나쳤다. 닭들이 자신을 향해 내뿜는 두려움을 더 이상 느끼지 않으리라. 닭들이 더 이상 내 눈치를 보지 않게 하리라. 하여 열 개가 넘는 계사를 그는 빠른 걸음으로 지나쳤다.

## 시소설을 제창함

시소설을 제창한다. 시소설은 시와 소설의 적절하고 절묘한 거리에 있는 장르이다. 좀 구체적으로 말하면 시소설은 시적 형식을 빌려 쓴 소설이다.

시소설의 특징은 다음과 같다. 첫째 시에서 서사적 특징을 끌어들인 것이 아니라 소설에서 시의 형식을 빌린 것이다. 둘째 시소설에서는 한편의 소설을 담을 수 있어야 하기 때문에 매우 압축적이어야 한다. 그러나 그 압축이 산문적 특성을 지나쳐서는 되지 않는다. 여기서 말하는 산문적 특성이란 지나친 비틀기이어서는 아니 된다는 뜻이다. 셋째 인물, 사건, 배경 등 소설적 요소가 시적 요소보다 우세하다. 넷째 갈등의 형성과 그 해결 과정 (구성단계)을 추측할 수 있어야 한다. 다섯째 시소설은 현장 교육적 성격이 매우 강하다. 소설창작 교육의 한 대안이 될 수 있다. 여섯째 누구나 쉽게 접근할 수 있다.

시소설을 가장 쉽게 이해하는 방법은 소설은 장편, 중편, 단편, 장편(짧은 소설), 시소설 등으로 구분할 수 있다고 이해하는 것이다.

문제점은 소위 시에서 말하는 이야기시와의 구분이 매우 모호할 수 있다는 점이다.그러나 시소설을 쓰는 사람이 스토리텔러(storyteller)이고 보면 다양한 스토리, 다양한 전개를 가지고 있다는 점에서 보다 문학적 수월성이 있다고 할 수 있다. 아울러 최근의 '짧은 소설'들과는 시소설 자체에 내적 율격이 있다는 점에서 차이가 있다고 할 수 있다. 이는 앞으로 더 구체화해 나가야 할 사항이다.

시소설은 세 가지 면에서 영향을 받았다고 할 수 있다. 첫째 효율적인 현장의 소설창작 교육 방법의 필요성, 둘째 최근의 인터넷과 모바일의 빠른 진화와 같은 시대적 변화, 셋째 소설의 장르 해체와 소설 미학의 새로운 패러다임을 추구하는 동향(우한용)이 그것이다.

과거에도 이런 도전이 없었던 것은 아니다. 팔봉은 '단편 서사시'를 소설과 시의 혼합 양식으로 보았고, 또 소설과 서정시를 연결하는 과도기적인 양식으로 보는 견해도 있었다. 비슷한 의미를 가진 용어로 '이야기시', '담시', '서사시', '서술시', '단편 서사시', '운문 이야기' 같은 것이 있지만 정확하게 개념 규정이 되지 않고 있다(문학비평용어사전). 그러나 시소설은 위와는 다른 차원이다.

이 문학적 틀이 전통적인 틀을 넘어 문학적으로 살아남을 수 있을지는 미지수이다. 그러기 위해서는 이런 류의 작품이 많이 등장해야 할 것이다. 그러나 필자는 이 영역이 많은 문학 교육 현장에서 또 일반현장에서도 이루어 질 수 있는 것이라는 것을 확신한다. 설사 살아남을 수 없더라도 현장의 소설 창작 수업에는 획기적인 한 방법이라고 생각한다. 현장에서 소설 창작 수업은 쉽지 않다. 그러나 시소설을 통해서 소설 창작 교육도 주어진 시간에 가능할 수 있다.

시소설에 대한 이론은 지금 만들어가는 중이다. 좀 더 구체적인 이론이 형성되면 전문 문학지 또는 학술지에 발표하겠지만 먼저 먼저 문학신문에 시소설의 등장을 알리고자 한다. 다음은 시소설의 예이다. 이보다 훨씬 다양한 형식의 시소설이 있다.


(시소설)


**삼촌과 바다**

우리가 가는 산길 양옆으로
아지랑이 솟는 뙤약볕이 들끓고 있었다.

관을 내려놓자
그제서야 보이는 이름 모를 들꽃들
죄 지은 것도 없는데 서로를 피하는 시선들
코끝을 찔러오는 삼촌 말마따나 두렵기조차 한 갯내음

삽으로 흙을 뜨며 마지막 눈물을 훔쳤다.
차라리 인생이 건전지 같은 거라면
적어도 인간 4대 고해 중 죽음의 슬픔만은 비껴갈 수 있었을텐데
멀미 같은 허무를 느꼈다.

갑자기 쫓기듯 날아오르는 장끼 울음 한줄기
현기증이 핑 돌았다.

"섬 아이들에게는 바다와 배가 꿈과 원망과 생활의 전부였다
배를 기다리며 자랐고 배를 기다리며 어른이 되어갔어

자라면 당연히 어부가 되는 것으로 알고 있었지
그렇지만 그렇지만 나는 그것이 죽기보다 싫었구나
섬에서 나고 섬에서 죽고 눈만 쪼개지면 들려오는 파도소리……
가수가 되고 싶었는데 저 별을 잡을 수 있는 스타가 되고 싶었는데
이까짓 실패는 아무렇지도 않아
그런데 이제 보니 인생 전부를 실패하고 말았구나"

조그만 어구 가게를 하다가 말아먹고 나서
바닷가 허름한 횟집에서 술을 한 잔 하며 삼촌은 변명처럼 말했다.
그렇게도 바다를 벗어나려고 했던 소년은
조금 나이 들어서 인근의 대도시 밑바닥을 전전하다가
결국 섬으로 영원히 되돌아간 것이었다

산역이 끝나자 또다시 태양은 뜨겁게 날아올랐고
사람들은 언제 그랬냐는 듯 일상으로 돌아와 있었다.
나 역시 방정맞게도 살아 있다는 생의 환희 같은 것을 느꼈다.

저 멀리 낮달이 바닷바람에 희미하게 떨고 있었다.

## 그 아이

그 아이가 가던 날
바람 불고 목련 꽃이 떨어졌다.

언덕으로 오르는 길은
고만고만한 건물 사이로 교회 십자가만이 솟아 있었다.

손톱에 봉숭아 물 들인 아이가 내 앞을 지나갔다.
뒤이어 소금 가득 실은 경운기가 지나갔다.
뒤이어 영구차가 지나갔다

해 지고 목련 꽃이 다 지도록
그 아이는 보이지 않았다.

그날 저녁 마실 다녀온 엄마는
그 아이가 돌아오지 못하는 먼 나라로 갔다고 했다.

밤새 이불을 뒤집어 쓴 채 훌쩍거렸다.

# 독도를 읽는 시간

초판1쇄 인쇄  2023년 12월 13일
초판1쇄 발행  2023년 12월 15일

저  자 차호일
발행인 박지연
발행처 도서출판 도화
등  록 2013년 11월 19일 제2013-000124호
주  소 서울시 송파구 중대로34길 9-3
전  화 02) 3012-1030
팩  스 02) 3012-1031

전자우편 dohwa1030@daum.net
인  쇄 유진보라

ISBN | 979-11-92828-38-1 *03810
정가  13,000원

도 화道化, fool는
고정적인 질서에 대한 익살맞은 비판자,
고정화된 사고의 틀을 해체한다는 뜻입니다.